ПОЛИНА

ЧУВСТВО РЕАЛЬНОСТИ

РОМАН
В ДВУХ КНИГАХ

КНИГА 1

МОСКВА
ИЗДАТЕЛЬСТВО «АСТРЕЛЬ»
ИЗДАТЕЛЬСТВО АСТ
2002

УДК 821.161.1-312.4
ББК 84(2Рос=Рус)6-44
Д21

Серийное оформление
Ирины Сальниковой

Дашкова П. В.

Д21   Чувство реальности: В 2 кн. Кн. 1: Роман / П.В. Дашкова. — М.: ООО «Издательство Астрель»: ООО «Издательство АСТ», 2002. — 352 с.

ISBN 5-17-014658-2 (кн. 1)
ISBN 5-17-013265-4 (ООО «Издательство АСТ»)
ISBN 5-271-04342-8 (кн. 1)
ISBN 5-271-04344-4 (ООО «Издательство Астрель»)

В Москве совершено двойное убийство. Убитые — гражданин США и молодая красивая женщина. Ведется следствие. Вероятность того, что это заказное убийство, — очевидна.

Но каковы мотивы?..

УДК 821.161.1-312.4
ББК 84(2Рос=Рус)6-44

Подписано в печать с готовых диапозитивов 27.05.02.
Формат 84×108^1/$_{32}$. Усл. печ. л. 18,48. Гарнитура Журнальная.
Печать высокая с ФПФ. Бумага типографская.
Доп. тираж 30 000 экз. Заказ 3190.

Общероссийский классификатор продукции
ОК-005-93, том 2; 953000 — книги, брошюры
Санитарно-эпидемиологическое заключение
№ 77.99.11.953.П.002870.10.01 от 25.10.2001 г.

ISBN 5-17-014658-2 (кн. 1)
ISBN 5-17-013265-4 (ООО «Издательство АСТ»)
ISBN 5-271-04342-8 (кн. 1)
ISBN 5-271-04344-4 (ООО «Издательство Астрель»)

ГЛАВА ПЕРВАЯ

— Посиди здесь и подумай о своем поведении.

Дверь закрылась, снаружи повернулся ключ. Маша Григорьева осталась одна в просторной комнате, где не было ничего, кроме фанерных щитов наглядной агитации, прислоненных к стене, пыльных рулонов бумаги, сваленных в угол, голой ослепительной лампочки под потолком, сизого ночного окна с клочьями ваты между рамами и чугунной батареи.

— Вот и отлично! — прошептала Маша, обращаясь к запертой двери, за которой слышны были тяжелые шаги и скрип половиц. — Я простужусь, у меня будет воспаление легких, и тебе, Франкенштейн, придется отвечать.

Шаги затихли. Маша потрогала облупленное ребро батареи. Оно оказалось чуть теплым.

Пять минут назад Франкенштейн выдернула ее из-под одеяла, отняла фонарик, книжку и даже не дала надеть тапочки, потащила за руку

5

вон из спальни по пустому полутемному коридору, потом по лестнице, на третий этаж. Маша ужасно удивилась. Такие воспитательные меры были для нее экзотикой. Она решила не возражать и не задавать вопросов, ей стало интересно, куда ее тащат и что произойдет дальше.

За три дня, проведенные в санаторно-лесной школе, она узнала несколько непреложных правил. Самый важный человек в этом заведении — воспитательница старших классов Раиса Федоровна Штейн, по прозвищу Франкенштейн. Есть вещи, которые ее бесят: декоративная косметика, жвачка и чтение после отбоя под одеялом при свете фонарика.

Вчера утром, обыскивая тумбочки в спальне девочек, Франкенштейн обнаружила у Маши помаду, правда гигиеническую, но она не вникала в детали. В специальной тетрадке против фамилии «Григорьева» появилась жирная красная точка. После обеда соседка по столу угостила Машу мятной жвачкой. Франкенштейн шла навстречу как раз в тот момент, когда Маша запихивала в рот белую гибкую пластинку. Тут же появилась вторая точка, жирнее первой.

— Ну все, Григорьева, — предупредила соседка, — еще одно замечание, и ты труп.

— Она что, правда детей жрет? — небрежно уточнила Маша.

— Не всех. Только девочек старших классов, и то после третьего замечания.

В десять вечера Франкенштейн погасила свет

в палате. В десять сорок зашла проверить, все ли спят. Маша дождалась одиннадцати, зажгла под одеялом свой фонарик, чтобы почитать. Она читала Оскара Уайльда «Портрет Дориана Грея», и так увлеклась, что не услышала тяжелых шагов.

Вот, оказывается, как обращаются с детьми в этом оздоровительном заведении, если, конечно, можно назвать ребенком совершенно самостоятельную девочку тринадцати лет, умницу, отличницу, которая свободно говорит по-английски, читает в подлиннике Уайльда, Моэма и Голсуорси. Никто никогда не хватал ее за руку и не волок, как нагадившую собачонку. Никто никогда не запирал ее ночью в холодной комнате, босую, в ночной рубашке.

Неделю назад мама и отчим Маши Григорьевой попали в аварию, вроде бы не слишком серьезную, тем не менее оба лежали в больнице, к ним не пускали из-за карантина. Бабушка Зина решила быстренько сбагрить Машу в эту паршивую лесную школу.

С первого же дня Маша стала обдумывать план побега. Ей хотелось увидеть маму. Она не знала, где именно мама лежит, но надеялась выяснить это, обзвонив из дома по телефонному справочнику все московские больницы.

Она понимала, что отсюда, из деревни Язвищи, добраться до Москвы без посторонней помощи довольно сложно. Не в том дело, что далеко (двадцать минут на автобусе, тридцать минут на электричке). Просто у Маши не было денег. Ни копейки. В лесной школе не разрешалось детям иметь наличные деньги, и верхнюю одежду держали в запертом помещении, выдавали только на время прогулок. А на прогулке всегда рядом Франкенштейн. Попробуй сбеги. Это закрытое заведение, черт бы его подрал, детское оздоровительное учреждение санаторного типа. Бабушка Зина страшно гордилась, что устроила сюда Машу, совершенно здорового подростка, по большому блату. И если Маша сбежит, бабушка ей этого никогда не простит.

Холод начал потихоньку поедать босые ноги. Такому лютому холоду хватит часа, чтобы сожрать человека целиком и обглодать косточки. Когда откроют дверь, вместо Маши Григорьевой найдут сосульку, прозрачную и неподвижную. Вот тогда они все забегают, засуетятся, им станет не просто стыдно, а мучительно стыдно. Они с позором уволят Франкенштейн, лишат ее диплома педагога и разжалуют в уборщицы. Всю оставшуюся жизнь Раисе Федоровне придется ронять слезы в ведро с грязной водой, повторяя: «Григорьева, прости меня!» Ответом ей будет мертвая тишина.

Маша тяжело вздохнула, обошла комнату, подергала дверь, припала к замочной скважине и поняла, что ключ торчит снаружи. В коридоре было тихо. Школа спала. Франкенштейн, вероятно, полетела на метле на шабаш нечистой силы и теперь водит хороводы вокруг костра со своими подружками ведьмами. Над костром висит огромный кипящий котел, в нем варится ароматный супчик из злостных нарушителей дисциплины. По сравнению с теми, чьи расчлененные тела кипят в этом котле, Маша Григорьева устроилась вполне сносно.

Она развернула один из пыльных плакатов, постелила на занозистый рыжий пол у батареи. На плакате толстощекий мальчик увлеченно поедал бутерброд с колбасой. Красная крупная надпись под мальчиком гласила: «Школьные завтраки — дело серьезное, вам поскорее помогут они вырасти умными, сильными, взрослыми, так как полезны и очень вкусны!»

Старая бумага противно шуршала, обдавая пылью. Сквозь оконные щели сильно дуло. Маша обнаружила, что оба шпингалета, верхний и нижний, сломаны, закрыть окно плотней невозможно. Она уселась на корточки на плакат, обхватив руками плечи и прижавшись спиной к батарее. Жестко, неудобно, но все-таки немного теплей.

Лесная школа занимала старинное трехэтажное здание, до восемнадцатого года бывшее усадьбой купцов Дементьевых, владельцев деревни Язвищи. Купцы строили себе дом два века назад добротно и красиво, в стиле раннего классицизма. Дом стоял на холме, окруженный яблоневым садом. Дальше простирались поля, отороченные у горизонта тонким черным кружевом леса. В тишине ясно слышался гудок электрички. Сыпал снег, крупный, липкий, первый снег 1985 года.

Постепенно снегопад превратился в настоящую вьюгу. Ветер выл все громче. Под его порывами хлипкая оконная рама трещала, тихо и грустно позванивало стекло. Маша взглянула на маленькие наручные часы, папин подарок. Она никогда не расставалась с ними, не снимала даже в ванной. Они были водонепроницаемые.

Десять минут первого. Сейчас должна прийти Франкенштейн. Она же не может оставить здесь ребенка до утра. Это все-таки санаторий, а не колония для малолетних преступников.

Глаза слипались. Съежившись у батареи, Маша натянула рубашку на колени, почти согрелась и даже задремала. Сквозь тонкую зябкую дрему она думала о том, что ее родной отец ни за что не сел бы за руль пьяным, как это сделал отчим, который разбил уже третью по счету машину. Он привык, что ему все дозволено. Стоит ему высунуть свою популярную физиономию из окошка, и гаишники, вместо того чтобы штрафовать, отдают честь. Ни у кого в Машином классе нет дома видеомагнитофона, никто не отоваривается в «Березке» на Большой Грузинской. Маша только и слышит: «Вчера видели твоего папу по телевизору... В последнем «Огоньке» твой папа на обложке». Она уже устала повторять, что никакой он не папа, а отчим.

Ее родного отца зовут Григорьев Андрей Евгеньевич. Они с мамой развелись, папа сейчас где-то за границей, по работе, но это ничего не значит. Маша никогда не станет дочерью нового маминого мужа, народного артиста, лауреата всяческих премий, и отчество свое ни за что не изменит, и фамилию его знаменитую ни за что не согласится взять. Это только для телеэкрана и журнальных обложек он такой классный. А на самом деле он надутый индюк, самоуверенный болван и пьяница. То, что он рискует собственной жизнью, — его личные трудности. Но жизнью Машиной мамы он не имеет права рисковать, придурок несчастный.

То ли ветер выл слишком громко, то ли Маша правда уснула, но скрежета ключа в замочной скважине она не услышала. Дверь открылась с легким скрипом, и тут же закрылась. Ключ повернулся в замке, уже изнутри. Маша проснулась оттого, что какая-то липкая холодная гадость прикоснулась к ее лицу. У рта что-то металлически звякнуло. Она распахнула глаза, хотела крикнуть, но не сумела. Рот ее был заклеен широким куском лейкопластыря. Напротив нее сидел на корточках худой ободранный мужчина неопределенного возраста. Он смотрел на Машу и улыбался. Зубы у него были редкие, кривые и какие-то рыжие, череп обрит наголо. Даже глаза у него были лысые, ни бровей, ни ресниц. Под бурой телогрейкой виднелась мятая фланелевая ковбойка в красную клеточку.

Он мог показаться сумасшедшим, если бы не внимательный спокойный взгляд, взгляд разумного существа, возможно, даже более разумного, чем Маша. Он смотрел на нее с радостным любо-

11

пытством исследователя, как орнитолог на двухголового воробья.

Плотная трикотажная ночнушка была натянута на колени. Кисти рук скрещены и спрятаны в длинных рукавах. Получалось, что Маша самое себя связала, и не могла двинуться. При первой же попытке высвободить руки лысый легонько уперся ножницами в ее шею и отрицательно помотал головой. Ножницы медленно поползли от шеи вдоль щеки к глазам, длинные блестящие лезвия раскрылись и тут же закрылись, выразительно щелкнув. Он продолжал улыбаться. У него воняло изо рта. Не перегаром, он не был пьяным. Он был даже слишком трезвым. От него исходил ни с чем не сравнимый смрад. Наверное, именно так воняли зомби из «Ночи живых мертвецов». Маша однажды сдуру посмотрела этот ужастик по видео, от начала до конца, и сколько потом ни убеждала себя, что это всего лишь фильм, не могла спать целую неделю.

На секунду ей пришла в голову утешительная мысль, что лысый урод в ватнике ей снится. Просто в мозгах засело, как заноза, впечатление от американского ужастика. Она вообще чрезвычайно впечатлительная, и впредь с этим надо считаться, выбирая для себя фильмы и книги.

Но лысый в ватнике был слишком отчетлив для сновидения. Он вонял мертвечиной, адом, кошмаром. Ее затошнило. Она подумала, что, если сейчас вырвет, она захлебнется насмерть, потому что рот у нее заклеен. Левая рука лысого нырнула под подол рубашки. Прикосновение влажных ледяных пальцев к бедру подействовало на Машу сильней, чем ножницы. Она успела заметить, что дверь плотно закрыта и ключ торчит изнутри. Значит, если Франкенштейн все-таки явится, какое-то время уйдет на то, чтобы взломать дверь.

— Тихо, тихо, — бормотал лысый, — все будет хорошо, тебе понравится. Я быстренько, не бойся...

Он сопел все громче, и с каждым его выдохом комната наполнялась очередной волной нестерпимой вони. Резким внезапным движением он задрал Машину рубашку, продолжая внимательно смотреть ей в глаза. Это дало ей возможность вскочить на ноги, не запутавшись в подоле и освободить руки из рукавов. От неожиданности он выронил ножницы. Липкие пальцы проворно впились в щиколотку. Маша развернулась, ухватилась за подоконник и, почувствовав опору, оттолкнулась ногами, изо всех сил дернулась вверх, словно пыталась выбраться из вонючей болотной трясины.

От порыва ветра мелодично звякнуло оконное стекло. В ноздри ударил свежий озоновый запах снега. Это было хорошей подсказкой. Она не видела, что происходило у нее за спиной, только слышала сухой грохот старых плакатов, тихую одышливую брань и нестерпимую вонь. Через секунду она взлетела на подоконник. Окно распахнулось легко, словно кто-то снаружи услужливо потянул раму на себя.

Небо казалось светлым. Ветви низкорослых яблонь, еще днем голые и черные, к ночи покрылись толстым пушистым снегом и приветливо кивали Маше. Вьюга ластилась к ней, дышала в лицо мокрой свежестью, и оставалось только переступить с подоконника на мягкий белоснежный карниз.

— Стой, стой, куда?! — удивленно и обиженно прохрипел лысый.

Очередная волна вони толкнула ее вперед и вниз. Если бы она успела содрать пластырь со рта, то, вероятно, закричала бы во всю глотку, падая с высоты третьего этажа. Вьюга ослепила ее, перед глазами неслась сплошная непроглядная белизна, ветер грохотал в голове. Рубашка раздулась, как парашют, и падение получилось медленным, плавным. Она не чувствовала ни холода, ни страха.

Примерно за полтора метра до земли она застряла в ветвях старой раскидистой яблони. Взрыв боли в правой кисти заставил ее опомниться. В мозгу включился и спокойно заработал какой-то новый, четкий и надежный механизм. Маша поняла, что сидит, скрючившись, на толстом яблоневом суку. Ее не изнасиловал этот лысый, только пытался. Она выпрыгнула из окна третьего этажа, но насмерть не разбилась, и уже не разобьется. Самое страшное позади. Кожа на ногах и на спине ободрана, к свежим ссадинам прилипла мокрая рубашка, рот все еще заклеен пластырем, холод лютый, но это ерунда. Главное — рука. С правой рукой случилось нечто очень плохое. Боль нарастала, от нее перехватило дыхание, и следовало переждать, когда отхлынет эта первая, оглушительная волна, здоровой левой рукой отодрать, наконец, пластырь и громко позвать на помощь.

Треск потревоженных сучьев затих. Правая рука превратилась в гигантский пульсирующий сгусток боли. Маша заставила себя медленно сосчитать до десяти, осторожно разжала закоченевшую, но невредимую левую кисть, убедилась, что сидит достаточно надежно, стряхнула с лица снег, нащупала пластырь. Он размок и отошел совсем легко. Она глубоко вдохнула, чтобы крикнуть, но от холода все внутри у нее так сжалось, что вместо крика получился сдавленный еле слышный стон.

Маша подняла голову и сквозь рябую пелену метели разглядела в ярком квадрате окна на третьем этаже силуэт лысого ублюдка. Он перевесился по пояс через подоконник. Он смотрел вниз и искал Машу. Сердце у нее дико заколотилось, ей показалось, что сейчас он увидит ее, прыгнет вниз, вслед за ней, и все продолжится. Маша не стала звать на помощь. Наоборот, она зажала рот здоровой левой рукой, чтобы не крикнуть.

Спасительный механизм опять включился в мозгу, заглушая страх, притупляя боль и все прочие невыносимые чувства. Механизм работал в ритме дикого стука сердца и отбивал только одно слово: беги!

Ей удалось почти безболезненно соскользнуть с дерева. Она ступила на снег босиком и удивилась, что ногам совсем не холодно. В последний раз взглянув вверх, она увидела пустой светящийся квадрат окна на третьем этаже.

Первые несколько шагов дались ей легко, без всяких усилий. Ей казалось, что она бежит, почти летит, не касаясь белой призрачной земли. Ей стало тепло и ужасно захотелось спать. Если можно летать во сне, то почему нельзя спать на лету? Она бы заснула, но мешал тяжелый противный топот поблизости и грубый страшный голос:

— Григорьева, совсем очумела?! Ты что тут устраиваешь, а? Так, ну-ка открой глаза, сейчас же ответь, ты слышишь меня?

Нет, наверное она все-таки спала, летела сквозь нежную теплую метель, и спала. Ей снилась Франкенштейн с башенкой на макушке. Соседка по палате говорила, что Франкенштейн запихивает в свой пучок скрученные капроновые чулки, чтобы прическа казалась объемней, и закрепляет шпильками с пластмассовыми блестящими бусинами. Эти бусины сверкали, как живые глаза в темноте. Из прически выбилась длинная тонкая прядь, ее шевелил ветер. Маше показалось, что на голове у воспитательницы сидит небольшая сумасшедшая крыса, злобно смотрит и машет хвостом. Конечно, такое могло быть только во сне.

Между тем Франкенштейн больно и грубо теребила Машу, волокла ее куда-то, мешала спать. Это было ужасно, поскольку во сне раненая рука успокаивалась, становилось тепло, уютно и совсем хорошо. Но Франкенштейн была неумолима.

— Не спи, не спи, шевелись, открой глаза, — повторяла она, трясла Машу, тревожила ее руку и добилась своего. Рука взорвалась новой, нестерпимой болью. Свет полоснул по глазам. В диком вихре закружились какие-то фигуры, загудели голоса. Маша то проваливалась в метельную мглу, то выныривала на поверхность и, хватая ртом сухой шершавый воздух, шептала:

— Мама, мамочка!

До приезда «скорой» дежурный врач вколола Маше несколько кубиков глюкозы и анальгина, зафиксировала сломанную руку, обработала многочисленные ссадины.

— Как же это могло произойти? — спросила она, старательно закручивая пробку резиновой грелки с горячей водой и избегая смотреть в глаза Раисе Федоровне Штейн.

— Очень сложная девочка. Нарушала дисциплину. Мне пришлось ее наказать, я отвела ее на третий этаж, закрыла в комнате, отошла минут на двадцать, а она, видите, что натворила? Взяла и выпрыгнула из окна. Надо сообщить родителям, пусть покажут ее психиатру, — Раиса Федоровна потрогала рыжую башню на голове, заправила длинную выбившуюся прядь, похожую на крысиный хвост, облизнула сухие губы и добавила, — я уже пыталась им дозвониться, там никто не подходит.

Врач застыла с грелкой в руках и уставилась на Франкенштейн так, словно увидела ее впервые. В лесной школе все, и врачи, и педагоги, знали, что у новенькой девочки Маши Григорьевой мать и отчим погибли в автокатастрофе. От девочки это пока скрывали. Из родственников у нее осталась бабушка с больным сердцем, и больше никого. Существовал родной отец, но где он и как с ним связаться — неизвестно.

———————

ГЛАВА ВТОРАЯ

Весной 2000 года жара обрушилась на Москву внезапно, в конце апреля, и к майским праздникам город выглядел немного пьяным, провинциальным. В центре и на окраинах во дворах орала вразнобой дешевая эстрада. Обитатели панельных бараков высыпали на солнце во всем своем домашнем великолепии, в байковых тапках, в трикотажных шароварах и майках, нечесаные, опухшие, они расположились на сломанных скамейках, на бортиках песочниц или прямо на свежей майской траве. Они пили теплое, с привкусом пластика, пиво, чистили влажную серебристую воблу, хрустели чипсами, жмурились на солнце, незлобно матерились, травили анекдоты.

Публика посолидней загрузилась в автомобили и удалилась за город, возиться в огородах, перетряхивать и чистить нутро осиротевших за зиму дачных домиков.

Самые солидные, те, кто на улицах почти не

появляется и украшает город благородным сиянием выхоленных иномарок, наполняет мягкой музыкой мобильников залы ресторанов, бутиков и косметических салонов, предпочли провести праздничные дни на теплых заграничных курортах.

Утром тридцатого апреля Москва пыталась выплюнуть остатки дачников, которые не решились ехать накануне из-за вечерних пробок. Однако таких осторожных оказалось слишком много, и на основных магистралях, ведущих к кольцевой дороге, теснились огромные стада машин.

Светлана Анатольевна Лисова, одинокая полная дама сорока восьми лет, не принадлежала ни к богатым, ни к бедным, ни к средним. Она не имела ни машины, ни дачи, хотя честно трудилась с юности, и даже сейчас, в праздник, ехала не в гости, не в кино, а на работу. Из окна троллейбуса Светлана Анатольевна смотрела на легковушки на встречной полосе. Троллейбус застрял перед въездом на мост, отделявший Ленинградский проспект от Тверской-Ямской улицы. Пробка была двусторонняя, сплошная, безнадежная. Водитель открыл передние двери, и салон почти опустел. Светлана Анатольевна не собиралась выходить и нырять в метро. Ей нравилось сидеть на переднем сиденье, спиной к водительской кабине, и с высоты троллейбусного роста разглядывать легковые машины.

Московская пробка уравнивала всех. Шикарные иномарки с затемненными стеклами и озонированными салонами, «москвичи» и «жигулята» с грузовыми решетками на крышах, набитые детьми, собаками, стариками, скромным семейным барахлом, все вынуждены были стоять, ждать и нервничать. К концу праздников обещали дожди, резкое похолодание, и каждый час этого теплого ясного утра был драгоценен.

Солнце ударило в стекло, Светлана Анатольевна поморщилась, надела темные очки, отвернулась от окна, уткнулась в книжку, которая лежала поверх ее объемной хозяйственной сумки. Это был роман Шарлотты Бронте «Джен Эйр», любимое ее литературное произведение, впервые прочитанное в четырнадцать лет и к нынешним сорока восьми выученное наизусть. Разными изданиями романа была занята целая полка в ее книжном шкафу. Сегодня она прихватила в дорогу новую дешевенькую книжицу в мягкой пестрой обложке. Прихватила машинально, не собираясь читать в транспорте, скорее как талисман, но из-за пробки все же раскрыла наугад и очутилась в Англии первой половины девятнадцатого века, в имении Торнфильд, в трехэтажном доме, принадлежащем сумрачному аристократу, у которого сумасшедшая жена, пошлая, вероломная, но уже покойная любовница, пышные сросшиеся брови, выразительные раздувающиеся ноздри.

На мосту между Ленинградкой и Тверской-Ямской, в гуще автомобильной пробки, никто не догадывался, что полная крупная дама на самом деле хрупкая маленькая Джен, гордая сирота, образованная, благородная, бескорыстная, со скромным настоящим, но с роскошным будущим.

Троллейбус мягко тронулся, миновал мост и поплыл по Тверской-Ямской к центру. У Пушкинской площади Светлана Анатольевна с сожалением вынырнула из родной романтической стихии, аккуратно заложила страницу пробитым талончиком, спрятала книжку и вышла из троллейбуса.

Через пять минут она оказалась в переулке, расположенном между Тверским бульваром и Патриаршими прудами, прошла половину квартала, остановилась у семиэтажного дома, выстроенного в самом начале двадцатого века в стиле модерн.

От старого здания сохранился только фасад, отреставрированный, вылизанный, сверкающий широкими стеклами эркеров, украшенный белой лепниной по нежно-бирюзовому фону и сине-зеленой керамической мозаикой. Внутри все отстроили заново, вернее, вернули дом к его изначальному, докоммунальному состоянию, так, чтобы и духа не осталось от семидесяти лет с фанерными перегородками, тараканами, корытами на стенах, с общими закопченными кухнями и одним сортиром на десять семей.

Теперь, как в старые времена, каждая квартира занимала не менее половины этажа, парадный подъезд был выложен мрамором, увешан картинами, зеркалами. На каждой лестничной площадке, у круглых окон, стояли курительные столики, кресла и вазы с живыми цветами. Черным ходом пользовалась только домашняя прислуга.

Светлана Анатольевна называла себя «помощницей по хозяйству», не общалась ни с вахтершей, ни с говорливыми коллегами из соседних квартир, и всегда входила только через парадный подъезд. Мягкие подошвы ее спортивных туфель тяжело протопали по мрамору и остановились у лифта. Вахтерша дремала в своей стеклянной будке и на приветствие не ответила. Зеркальный лифт вознес Светлану Анатольевну на седьмой этаж. Там были самые скромные квартиры, трехкомнатные, которые красиво именовались мансардами, или студиями, на западный манер.

Звякнули ключи. Распахнулась стальная, обитая темным деревом, дверь. Пустой светлый холл встретил ее гулкой тишиной. Светлана Анатольевна сняла туфли, надела тапочки, задержалась перед зеркалом, оглядела свою большую полную фигуру, одернула юбку, провела ладонью по коротким бесцветным волосам и на несколько секунд замерла, пристально глядя в глаза своему отражению и прислушиваясь, то ли к неуловимым звукам просторной квартиры, то ли к самой себе.

Из холла небольшой коридор вел в спальню. Там стояла кромешная тьма. Вишневые бархатные шторы плотно закрывали полукруглое окно. Светлана Анатольевна нашарила выключатель.

Вспыхнул свет. На кровати лежали двое, женщина и мужчина, хозяйка квартиры и ее гость. Оба молодые и красивые. Оба совершенно голые.

Каштановые спутанные волосы хозяйки разметались по синему шелку наволочки. Она лежала на животе, уткнувшись лицом в подушку. Белая тонкая рука свесилась и почти касалась холеными ноготками пушистого светлого ковра. Гость лежал на спине, разметавшись. Голова его провалилась между подушками, видны были только крупный прямой нос и квадратный, подернутый модной трехдневной щетиной подбородок.

Кровавые пятна терялись в шелковых бликах темно-синего белья. Терялись и пулевые отверстия. Хозяйке стреляли в каштановый затылок, гостю в грудь, поросшую густыми черными волосами. Вообще, в спальне царил порядок, и можно было подумать, что эти двое просто спят, спокойно и крепко. Легкое одеяло соскользнуло на пол, а они не заметили.

Светлана Анатольевна тихо охнула, зажала ладонью рот, метнулась к кровати, но тут же отпрыгнула от нее и, теряя по дороге шлепанцы, тяжело топая, помчалась назад, в прихожую, чтобы оттуда позвонить, куда следует.

* * *

Над Нью-Йорком с утра висел плотный теплый туман, моросил мелкий дождь. Небоскребы почти исчезли, как бутафорская мебель за сценой, прикрытая серой марлей. На смотровой площадке, на набережной у Бруклинского моста, торговали самодельными сувенирами. Изредка проплывали сквозь туман одинокие отрешенные бегуны в наушниках. Из-за сырости никто не гулял по набережной, не интересовался сувенирами. Торговцы, пожилые хиппи, ряженые индейцы, богемные дамочки в облезлых горжетках, оставив свои лотки, сиротливо сбились в стайку, пили кофе из пластиковых стаканчиков и без всякой надежды косились на двух стариков, которые прохаживались по площадке туда-сюда почти час.

Один, невысокий, плотный, в истертых джинсах и рыхлом грязно-белом свитере, постоянно курил и покашливал. Второй, подтянутый, моложавый, отворачивался от дыма, и голос его звучал довольно громко. Ему было важно, чтобы собеседник не пропустил ни слова и правильно его понял.

— Я хочу, чтобы ты меня правильно понял, Эндрю, — повторял он через каждые несколько фраз, — мной движет не только профессиональный интерес, но и простая человеческая симпатия.

Старик, которого звали вовсе не Эндрю, а Андрей Евгеньевич Григорьев, молча кивнул и проводил взглядом гигантский воздушный шар с рекламой пепси-колы.

— Мы с тобой знакомы двадцать лет. — Американец широко улыбнулся и помахал рукой, разгоняя вредный дым. — Как говорят у вас в России, мы с тобой пуд соли съели, пуд — это около тридцати фунтов. Верно?

— Нет, Билли, — покачал головой Григорьев, — мы с тобой съели соли грамм четыреста, то есть не более фунта, за все двадцать лет. Мы почти не обедали и не ужинали вместе. Вот кофе выпили много, литров сто. Правда, это был довольно паршивый кофе, без кофеина и с ксилитом вместо сахара.

— Ты намекаешь, что я мог бы пригласить тебя в ресторан? — Билл Макмерфи расхохотался и похлопал Григорьева по плечу. — В следующий раз я учту твои пожелания, Эндрю.

— Ни на что я не намекаю, — поморщился Григорьев, — я вот уже второй час мокну здесь с тобой и жду, когда ты, наконец, объяснишь, что конкретно тебе от меня нужно. Такая сырость, что мы оба скоро покроемся плесенью.

В ответ прозвучал всплеск бодрого хохота, похожий на закадровый фон комедийного телесериала. На этот раз смеялся не Макмерфи, а компания торговцев. Один из них, упитанный мужчина с длинными волосами, стянутыми в крысиный хвост на затылке, изображал кокетливое существо противоположного пола, то ли женщину, то ли гомосексуалиста, жеманно поводил плечами, вертел жирным туловищем, вытягивал губы, взбивал двумя пальцами прядь на виске, ворковал что-то по-испански,

26

фальшиво-высоким голосом. Остальные покатывались со смеху.

Григорьев и Макмерфи несколько секунд молча наблюдали представление.

— Слушай, Эндрю, ты ведь давно меня понял, — произнес американец, и лицо его стало
серьезным, — просто ты пока не готов ответить.
Но я не тороплю. Тебе, конечно, надо подумать.
Ты хорошо подумай, Эндрю, причем на этот раз
не о своей старой глупой заднице, а о своей дочери Маше. Пойми, наконец, речь вообще не о тебе,
а о ней, о ее карьере, о ее будущем. Ей двадцать
восемь лет, она взрослый самостоятельный человек, доктор психологии, офицер ЦРУ, ей надо
расти и совершенствоваться, она должна реализовать в полной мере свой интеллектуальный и
профессиональный потенциал.

Воздушный шар лениво подплыл к Бруклинскому мосту и остановился.

— Угодил в железную паутину, как муха, —
проворчал Григорьев, кивнув в сторону шара, и
затоптал очередной окурок.

— Прости? — Макмерфи, наконец, повернулся к нему лицом, не опасаясь вдохнуть смертоносного табачного дыма.

Макмерфи был фанатиком свежего воздуха.
Ему не следовало жить в Нью-Йорке и работать
в русском секторе ЦРУ. Лучше бы он разводил
породистых скакунов на каком-нибудь тихом
ранчо в штате Техас.

— Да, я, разумеется, понял тебя, Билли, —

кивнул Григорьев, — мне не надо двадцати минут на размышление. Я отвечаю сразу: нет.

— И ничего не хочешь добавить к этому? — уточнил Макмерфи.

Григорьев молча помотал головой, достал очередную сигарету и принялся разминать ее. Эта привычка осталась у него с юности, когда он курил «Яву», сушенную на батарее.

— Ну, в таком случае нам придется обойтись без твоего согласия, — грустно улыбнулся американец.

Андрей Евгеньевич вытряхнул почти весь табак, бросил сигарету под ноги, достал другую.

— Не обойдетесь, — произнес он, прикуривая.

— Да, конечно, твоя поддержка очень важна для нас, — Макмерфи заговорил быстро, нервно, — но независимо от результата нашего разговора операция состоится. Мы оба это отлично понимаем. Хотя бы объясни мне, почему ты против? Чего ты боишься? Это ведь не просто тупое упрямство, верно?

— Я не хочу, чтобы моя Машка, — старик тяжело, хрипло закашлялся, покраснел, на лбу вздулись лиловые толстые жилы, — я не хочу, чтобы мисс Григ летела в Россию и занималась там черт знает чем. Я сделаю все, что от меня зависит, чтобы она осталась здесь. Заставить ее вы не можете. У меня случится очередной инфаркт, и она никуда не полетит. Вам придется послать кого-то другого. Кстати, ты так и не ответил, почему вам нужна именно моя дочь?

— А почему у тебя должен случится очередной инфаркт? — весело поинтересовался Макмерфи и тут же добавил с серьезной миной: — Впрочем, с человеком, который так много курит, может случиться что угодно.

Григорьев засмеялся. Смех у него был мягкий, приятный.

— Билли, если ты меня убьешь, тебя потом замучит совесть.

— А? Это ничего. Главное, чтобы не подагра. — Макмерфи сдержанно улыбнулся. — Эндрю, я тебя прошу, перестань, у нас серьезный разговор.

— Конечно, серьезней некуда. Если ты меня все-таки уберешь, несмотря на совесть и подагру, Машка тем более никуда не уедет, ты же ее знаешь, — он похлопал американца по плечу, — смотри, пепси исчезла, улетела. Или лопнула. Жаль, я не успел заметить, что случилось с воздушным шаром. Кстати, все эти растворители кишок, которые вы потребляете тоннами, все эти ваши пепси и коки не менее вредны, чем мои сигареты.

— Ладно, Эндрю, кончай валять дурака. Ты врешь не только мне, но и себе самому. Тобой движет не забота о дочери, а обыкновенный старческий эгоизм. Ты хочешь, чтобы она всегда была при тебе. На одной чаше весов ее карьерный рост, ее деньги, ее профессиональная состоятельность, а что на другой? Твоя блажь? Беспредметные страхи?

— А при чем здесь карьерный рост и профессиональная состоятельность? Мисс Григ сотрудница Медиа-концерна «Парадиз», доктор психологии, специалист по связям с общественностью. С какой стати она должна лететь в Москву? У нее и здесь все отлично.

— Нет ничего постоянного, Эндрю, — вздохнул Макмерфи, — сегодня отлично, а завтра? Ты ведь понимаешь, насколько руководство концерна заинтересовано в ее командировке. Если она откажется, ее могут уволить. А виноват будешь ты, Эндрю. Впрочем, она не откажется. И инфаркта у тебя не будет. Я хотел как лучше. Мне казалось, ты мог бы помочь ей, нам, концерну. Твой опыт, твое чутье и знание российского криминалитета...

— Билл, почему именно Машка? У вас же полно людей, почему она? — пробормотал Григорьев по-русски.

— Все, Эндрю, ты достал меня, мать твою! — рявкнул Макмерфи, тоже по-русски, и почти без акцента. — Потому что Машка умница, классный специалист, ее оценкам можно доверять, ее реакции адекватны, и никого лучше мы не нашли!

— В чем конечная цель операции?

— Я сто раз тебе объяснял! У нас есть основания подозревать, что глава демократической партии «Свобода выбора», лидер самой влиятельной думской фракции в России Евгений Рязанцев связан с криминалом настолько тесно, что деньги, которые в него вкладывают наши структуры, уходят к русским бандитам.

— Я тебе и так скажу, без всяких операций, что Женька Рязанцев связан с бандитами, и через него ваши деньги уплывают в воровской общак, — Григорьев оскалил голубоватые фарфоровые зубы. — Впрочем, не стоит называть их бандитами. Вполне солидные люди. Они не воруют, а контролируют финансовые потоки. И между прочим, от них эти потоки направляются назад, к вам, в ваши банки.

— Что значит — к вам? — проглотив нервный смешок, перебил его Макмерфи. — Разве ты, Эндрю, не гражданин Америки? И потом, у нас коммерческие банки, деньги принадлежат вкладчикам...

— Дай мне договорить, Билл, — поморщился Григорьев, — я не собираюсь с тобой спорить, ты знаешь, я вообще терпеть не могу спорить и толочь воду в ступе. Вы хотите влиять на политику и экономику России? У вас там свои интересы? Извольте платить, причем не тому, кто вам нравится, не демократическим сявкам, которые покрутились в Гарварде, умеют улыбаться и говорить по-английски, а людям более серьезным и менее обаятельным. Так было и так будет. И чтобы в этом убедиться, не надо внедрять к Рязанцеву мою Машку в качестве представителя Медиа-концерна «Парадиз», консультанта по пиару. Тем более там уже работает такой представитель-консультант, зовут его Томас Бриттен, он отличный специалист, сидит в пресс-центре Рязанцева уже второй год и поставляет вполне добротную, надежную информацию, да и не один он там, есть еще несколько надежных легендированных агентов... — Григорьев осекся, наткнувшись на странный, застывший взгляд Макмерфи. Американец глядел как бы сквозь него и явно пытался что-то важное для себя решить прямо сейчас, сию минуту.

— Ты стареешь, Эндрю, — заговорил он медленно, по-русски, — мы с тобой ровесники, но в отличие от меня, ты стареешь слишком стремительно, как будто нарочно самого себя гробишь, загоняешь в старость. Тебе настолько все безразлично, что ты забываешь смотреть утренние новости. Сегодня, в полдень по московскому времени и в три часа ночи по нью-йоркскому, Томас Бриттен был обнаружен мертвым в чужой квартире, в центре Москвы. Это передало Би-би-си. Пока только это. Но мы, разумеется, знаем больше. По нашим сведениям, он был убит в квартире руководителя пресс-центра думской фракции «Свобода выбора» Виктории Кравцовой. Их обоих застрелили в постели. Утром трупы обнаружила домработница. Мисс Григ должна лететь завтра, уже все готово. Но ей не по себе оттого, что ты против. Она уже пакует чемоданы и жутко боится разговора с тобой. Два часа назад она сказала, что у ее любимого папочки случится инфаркт, если он узнает. Именно это ее волнует сейчас. А она должна быть спокойна. Спокойна и уверена. Понимаешь, ты, старый осел? Я обещал ей, что подготовлю тебя. Слушай, ты можешь не пускать мне дым прямо в лицо?

———————

ГЛАВА ТРЕТЬЯ

При первоначальном осмотре места преступления никаких следов взлома и ограбления, никакого беспорядка обнаружено не было. Убийца имел ключ от квартиры либо действовал хорошей отмычкой. Орудия убийства не нашли. Судмедэксперт сказал, что мужчина умер примерно на час раньше женщины. Произошло это между шестью и семью утра.

— А мокренькое какое интересное, ну вообще, блин, — старший лейтенант Остапчук присвистнул и покачал головой, — мужик американец, а женщина, кажется, еще круче. Слышь, Сань, я все думаю: откуда у людей такие бабки? Вот кто она, эта Кравцова Виктория Павловна семидесятого года рождения? Кто она такая, чтобы так классно жить, а? Может, путана? — Он выложил на стол перед майором Арсеньевым документы убитых и тут же запел чистым тенором старый шлягер про путану и афганца.

Из спальни выносили трупы. Домработница Светлана Анатольевна Лисова внезапно поднялась и вышла. До этой минуты она сидела молча и смотрела в одну точку. Она с самого начала предупредила, что пока не может отвечать ни на какие вопросы. У нее шок.

— Одну минуточку, пожалуйста! — крикнула она санитарам и на цыпочках, крадучись, словно опасаясь разбудить мертвых, приблизилась к носилкам. Санитары остановились. Лисова подняла угол простыни, закрывавшей лицо покойной, и несколько секунд смотрела, прощалась. Затем аккуратно накрыла, расправила складки и с легким вздохом обратилась к санитарам:

— Все, спасибо.

— Светлана Анатольевна, — окликнул ее Арсеньев, — может, вы посмотрите еще раз, насчет украшений.

— Я уже сказала вам, все, что было, осталось на ней! — звенящим голосом прокричала Лисова.

— Серьги из белого металла с голубыми и белыми камнями, цепочка из светло-желтого металла, образок эмалевый, часы из белого металла, — забормотал себе под нос Арсеньев, перечитывая протокол осмотра трупа.

Металл был белым золотом, камни — сапфиры и бриллианты, часы фирмы «Картье», тоже из белого золота, украшенные бриллиантами. Все это сверкало и вопило о своей немыслимой цене, и ни на что убийца не позарился.

— Светлана Анатольевна, ваша хозяйка не

снимала свои украшения на ночь? — спросил Арсеньев чуть громче.

Она не ответила, затопала по коридору, печатая шаг, как на параде. Но вдруг остановилась, круто развернулась у зеркала, достала из кармана салфетку, подышала на угол зеркала, протерла, еще через пару шагов остановилась, поправила рамку картины на стене. От хлопка входной двери вздрогнула и несколько секунд стояла, как каменная. Наконец, спохватившись, кинулась суетливо стирать невидимую пыль с этажерки, все той же бумажной салфеткой.

— Пожалуйста, не надо ничего трогать, — чуть повысив голос, напомнил ей майор.

— Да, конечно, — ответила она, не оборачиваясь, скрылась в ванной и включила воду.

— От, тетка, представляешь, че делает, а? Вообще, хоть бы поплакала, блин. Шок у нее. Ни фига, врет она. Нет никакого шока. Вон, какая деловая, — ехидно заметил Остапчук.

— Почему обязательно врет? — пожал плечами майор. — Шок у всех проявляется по-разному.

— Знаешь, Сань, я тут вспомнил, как ограбили квартиру этой, как ее, ну, певицы, — Остапчук сморщил свой толстый, мягкий нос и быстро защелкал пальцами. — Сань, подскажи, как ее, блин? — Он глубоко задумался на минуту, и вдруг опять запел:

— Мальчик мой нежный, принц синеглазый,
Ты не люби ее, дуру-заразу!

36

— О чем ты вспомнил, Гена? — не поднимая головы от протокола, спросил Арсеньев.

— Фамилия из головы вылетела, ну очень известная певица. А вспомнил я, Сань, потому, что там вот тоже домработница, или нянька, все ходила, совсем стала своя, а потом квартиру грабанули, и оказалось — ее сынок с приятелем, — Остапчук поджал губы, подмигнул обоими глазами и кивнул в сторону двери, — тут вроде следов ограбления нет, но надо еще все хорошо посмотреть. На украшения, которые были на ней, убийца не позарился, а из ящиков там, из тайников, мог все выгрести. Представляешь, Сань, какие в такой квартирке грины, брюлики, а, Сань? Вот и где они? Нету! — Он огляделся и развел руками: — У американца наверняка был полный бумажник, что ж он, без денег, что ли, жил? А теперь, гляди, полторы тысячи рублей, и ни одного грина.

— Карточки у него, Гена, — объяснил Арсеньев, — а настоящего обыска в квартире еще не производили. У домработницы детей нет. Ты же видел ее паспорт.

— Ну и что? А племянник? А любовник? Во, я все понял! Старая одинокая тетка завела себе молодого хахаля, ей же надо его кормить-одевать, она здесь убирает, чистит, себя не щадит, а деньги прямо под руками, вот они, бери — не хочу! Ладно, Саня, не смотри на меня так. Шутка!

— Вы что, с ума сошли?! — послышался из спальни возмущенный крик трассолога. — Сей-

37

час же прекратите, ведь сказано ясно: ничего не трогать!

— Надо смыть кровь, — громко, но вполне спокойно ответила Лисова. — Смотрите, вот здесь, на тумбочке.

— О! Улики затирает, — Остапчук радостно захихикал, — это ж надо, прямо при нас, не стесняется, танк, а не женщина, скажи, Сань?

— Прекрати ржать, — поморщился Арсеньев, — двух человек убили.

— Ой-ой-ой, какие мы правильные, — проворчал старший лейтенант, — слышь, Сань, ты не вспомнил, как зовут певицу?

Майор ничего не ответил. В гостиную вернулась домработница. Запахло каким-то моющим средством. В руках у нее был пластиковый синий тазик, в котором хлюпала мыльная вода. Она недовольно огляделась.

— Господи, какая грязь... невозможно.

— Светлана Анатольевна, сядьте, пожалуйста, — майор взял у нее тазик, поставил на пол, — я должен задать вам еще несколько вопросов.

— Я не знаю, — она помотала головой и нахмурилась, — не понимаю. Чего вы от меня хотите? Я вошла в квартиру, увидела их на кровати и сразу позвонила в милицию. Мне добавить совершенно нечего.

— Как вам кажется, что-нибудь из вещей пропало?

— Чтобы ответить, мне надо посмотреть. А как

я могу, если вы не позволяете ни к чему прикасаться?

— Хозяйка держала в доме крупные суммы денег?

Широкое мягкое лицо Лисовой моментально вспыхнуло.

— Не знаю! — прошипела она и энергично помотала головой.

— А кто знает? — вкрадчиво встрял Остапчук.

— Во всяком случае, не я! У меня нет привычки копаться в чужих вещах, и чужими деньгами я не интересуюсь.

— Погодите, но вы же убираете в квартире, — напомнил Арсеньев, — вам приходится раскладывать вещи по местам.

— Да, я стираю белье, развешиваю одежду в гардеробной комнате, чищу обувь. Но я никогда не заглядываю в ящики комода и письменного стола. Я понятия не имею, что там может лежать.

— Ну хорошо, а родственники какие-нибудь есть у нее? Родители, сестра, брат?

— Родители, вероятно, есть. Во всяком случае, мать. Где-то в глубокой провинции. Но я здесь вам ничем помочь не могу. Никогда ее не видела и даже не слышала, чтобы они говорили по телефону.

— А что вы так нервничаете? — недоуменно пожал плечами Остапчук.

— Довольно сложно сохранять спокойствие в подобной ситуации, — Лисова саркастически усмехнулась, — вы, молодые люди, привыкли к смерти, к трупам, а я, извините, нет.

— Ну ладно, — вздохнул Арсеньев, — чем занималась ваша хозяйка Кравцова Виктория Павловна?

— Вы же смотрели документы.

— Хотелось бы услышать от вас, более подробно.

— Я не знаю.

— Не знаете, где работала ваша хозяйка?

— Понятия не имею, — в голосе Лисовой послышался легкий вызов, — в наше время это вообще не важно.

— Простите, не понял, — Арсеньев улыбнулся, — что именно не важно?

— В наше время, молодой человек, люди не работают. Они делают деньги. Во всяком случае, люди того круга, к которому принадлежала покойная.

— А к какому кругу она принадлежала, интересно? — опять встрял Остапчук. — Что-то я не понимаю, гражданка Лисова. Ничего-то вы не знаете, ни о чем понятия не имеете, — он зашел сзади и оперся руками на спинку ее стула, — получается, что отвечать на наши вопросы вы не желаете. Тогда давайте оформлять все, как положено, в письменной форме, на имя прокурора, с подробным объяснением причин, по которым вы отказываетесь давать свидетельские показания.

— Я не отказываюсь давать показания. Я просто не могу разговаривать в таком тоне, — холодно отчеканила Лисова.

— Нормальный тон, гражданка, нормальный, — возразил Остапчук.

— Пожалуйста, Светлана Анатольевна, ответьте на вопрос. Где работала ваша хозяйка? — Арсеньев грозно взглянул на старшего лейтенанта через ее голову и выразительно двинул бровями. Остапчук в ответ скорчил уморительную рожу и поднял руки, мол, разбирайся сам с этой теткой.

Светлана Анатольевна между тем встала, направилась в угол гостиной, долго рылась в своей вместительной сумке, наконец достала бутылочку валокордина, накапала в рюмку, выпила залпом, промокнула губы все той же салфеткой, уже серой от пыли, аккуратно сложила ее, спрятала в карман, после чего вернулась на место и, глядя мимо Арсеньева, быстро невнятно произнесла:

— Кажется, она занималась рекламой. Вообще, меня все это не касается. Я не имею привычки совать нос в чужие дела.

«Так ведет себя человек, который боится сболтнуть лишнее, — машинально отметил майор, — нет, неверно. Так ведет себя человек, который вообще боится. Всего на свете. Но не хочет этого показывать. А кому на ее месте не было бы страшно?»

— Значит, вы пришли в одиннадцать сорок? — уточнил Арсеньев, глядя в выпуклые

41

светло-карие глаза домработницы. — Вы ожидали застать Викторию Павловну дома?

— Я пришла убрать в квартире. Я прихожу три раза в неделю, к двенадцати, и работаю до шести. У меня есть ключ. Остальное меня не касается.

— Ваша хозяйка не собиралась уезжать из Москвы на праздники?

— Не знаю.

— Погодите, Светлана Анатольевна, но вы ведь как-то общались, разговаривали? Она вам платила, предупреждала, что должна уехать, что придут гости, ну и так далее, — Арсеньев слегка напрягся, пока не понимая почему. Вряд ли ему передалась шутовская подозрительность Гены Остапчука. Старший лейтенант вообще всегда всех подозревал, даже в случаях естественной смерти со значением кивал в сторону близких покойного, а потом долго вычислял, какие у этих близких могли быть мотивы и выгоды, что им достанется из имущества.

— Одним из условий было молчание, — Лисова надменно вскинула подбородок. — Когда я начала здесь работать...

— А когда вы начали? — быстро перебил Арсеньев.

— Год назад.

— По рекомендации знакомых? Или через агентство?

— По просьбе моего близкого друга. Я много лет веду в его доме хозяйство, и он попросил помочь одинокой женщине, с которой связан по работе.

— По работе? Значит, вы все-таки знаете, где работала ваша хозяйка? — тихо спросил Арсеньев.

Лисова молча помотала головой.

— Что за близкий друг? Пожалуйста, назовите его фамилию.

— Послушайте, зачем вы меня допрашиваете? По какому праву? Все равно вам не доверят расследовать такое серьезное дело. Убит иностранец, и мне странно, почему до сих пор здесь нет сотрудников ФСБ. А вы, собственно, кто такой? Из районного отделения?

— Почему район? Мы не район! — обиделся Остапчук. — Мы из МУРа, я же вам, гражданочка, показывал удостоверение. Читать умеете? Так знакомого-то вашего как зовут, который вас сюда рекомендовал? Телефончик его потрудитесь сообщить.

Лисова вытаращила глаза, открыла рот, но больше не произнесла ни слова и вдруг стала медленно заваливаться на бок, продолжая смотреть на Арсеньева. Остапчук все еще стоял позади нее и успел подхватить. Со стула она не свалилась.

— Ну, ну, гражданочка, не надо нам здесь спектакли разыгрывать, — проворчал он и легонько похлопал ее по щекам.

Впрочем, это был не спектакль. Светлана Анатольевна действительно на несколько минут лишилась чувств.

***

Дождь кончился, но туман все не рассеивался. Он стал голубоватым, как обезжиренное молоко.

— Возьми себя в руки, — бормотал Андрей Евгеньевич Григорьев, пробегая мелкой трусцой по влажному тротуару, мимо нарядных двухэтажных домов классического колониального стиля, мимо аккуратной маленькой копии готического собора с двумя тонкими ребристыми башенками и цветными витражами. На углу Сидней-стрит он чуть не налетел на разносчика пиццы, который тащил высоченную стопку белых коробок, и видны были только его ноги в форменных синих штанах с желтыми лампасами.

За чугунной оградой школы святого Мартина резвились дети. Настоящие маленькие американцы, раскованные, сытые, счастливые. Все вокруг напоминало качественное голливудское кино, и бегущий трусцой благородный старик Эндрю Григорьефф с лицом усталого от собственных знаний профессора, немного комичный, но вполне добротный американский гражданин, чудесно вписывался в кадр.

Мяч перелетел через ограду, подпрыгнул у ног Григорьева и скакнул на мостовую. Кино продолжалось.

— Пожалуйста, сэр! — прозвучал из-за ограды детский голос.

Русоволосый румяный мальчик схватился

руками за чугунные прутья, смотрел на Григорьева и улыбался. Андрей Евгеньевич шагнул на мостовую, поймал мяч. Это оказалась голова чудовища из популярного мультсериала. Не дай Бог приснится во сне такая глумливая гадина.

— Сэр, пожалуйста, верните наш мяч! — рядом с мальчиком у ограды стояла девочка, изящная, игрушечная девочка с большими карими глазами и такими гладкими блестящими волосами, что голова ее напоминала облизанный апельсиновый леденец. Минуту назад она носилась и прыгала, а волосы у нее остались в полном порядке, как у настоящей киногероини. Лишь металлическая пластинка на передних зубах нарушала голливудскую гармонию кадра.

Григорьев размахнулся, чтобы перебросить монстра через ограду, но замер в нелепой позе. Ему вдруг почудилось, что вместо мяча в руках у него бомба, и через секунду живая картинка, подернутая теплым диетическим туманом, распадется на тысячу кровавых клочьев. Сверху на него смотрел фантастический урод, отштампованный на мячике, и усмехался гигантским злобным ртом. Григорьев попытался вспомнить имя мультяшного маньяка, но не сумел.

В Японии детишки бьются в судорогах и выбрасываются из окон, насмотревшись мультиков про таких вот веселых ублюдков. Здесь, в Америке, младшие школьники таскают пистолеты у родителей и стреляют в одноклассников.

— Это не я сошел с ума от страха за Машку. Это мир сошел с ума, — пробормотал Григорьев и перекинул мяч.

— Спасибо, сэр! — румяный мальчик поймал голову монстра, прижал к груди и, прежде чем бросить леденцовой девочке, смачно поцеловал маньяка в нарисованную вампирскую пасть.

Андрей Евгеньевич побежал дальше, не оглядываясь. Ему не хватало воздуха. Обычно здоровый американский бег трусцой по этим тихим красивым улицам успокаивал его, но сейчас сердце разбухло и пульсировало у горла, как будто собиралось лопнуть.

— Возьми себя в руки! — повторял Григорьев. — Возьми себя в руки, бережно отнеси в свою гостиную, к камину, к дивану, к теплому халату, к карликовой японской яблоньке во внутреннем дворе. Как раз сегодня утром она зацвела, раскрыла нежнейшие бело-розовые бутоны. Что может быть важней и значительней такой красоты? Да ничего на свете!

Андрей Евгеньевич уже не бежал, а шел, очень медленно, сгорбившись, считая каждый шаг. До дома оставалось не больше пятидесяти метров. Свернув на свою улицу, он почти сразу увидел сиреневый спортивный «Форд». Машина стояла возле ворот его гаража, и ворота медленно ползли вверх.

— Мерзавка! — прошептал Григорьев. — Я тебе покажу Москву! Я тебе устрою спецоперацию! Прощаться приехала? Сказать гуд-бай и поцеловать любимого папочку в лобик? Благословения попросить? Хрен тебе, Машка! Я тебя на это не благословляю! — Он сжал кулаки в бессильной ярости и сам не заметил, как распрямилась спина. Он уже не плелся, не шаркал. Он шагал пружинистым сильным шагом, и глаза его сверкали сквозь последние легкие клочья тумана.

Когда он приблизился к воротам, гневный монолог иссяк, затих, словно шипение воды на раскаленных углях. Тонкая фигурка в белых узких джинсах и свободном бледно-голубом пуловере ждала его на высоком крыльце. Туман окончательно рассеялся.

— Привет, — сказала она и шагнула вниз, ему навстречу, — привет, папа. Тебе очень идет этот свитер.

Ее волосы, такие же светлые, как у ее матери, блестели на солнце. Большие глаза, тоже материнские, меняли цвет в зависимости от погоды, освещения и цвета одежды. Сейчас она была в голубом, и глаза казались совершенно небесными, ангельскими. Она смотрела на него сверху вниз, ласково и насмешливо, как умела смотреть ее мать, и уже потянулась, чтобы чмокнуть его в колючую щеку, но он грубо отстранил ее и принялся молча, сосредоточенно шарить в карманах.

— У меня есть ключи, — Маша протянула ему свою связку, — если ты будешь злиться, я сейчас уеду.

— Скатертью дорожка, катись отсюда, маленькая засранка, — проворчал он и добавил по-английски: — Вы спешите, леди, у вас много дел, я вас не задерживаю.

— Папа, кончай валять дурака. — Она вошла вслед за ним в дом и все-таки чмокнула его в щеку. — Ты почему такой мокрый? Бежал?

— Отстань, — он прошагал мимо нее в гостиную, плюхнулся на свой любимый диван.

Но она и не приставала больше. Она отправилась на кухню, захлопала дверцами, зашуршала пакетами. Он сидел на диване, смотрел, как преломляется солнечный свет в каждом яблоневом цветке. Сказочная красота вызывала острое, странное раздражение.

«Машка улетит и исчезнет, — думал он, — она точно исчезнет в этой опасной, непредсказуемой стране. Никакие мои связи, заслуги, возможности не помогут. А стало быть, ничего уже не важно и не нужно. Волшебное деревце со своим бескорыстным радужным трепетом, с переливами тени и света не спасет от смертельной тоски».

— Ты завтракал? — негромко крикнула Маша из кухни.

Григорьев подпрыгнул на диване, схватил пульт, включил телевизор и до предела увеличил звук. Дом наполнился визгом, грохотом, утробным бульканьем. Шел тот самый японский мультфильм, герой которого был отштампован на детском мячике. Маша, морщась, зажав ладоня-

48

ми уши, влетела в гостиную, выключила телевизор и села на диван рядом с ним.

— Я знаю, почему ты злишься, — сказала она тихо, — ты мне завидуешь. Ты бы сам с удовольствием слетал на родину. Верно? Там так сейчас интересно...

Григорьев ничего не ответил. Он смотрел в погасший телеэкран. В нем отражались два смутных, искаженных силуэта. У Маши получалась огромная голова и маленькое тело. Она напоминала бело-голубого головастика. У него, наоборот, голова уменьшилась, шея вытянулась, а корпус вырос в бесформенную массу. Он стал похож на динозавра, на старого, давно вымершего тупицу, у которого капелька вялого мозга и тонны жизнерадостного мяса.

— Нет, я понимаю, не стоило впутывать в наши семейные дела чужого человека, но ты же знаешь Макмерфи. Я вообще не собиралась с ним это обсуждать. Он сам затеял разговор, спросил, знаешь ли ты уже и почему я тебе до сих пор не сказала?

— Кстати, почему?

— Потому!

— Можно конкретней?

— Боялась, — чуть повысила голос Маша, — предвидела, какая будет реакция. И, между прочим, не ошиблась.

— Спасибо, доченька, — процедил Григорьев сквозь зубы, — большое тебе спасибо, мне, конечно, было очень приятно услышать такую новость

49

от Макмерфи, а не от тебя, да еще за сутки до твоего отлета.

— За десять часов, — мягко уточнила она.

— Как — за десять? То есть что, прямо сегодня? Практически сейчас?

— Да, папочка. Так даже лучше. Меньше разговоров, переживаний, — Маша встала, гибко потянулась и подошла к стеклянной двери, ведущей во внутренний двор. — Смотри, твое деревце зацвело, а ты говорил, яблонька должна засохнуть к весне. Слушай, ты будешь пить кофе или я одна? Я, между прочим, еще не завтракала.

— Десять часов, говоришь? Ладно, Машка, у нас действительно очень мало времени, — Григорьев зажмурился и слегка тряхнул головой, — как давно возникла идея отправить тебя туда?

— Думаю, Макмерфи начал готовить меня пару месяцев назад.

— Что значит — думаю?

— Ты же знаешь, как это происходит. Вначале ничего не говорится прямо. Идет отбор. Даются одинаковые задания разным людям, сверяются результаты. Вероятно, я справилась лучше других. Ну и потом, им нужно отправить туда очень молодого человека, лет двадцати пяти, — она шагнула к овальному зеркалу, расстегнула заколку и запустила пальцы в свои мягкие прямые волосы, — как тебе кажется, если я подстригусь под мальчика, я буду выгля-

50

деть моложе? Макмерфи просил меня подстричься. А мне жалко.

— Что за чушь? Они тебя легендируют, что ли? — Григорьев нервно усмехнулся и отшвырнул зажигалку, которая так и не зажглась.

— Ну, не совсем, — она подняла волосы вверх и прижала их ладонями ко лбу, — челка мне, конечно, не пойдет. Но если подстричься совсем коротко, чтобы лоб был открыт, получится неплохо. В России это называется «тифози». Между прочим, модно сейчас. Знаешь, сзади совсем ничего, практически голый затылок, до макушки. Шея кажется длинней. Правда, щетина вылезает быстро, и это выглядит довольно противно. Надо постоянно подбривать.

— Почему именно ты? — тоскливо пробормотал Григорьев.

— Потому, что я такая умная, красивая и талантливая. Потому, что четыре года назад, когда господин Рязанцев читал лекции в Гарварде, он явно выделял меня среди прочих студентов. Ему нравится такой тип людей, такой тип женщин. Мне будет несложно наладить с ним доверительные отношения. Компьютерный анализ это подтвердил, — Маша в очередной раз повернулась перед зеркалом и тряхнула волосами. — Всетаки стричься мне или нет, как ты думаешь?

— В чем заключались проверочные задания? В каком качестве ты туда летишь? Какие доверительные отношения? Почему ты должна быть младше самой себя?

— Не младше, — улыбнулась Маша, — наивней. Я должна быть восторженной и трогательной дурочкой. Ну, не двадцати восьми, а двадцати пяти лет. Подумаешь, какие-то три года... В России вообще не принято говорить о женском возрасте. Между прочим, это правильно.

— Кончай морочить мне голову! — закричал он и тут же прикусил язык, вспомнив, что позавчера в его доме перегорели пробки и приходил веселый пожилой электрик Оскар. Это случалось всякий раз после того, как он обнаруживал и снимал «жучки». Оскар, добродушный толстяк, балагур, проверял проводку и лепил новые «жучки», выбирая для них более укромные места. Чтобы Маша не успела ответить на вопрос тупого жирного динозавра, он искусственно закашлялся. Она тут же отняла у него сигарету, загасила, сбегала на кухню и вернулась со стаканом воды.

— Знаешь что, пойдем завтракать к «Ореховой Кларе», — сказал Андрей Евгеньевич, сделав несколько глотков, — у меня только хлеб, масло, яйца и бекон. Никаких фруктов, ничего вегетарианского для тебя.

Она лишь слегка сдвинула брови. Ни удивления, ни испуга не мелькнуло в ее ангельских ясных глазах, и Григорьев мысленно поздравил себя. Не так уж туп жирный динозавр, если сумел научить своего хрупкого головастика такой железной выдержке. Она ведь была на кухне, заглядывала в буфет и в холодильник. В его доме всегда, в любое время суток, имелся специально для нее запас вегетарианской еды: орешки, фрукты, свежий йогурт. Конечно, она отлично знала, что дом ее отца прослушивается. Однако верила, что это делают свои. Так положено, для безопасности. От своих не может быть секретов. Он сам внушил ей это. Тоже для безопасности.

———————

ГЛАВА ЧЕТВЕРТАЯ

— Каждый действующий политик может быть подвержен дестабилизации. И чем активней он действует, тем больше нарабатывает факторов риска, — Евгений Николаевич Рязанцев с мягкой, снисходительной улыбкой смотрел в глазок телекамеры и пытался представить, что перед ним живые глаза, внимательные и восторженные женские глаза. Он всегда чувствовал себя отлично в женском обществе, намного уютней и уверенней, чем в мужском. И то, что к нему приехала одна из самых эффектных леди российского экрана, должно было бодрить. Но не бодрило.

Звезда тележурналистики Надежда Круглова, может, и родилась девочкой, но уже в младенчестве стала бабой, теткой, вечно голодной щучкой, готовой вцепиться зубами не только в чужой съедобный кусок, но и в несъедобную часть чужого тела.

— И часто вас подвергают дестабилизации? — ехидно спросила Круглова, изящным движением откинув белокурую прядь.

Работали две телекамеры. Рязанцева снимали жестко, широкоугольным объективом. Он знал, что на экране пропорции лица будут искажены. Нос и губы получатся огромные, глаза маленькие, лоб низкий, скошенный назад. Каждая пора, каждая родинка и морщинка вылезут особенно грубо, грубее, чем в жизни.

— Ну а как же, — Рязанцев весело рассмеялся в камеру, — конечно подвергают, и за это надо сказать спасибо. Представляете действующего политика, известного человека, без врагов, соперников и завистников?

— Много у вас завистников? — спросила она, серьезно и сочувственно глядя в свою камеру.

Круглову снимали нежно, через специальный фильтр. Ее личный оператор знал наизусть все ее выигрышные ракурсы. Ее личная гримерша стояла тут же, в полной боевой готовности, и каждые полчаса бросалась к звезде, чтобы освежить сложный макияж. Были еще и костюмерша, и администратор, и два осветителя, и какой-то просто мальчик, помощник то ли администратора, то ли костюмерши, не старше восемнадцати, очень хорошенький.

— А у вас? — спросил он, отворачиваясь от камеры и глядя на нее точно так же, серьезно, сочувственно. Она презрительно фыркнула в ответ.

Он покосился на часы. Двадцать минут первого. Вика обещала приехать к десяти, за полчаса до съемочной группы, чтобы обсудить последние детали и быть с ним рядом. Она никогда не опаздывала и всегда предупреждала, если задерживалась даже на десять минут. Без Вики ему всегда было трудно, но сейчас просто невыносимо.

Пару дней назад она заставила его просмотреть несколько видеокассет с передачами Кругловой.

«Обрати внимание, когда она греет собеседника взглядом доброй мамочки, это сигнал тревоги, она на самом деле, как кобра, раздувает свой капюшон, собирается атаковать и потом смонтирует из тебя жалкого идиота, — предупреждала Вика, — не вздумай поддаваться, тут же посылай ответный удар».

Вика тщательно готовила его к этой съемке. Для политика, даже очень известного, появление в программе Кругловой считалось эпохальным событием. У передачи был гигантский рейтинг. Зловредная желтая пресса постоянно напоминала наивным телезрителям, что передача рекламная, платная. За тридцать тысяч долларов леди Круглова вместе со своей профессиональной свитой примчится куда угодно и к кому угодно, хоть к премьер-министру, хоть к вору в законе. Однако рейтинг не падал. Цифры с нулями только подогревали интерес публики: если так дорого стоит стать героем передачи, значит, передача хорошая.

Круглова действительно знала свое дело. Она выставляла героев не то чтобы идиотами и ничтожествами, но капельку глупее, чем они есть и чем они сами о себе думают. Она их делала смешными и немного жалкими, словно подмигивая зрителю, мол, мы-то с вами знаем, он только с виду такой важный, такой успешный и хитрый. На самом деле — вот, смотрите, у него на щеке бородавка, куча комплексов из-за лысины и лишнего веса, и жена стерва, крутит им как хочет.

Вчера днем Вика приехала, чтобы тщательно осмотреть дом, поскольку съемочная группа полезет во все щели. Он просил ее остаться, но она сказала, что им обоим надо как следует выспаться, и уехала домой.

«Не забывай, что она журналист. А журналист всегда на стороне посредственности, и главная ее задача — принизить личность до уровня толпы. Даже такая звезда, как Круглова, вынуждена постоянно говорить о других и почти никогда о себе. Конечно, ей обидно. Какие бы деньги мы ей ни заплатили, она все равно будет тебя опускать. Чем ты лучше, тем ей хуже, и наоборот. Поэтому не пытайся ей понравиться. Веди себя так, словно ее нет и ты один, наедине с камерами, с миллионами телезрителей. А вопросы тебе задает какая-нибудь умная машина».

Глядя в длинные, черные, красиво подведенные глаза Кругловой, он вспоминал Викины наставления и думал о том, что было бы значительно легче, если бы Вика сейчас находилась рядом, в соседней комнате. И не надо никаких наставлений.

— Вообще-то речь сейчас не обо мне, а о вас, — раздраженно заметила Круглова, — не понимаю, вы что, боитесь говорить о завистниках, о соперниках?

— Надюша, — он погрозил ей пальцем, как маленькой расшалившейся девочке, — мы же условились, что будем избегать слишком серьезных политических проблем. Это скучно, и ваша передача не об этом.

— Значит, вы считаете, что плохое отношение к вам лично — это серьезная политическая проблема?

Он опять тревожно взглянул на часы. Вчера вечером он просил Вику не только остаться на ночь, но и участвовать в съемке вместе с ним. Передача Кругловой была домашняя, семейная.

— В каком же качестве? — спросила Вика. — Все знают, что у тебя есть жена и двое взрослых детей. Она живет в Италии, а дети учатся в Кембридже. Вы далеко друг от друга, но у вас крепкая, дружная семья. А я всего лишь твой пиар, существо без пола и возраста.

— Я разведусь, — пообещал он.

Вика ничего не ответила, поцеловала его, уехала и до сих пор не вернулась, даже не позвонила.

— Все мои проблемы так или иначе политические, я ведь политик и ни о чем другом всерьез не беспокоюсь, кроме общественного блага, — на этот раз он воспользовался лучшей своей улыбкой, хитрой улыбкой чеширского кота из «Алисы в Стране чудес». Она была бесценна, потому что смягчала и сводила на уровень милой самоиронии любую заумность и любую глупость.

— Кстати, почему вы стали политиком?

— Потому, что у нас в России слишком уж интересно жить. Все время что-нибудь происходит. То подземные переходы взрываются, то телебашня горит, то рубль рушится. А я хочу, чтобы стало скучно, как, допустим, в Швеции.

— То есть ваша идеология — это идеология скуки?

Он открыл рот, чтобы ответить, но тут до него донеслась тихая нежная мелодия. Несколько первых тактов из «Лав стори» Франсиса Лея. Это звонил мобильный Егорыча, начальника службы безопасности, единственный телефон, который не был выключен на время съемки. Это звонила Вика. Он услышал, как Егорыч произнес «Алло», и больше ничего. В трубке что-то говорили, а Егорыч вместе с телефоном уходил все дальше, через заднюю веранду в сад.

Глаза Кругловой вспыхнули победно и насмешливо. Она, разумеется, приняла его замешательство на свой счет, она решила, что поставила его в тупик своим гениальным вопросом.

— А вам весело, когда тонут подводные лодки с живыми людьми потому, что их заливают негодным дешевым топливом? Когда пассажирские самолеты падают на детские сады, потому что разворованы деньги, необходимые для технического обслуживания? — произнес он хрипло. — Впрочем, это риторический вопрос. Конечно, вам не просто весело. Вам это необходимо, как воздух. Вы утверждаете, что говорите правду? Публика отупела от вашей правды, от ежедневных скандалов и компроматов. Люди становятся равнодушными и жестокими, как наколотые наркоманы. Может правда стать наркотиком? Конечно, если умело ее использовать. Вы посадили их на вашу чернушную правду жизни, как на иглу, — он говорил спокойно, медленно и продолжал улыбаться.

На этот раз с открытым ртом застыла Круглова. Реакция свиты была поразительна. Он еще не докончил фразу, а уже толстенькая гримерша пудрила свою королеву, оба оператора выключили камеры и принялись менять кассеты. Воспользовавшись паузой, он кинулся в сад, обежал дом, остановился у задней веранды, растерянно глядя на аллею, залитую солнцем.

Он понимал, что сейчас повел себя глупо, метал бисер перед свиньями. Никому от его пафосных обличений ни горячо и ни холодно. При монтаже все это вылетит. Передача семейная, уютная, он не на митинге и не в прямом эфире на политическом ток-шоу. Но он страшно нервничал из-за Вики, и ему требовалось срочно выпустить пар, наорать на кого-нибудь. Просто так орать было бы унизительно и глупо, а красивая разоблачительная речь политику никогда не повредит, даже если слушателей мало и они съемочная группа.

Он огляделся, щурясь от солнца. В первый момент ему показалось, что Егорыч испарился вместе со своим мобильником и Викиным голосом в трубке. Но, привыкнув к солнцу, он заметил темную широкоплечую фигуру на скамейке, в кустах. Егорыч тоже его заметил, встал, пошел навстречу, продолжая разговаривать. То есть сам он ничего не говорил, кроме да и нет.

— Это Вика? — громким шепотом спросил Рязанцев и протянул руку, чтобы отнять телефон.

Егорыч отрицательно помотал головой и быстро, тихо произнес в трубку:

— Ну все, Петр Иваныч, я понял. Я тебе позже перезвоню, минут через двадцать. Лады?

— Вика не звонила? — спросил Рязанцев, справившись с одышкой.

— Нет, — Егорыч обычно смотрел прямо в глаза, но тут почему-то уставился в подбородок.

— А ты звонил ей?

— Мобильный выключен, домашний не отвечает.

— Ну так дозвонись! Она обещала к десяти, а сейчас...

Егорыч не отрывал глаз от его подбородка.

— Ты считаешь, мне стоило побриться перед съемкой? — растерянно спросил Рязанцев.

— А? Нет, все нормально, — ответил Егорыч и перевел взгляд на крыльцо веранды. Оттуда послышался низкий красивый голос Кругловой:

61

— Евгений Николаевич, может быть, мы продолжим съемку в саду?

— Да, конечно, — громко ответил Рязанцев, развернулся всем корпусом, направился к крыльцу. Вслед за королевой из дома, ему навстречу, вывалила свита. Камеры были готовы, гримерша подошла к Рязанцеву, чтобы промокнуть и припудрить его вспотевший лоб. Он извинился, отстранил руку с пуховкой, неприлично быстро понесся по аллее, догнал Егорыча у ворот и, схватив его за плечи, выдохнул:

— Найди ее, дозвонись! Ты понял?

* * *

Из вегетарианского ресторана «Ореховая Клара» Андрей Евгеньевич и Маша отправилась в салон красоты «Марлен Дитрих». Маша заявила, что все-таки решила стричься. Во-первых, Макмерфи настаивал на создании нового образа, во-вторых, ей самой хотелось что-нибудь этакое с собой сотворить перед отлетом. Григорьев ждал на улице, и когда она вышла, еле сдержался, чтобы не вскрикнуть. С мальчишеским ежиком она стала такой же, какой он увидел ее в мае 1986-го, в аэропорту «Кеннеди», в инвалидной коляске с загипсованной рукой и с лицом, таким белым и неподвижным, что казалось, оно тоже отлито из гипса.

— Ну как? — спросила она, поворачиваясь перед зеркальной витриной.

— Тебе самой нравится?

— Пока не знаю. Я должна привыкнуть. Между прочим, именно с такой прической я прилетела в Америку. Или было еще короче?

— Нет. Так же.

— Ну да, меня обрили наголо за полтора месяца до отлета. В больнице случилась эпидемия стригущего лишая. И первое, о чем я спросила тебя, как будет «стригущий лишай» по-английски.

— А потом выразила недовольство, что тебе не дали посмотреть красивый город Хельсинки, — проворчал Григорьев.

— Ох, папочка, до чего же ты злопамятный. Это я так шутила, чтобы не зарыдать.

— Извини. У меня в тот момент было плохо с юмором.

— Сейчас, кажется, тоже.

Из парикмахерской они отправились к Маше домой. Она жила на Манхэттене, в Гринвич-вилледж. Небольшая, но дорогая и уютная квартира-студия располагалась на последнем этаже старого семиэтажного дома. В гостиной одна стена была полностью стеклянной, и открывался потрясающий вид на Манхэттен.

— На самом деле я еще даже не начинала собираться, — сообщила Маша, когда они вошли в квартиру. — Ты не знаешь, какая там сейчас погода?

— Тепло, но обещают похолодание.

— Как ты думаешь, почему там никогда не

обещают ничего хорошего? — Маша скинула туфли и забралась с ногами на диван. — Если тепло, ждут похолодания, если курс рубля стабилен, начинают говорить об инфляции и экономическом кризисе.

— Такой менталитет, — пожал плечами Григорьев.

— Да ладно, папа, никакой не менталитет. Просто за семьдесят лет советской власти люди устали от официального оптимизма, от всех этих пятилеток, физкультурных парадов, плакатных обещаний райской жизни и теперь отдыхают. Хотят побыть скептиками и пессимистами. Ладно, надо собираться, — она взглянула на часы, соскользнула с дивана и крикнула, уже из гардеробной: — Ты не знаешь, можно купить там одежду? Неохота тащить с собой целый гардероб. Тем более его придется полностью менять, с такой стрижкой у меня совсем другой стиль.

— Там можно все купить, но значительно дороже, чем здесь, — пробормотал Григорьев.

— Ничего, у меня хорошие командировочные, — хмыкнула Маша.

На компьютерном столе, поверх разбросанных бумаг и дисков, Андрей Евгеньевич заметил разложенные веером цветные картинки-фотороботы и внимательно их рассматривал.

— Маша, подойди сюда. Ты что, собираешься взять это с собой?

Она появилась из гардеробной, с охапкой свитеров и блузок.

— Не знаю. Наверное. Как тебе кажется, я смогу там бегать по утрам?

— Смотря где ты будешь жить. Маша, я задал тебе вопрос. Ответь, пожалуйста.

— Да, папа, я поняла твой вопрос, — она присела на корточки у раскрытого чемодана и принялась складывать вещи, — я не могу тебе ответить.

— Что значит — не можешь? — Григорьев нервно захлопал себя по карманам в поисках сигарет.

— Не ищи. Ты выкинул пустую пачку у парикмахерской. — Маша упаковала первую порцию одежды, распрямилась и задумчиво уставилась на чемодан. — Это мое дело, папочка, — произнесла она чуть слышно, — если я очень захочу, я найду его. Правда, я пока не знаю, захочу ли, но у меня есть еще время подумать.

— Зачем? — сипло спросил Григорьев, пытаясь сохранить спокойствие. — Даже если допустить невозможное и представить, что через столько лет ты найдешь в России человека, не зная ни фамилии, ни точной даты рождения, ни места жительства, имея только вот эту карточную колоду, словесные портреты, составленные тобой по памяти, даже если ты его найдешь, что ты будешь делать дальше?

— Понятия не имею. Сначала я должна на него просто посмотреть, выяснить, как он поживает, чем занимается.

— Так, все, — Григорьев резко поднялся, —

дай мне телефон. Я звоню Макмерфи. Ты никуда не летишь. Ты не можешь лететь в таком состоянии. У тебя бред, девочка моя. У тебя острый психоз. Мания, фобия, тараканы в голове, ты же доктор психологии и должна сама понимать. Тебе просто опасно туда лететь. Я не позволю.

Маша сидела на корточках перед раскрытым чемоданом, и, не поднимая головы, уже в десятый раз складывала одни и те же брюки.

— Папа, успокойся, пожалуйста. Я не собираюсь специально искать его, — произнесла она глухим, монотонным голосом, обращаясь скорее к чемодану, чем к отцу. — Мне просто интересно, что с ним стало. По моим расчетам, из него мог вырасти настоящий, классический серийный убийца. Помимо зыбкого словесного портрета, у меня есть несколько вариантов психологического портрета, с разными перспективами развития его кретинской личности. Я давно отношусь к нему как научной проблеме и хочу понять, насколько мои красивые теоретические расчеты расходятся с некрасивой действительностью. Вдруг я гений психологии и вычислила будущего маньяка?

— Ты блефуешь, девочка моя, — покачал головой Григорьев, — у тебя в детстве была дурацкая привычка сдирать корочки с подживших ссадин, до сих пор все коленки в шрамах. Ну что ты молчишь? Нечего возразить?

Маша быстро взглянула на него снизу вверх и рассмеялась.

— Прекрати! — крикнул Григорьев. — Мы говорим о серьезных вещах, не вижу ничего смешного.

— Напрасно, папочка. Всегда и во всем надо видеть что-нибудь смешное. Ты сам меня учил этому. Знаешь, где находится загородный дом господина Рязанцева? В поселке Малиновка по Ленинградскому шоссе. Всего в пяти километрах от деревни Язвищи. Именно там, в Язвищах, была лесная школа, в которую меня отправила бабушка в ноябре восемьдесят пятого.

———————

ГЛАВА ПЯТАЯ

Сане Арсеньеву не давали покоя эти несчастные шестьдесят минут. Почему женщину убили не сразу? Что произошло за час? От нее хотели получить какие-то сведения? Но в таком случае ее скорее всего пытали бы, ну или ударили пару раз. От побоев и пыток остаются следы. Однако их нет. Никаких видимых повреждений на теле, кроме смертельной дырки в голове.

Вряд ли у убийцы хватило терпения на спокойную получасовую беседу. Самый твердокаменный профи все равно нервничает во время работы, и когда ему приходится допрашивать свою жертву, бьет ее, даже если она готова ответить на все вопросы. Бьет, чтобы психологически разрядиться.

Впрочем, Саню Арсеньева все это уже не касалось.

Когда в квартире появилась опергруппа ФСБ, начался спектакль. Майор Птичкин, полный, совершенно лысый, но с пышными усами, похожими на воробьиные крылья, набросился на Арсеньева, заявил, что все не так, свидетельницу отпускать не следовало, трупы увезли слишком рано и теперь нет никакой возможности работать по горячим следам, поскольку он, майор Арсеньев, позаботился о том, чтобы все эти драгоценные следы были уничтожены.

— Я получил приказ из прокуратуры вывезти трупы как можно быстрее, пока не появилась пресса, — терпеливо объяснил Арсеньев. Он был уверен, что опергруппа ФСБ не могла не знать этого.

— Нет, а я не понял, чего вам-то помешало раньше приехать? — встрял смелый Остапчук, но в ответ не удостоился даже взгляда. Майор Птичкин только презрительно пошевелил усами.

Ясно, что известие об этом убийстве вызвало нешуточную панику во всех инстанциях, в МВД, в ФСБ, в Прокуратуре. Начальство на всех уровнях нервно соображало, кого можно послать и как сделать, чтобы во внешний мир просочилось как можно меньше информации.

Убитая, Кравцова Виктория Павловна, являлась руководителем пресс-службы думской фракции «Свобода выбора», а ее гость, гражданин США Томас Бриттен, являлся сотрудником крупнейшего американского Медиа-концерна «Парадиз», был прикомандирован к этой самой пресс-службе в качестве консультанта по связям с общественностью.

Поговорив по телефону, майор Птичкин мрачно сообщил, что майору Арсеньеву придется ехать вместе с ними в морг вслед за трупами. Представитель посольства туда уже направляется и требует, чтобы при опознании присутствовали не только сотрудники ФСБ, но и милиция, причем не просто какой-нибудь милиционер, а именно тот, который первым оказался на месте преступления.

Остапчука отправили домой, квартиру опечатали. Арсеньев, вяло отбиваясь от журналистов, собравшихся у дома, уселся в машину вместе с офицерами ФСБ. По дороге он заснул. Он отдежурил ночь в группе немедленного реагирования, плохо соображал, глаза закрывались сами собой.

Под музыку, лившуюся из приемника, под гул мотора и разговоры оперативников ему стал сниться какой-то бред. Генка Остапчук в шортах и гавайской рубашке отплясывал твист на пару с покойницей Викторией Кравцовой. На ней было узкое красное платье. Американец в ковбойской шляпе играл на саксофоне. Толстая домработница сидела под пальмой и обмахивалась кружевным веером.

— Эй, хорош дрыхнуть! — услышал он и обнаружил, что давно уже приехал, поднимается в лифте, а глаза все еще закрыты. — Ну ты даешь, майор, — покачал головой усатый Птичкин, — спишь на ходу, как сомнамбула. Сходи в сортир, умойся холодной водой.

Саня послушался доброго совета, и действительно стало легче. Не хватало только чашки крепкого кофе с каким-нибудь бутербродом, но об этом пока не стоило мечтать.

Американский дипломат долго, молча смотрел на своего мертвого соотечественника. Все вокруг почтительно ждали, когда закончится траурная пауза. Нестерпимо пахло формалином. Было жарко. Жирные мухи носились под потолком и гудели, как реактивные самолеты. Дипломат выглядел растерянным. На лбу блестела испарина. Он стоял к Арсеньеву боком, и было видно, как за дымчатыми очками у него дергается правое веко. Он был не старый, чуть за пятьдесят, весь какой-то широкий, квадратный, с грубым тяжелым лицом и толстыми складками кожи на шее.

Ординатор в уголке с громким звоном уронил что-то на кафельный пол. Все вздрогнули. Майор Птичкин чихнул несколько раз подряд, так крепко, что брызнули слезы.

— Боже мой, бедный Томас, — пробормотал дипломат, — у него семья, трое детей. — Он вскинул глаза, беспомощно огляделся, уперся взглядом в лицо Арсеньева и еле слышно попросил: — Пожалуйста, расскажите мне, как все произошло? Мне сказали, что вы первый приехали на место преступления.

У дипломата был отличный русский, и несколько минут назад, в коридоре, он беседовал с офицерами ФСБ почти без акцента. Но почему-то вдруг обратился к Сане по-английски с такой

71

уверенностью, словно русский милиционер, так же как покойник, был его соотечественником.

— Что именно вас интересует? — мягко уточнил Арсеньев и тут же засек на себе косые взгляды офицеров ФСБ. Им не понравилось, что милицейский майор так спокойно перешел на английский, словно каждый день общается с американскими дипломатами.

— Извините, майор, можно мне с вами побеседовать наедине? — спросил дипломат, глухо кашлянув, и обратился к остальным, по-русски: — Вы не возражаете, господа?

Офицеры переглянулись. Птичкин пошевелил усами. Американец благодарно кивнул и вывел Арсеньева в коридор. Там было прохладней и не так сильно воняло. На подоконнике сидел и курил полный мужчина лет сорока, в белых джинсах и алом свитере, с длинными волосами, зачесанными назад и собранными в хвостик. Рядом с ним лежал, завернутый в целлофан и перевязанный кудрявой ленточкой, букет из двух крупных роз, алой и белой.

— Доброе утро, мистер Ловуд, — он тяжело спрыгнул на пол, загасил сигарету и протянул руку для рукопожатия.

Однако американец как будто не заметил его руки, мрачно кивнул и не сказал ни слова. Толстяк с хвостиком обиженно хмыкнул, отошел на пару шагов, но тут же вернулся и обратился к Арсеньеву:

— Здравствуйте, майор. Меня зовут Феликс

Нечаев, я заместитель Кравцовой Виктории Павловны. Мне позвонили, вот я приехал.

— Послушайте, господин Нечаев, — дипломат вздохнул и выразительно скривил рот, — я очень спешу, мне надо поговорить с майором наедине. Будьте так любезны, оставьте нас.

В ответ Феликс широко улыбнулся, показывая ровные белые зубы, поднял руки и на цыпочках попятился назад, повторяя громким шепотом:

— Ухожу, ухожу, ухожу!

Букет остался лежать на подоконнике. Пока бело-красная фигура не исчезла за дверью, ведущей к лестнице, Ловуд молчал, и лицо его сохраняло брезгливое недовольное выражение. И только когда в коридоре стало пусто, он, слегка тряхнув головой, тепло улыбнулся и протянул Арсеньеву руку:

— Меня зовут Стивен.

— Очень приятно. Александр.

Рукопожатие Стивена было крепким до боли. Кисть широченная, влажная и холодная. Он смотрел на Арсеньева как на родного.

— Саша... Можно я буду вас так называть? Том находился в постели с этой женщиной? Это совершенно точно? — прошептал он, дохнув в лицо аптечным запахом леденцов с лакрицей.

— Да.

— То есть их убили одновременно? — Ловуд откашлялся, голос его звучал сипло, было видно, что говорить ему очень тяжело.

— Ну, в общем, да, — кивнул Саня, — сначала его, потом ее.

— Если я правильно понял, каждому доста-
лось по одному выстрелу?

— Вы поняли правильно, мистер Ловуд.

— Ужасно...

Саня заметил, что по виску дипломата ползет
капля пота. Он вообще был весь мокрый, но как
будто не замечал этого, не доставал платок, чтобы вытереть лицо.

— Надеюсь, вы понимаете, что подробности
убийства не должны просочиться в прессу? —
сказал Ловуд и опять закашлялся. — Том был
моим другом, я знаком с его женой. Ее зовут До-
роти. Нет, я знаю, это зависит не только от вас.
Возможно, это вообще от вас не зависит, но больше мне пока побеседовать не с кем. Офицеры
ФСБ — люди специфические, их если попро-
сишь о чем-то, они непременно сделают наоборот. Извините, я, может, глупости говорю, но вы
должны понять мое состояние. Это ведь шок,
настоящий шок, — голос его опять стал нормальным, он говорил быстро, Саня с трудом понимал его. — В посольстве почти пусто, мы
пользуемся вашими праздниками как незапла-
нированным уикендом, тем более такая чудес-
ная погода, и вдруг этот ужасный звонок... Я,
знаете, в первый момент ушам своим не поверил, никак не мог представить Томаса мертвым.
По новостям Би-би-си уже прошла информация,
но там никаких подробностей. Скажите, а эта

женщина, она действительно была любовницей господина Рязанцева?

«Эй, милый, я не собираюсь играть в эти игры!» — тревожно заметил про себя Арсеньев и произнес с глупой улыбкой:

— Убитая Кравцова Виктория Павловна была руководителем пресс-службы парламентской фракции «Свобода выбора». А чьей она была любовницей, об этом лучше спросить у представителей спецслужб, наших и ваших.

— Красивая женщина, — вздохнул Стивен, — скажите, уже есть какие-нибудь предварительные версии? Это заказное убийство?

— Разбираемся, — сухо ответил Арсеньев.

— А кто конкретно разбирается? Лично вы войдете в группу, которая будет работать по убийству?

— Пока не знаю. Почему вы спрашиваете?

— Я три года в этой стране, — американец заговорил шепотом, так тихо, что Арсеньеву пришлось придвинуться к нему поближе, — если у вас убивают на заказ, то никогда не находят ни убийц, ни заказчиков. Это закон, такой постоянный, что вашим властям следовало бы внести его в конституцию. Поскольку Том Бриттен был моим другом, мне не безразлично, кто и как расследует убийство. Сейчас ведь начнется вранье, замалчивание фактов, ваши захотят представить Томаса шпионом, наши придумают какой-нибудь грязный ответный ход. И все забудут, что убит хороший человек, отец троих детей. Это я вам говорю не как официальное лицо, а лично от себя. Ваша физиономия внушает доверие. Вот моя визитка. Если вы примете участие в расследовании и вам понадобится помощь, я всегда к вашим услугам. — К концу монолога он был весь мокрый, даже глянцевая карточка, которую он протянул Сане, казалась влажной.

— Благодарю вас, мистер Ловуд. — Саня взял визитку, сочувственно улыбнулся.

— Да ну что вы, не стоит благодарности, — американец придвинулся совсем близко и произнес чуть слышно: — Главное, чтобы вы держали меня в курсе расследования, это очень для меня важно. Это не праздное любопытство, поверьте. Я потерял близкого друга, и если убийц не найдут, я буду чувствовать себя в долгу перед его памятью.

Арсеньев с детства терпеть не мог запах лакрицы. Вообще американец ему не нравился.

— Не все так плохо, мистер Ловуд. То есть, конечно, плохо. Вашего друга не вернешь, но убийц все-таки иногда находят, не только у вас в стране, но и у нас тоже.

Последовало крепкое прощальное рукопожатие, американец зашагал к лифту, Саня проводил его взглядом, украдкой вытер руку о штаны и вдруг, у самого уха, откуда-то из-за спины, услышал интимный шепот:

— Самое интересное, что об этом все знали и ждали скорой развязки.

— Не понял? — Саня нервно оглянулся и увидел красно-белого толстяка Нечаева.

— Все знали о роковом любовном треугольнике, — Феликс опять показал свои рекламные зубы. — Женщина — существо коварное и ненасытное, ей всегда мало, — он состроил комически серьезную гримасу и прижал ладонь к сердцу.

— Что вы этим хотите сказать? — хмуро спросил Арсеньев.

— Я хочу сказать все, что поможет вам в поисках преступника, — торжественно заявил Феликс, опять прижал ладонь к груди и скорчил рожу.

У него было странное лицо, мимические мышцы ни на секунду не расслаблялись, он все время гримасничал, двигал бровями, ртом, даже нос у него шевелился, не только вверх и вниз, но из стороны в сторону. Арсеньеву показалось, что он когда-то уже встречал эту подвижную физиономию. Он слегка напрягся, но ничего существенного не вспомнил, разве что игрушки, которые продавались в его детстве на ВДНХ, мягкие морды из пенистой резины, с дырками для пальцев с изнанки.

— Значит, вы заместитель Виктории Кравцовой? — уточнил Саня, принужденно кашлянув.

— Совершенно верно. И я весь к вашим услугам. Вы, наверное, желаете узнать, имелись ли у Виктории враги? Я вам отвечу: да, имелись. Ее врагом номер один была она сама, — последовала очередная резиновая гримаса.

Рыжие брови опустились так низко, что почти прикрыли глаза, рот вытянулся в трубочку, пухлые щеки втянулись.

— Вика была женщиной-вамп, то есть она хотела быть вамп, но многое мешало. Например, провинциальное детство, бедненькое, скучное. Как верно подметил гениальный Зигмунд Фрейд, человеку трудно преодолеть свое внутриутробное и младенческое подсознание.

В коридор вышли наконец фээсбэшники, Арсеньев вздохнул с облегчением.

— Здравствуйте, господа офицеры! — Феликс вытянулся по стойке смирно, выпятил пузо и прижал руки к толстым бокам. — Нечаев, заместитель убитой, к вашим услугам. Меня, как я понимаю, пригласили для опознания, — он взял с подоконника букет, аккуратно расправил целлофан и понюхал розы.

— А, да, пройдите, пожалуйста, — слегка поморщился майор Птичкин, приглашая заместителя в анатомический зал.

Арсеньев последовал за ними. Феликс медленно, торжественно приблизился к цинковому столу со своим букетом. Несколько минут он смотрел в мертвое лицо Кравцовой. Саня видел, как раздвинулись его губы в странном болезненном оскале, раздулись ноздри, поползли вниз, а потом вверх, рыжие брови.

— Вика, Вика! — произнес он громко, с какой-то вопросительной интонацией, словно окликал ее и надеялся, что она услышит.

Когда ему надо было расписаться на бланке, он выронил свои розы.

— Это вы ей цветочки принесли? — спросил ординатор, поднимая с пола букет.

— Ну не вам же! — хохотнул Феликс. — Вы банку найдите, поставьте в воду, только не забудьте обрубить стебли наискосок и срезы обжечь. А в воду обязательно аспиринчику добавьте, пару таблеток. Найдется у вас аспирин?

Наконец он удалился, и все отправились курить в ординаторскую.

— Ну, как поговорили с дипломатом? — с усмешкой спросил майор Птичкин.

— Ничего поговорили, — пожал плечами Арсеньев.

— И что он тебе предлагал?

— Дружить семьями.

* * *

Съемка закончилась только в половине четвертого. Примерно час пришлось пить кофе с королевой и ее свитой. Королева потребовала вместо обычного сахара коричневый, низкокалорийный. Повариха поставила на стол еще одну сахарницу, и Рязанцев шепотом попросил ее принести телефон. Она кивнула и скрылась в кухне. Но тут Кругловой пришло в голову снять, как они пьют кофе.

— Не хватает более непринужденного, теплого разговора о вашей семье, — объяснила она, —

и вообще все получилос как-то слишком формально, невкусно.

Не дожидаясь его согласия, свита взялась за работу. Гримерша причесала и напудрила сначала Круглову, потом Рязанцева. Операторы включили камеры.

— Как же вы познакомились с вашей женой?

— Мы учились на одном курсе, — начал он немного раздраженно, — послушайте, я ведь все рассказал.

— Евгений Николаевич, я понимаю, вы устали. Мы все устали. Но придется еще поработать, — произнесла она тоном терпеливой учительницы, которая объясняет простейшие вещи тупому ученику, — мы с самого начала условились, что без деталей не обойтись.

— Что же вы хотите услышать? — спросил он, рассеянно и безнадежно глядя на часы.

Ей хотелось услышать то, о чем ему было неприятно вспоминать. Он никому не рассказывал этого, но все знали, она, разумеется, тоже.

— Вы приехали из Саратова, поступили в Московский университет, на исторический факультет, — начала она задумчиво и тепло, словно собиралась погрузиться вместе с ним в милые сердцу воспоминания юности, — вы жили в общежитии, ночами подрабатывали, разгружали вагоны на товарной станции и, наверное, как все иногородние студенты мечтали жениться на москвичке...

— Или как все иногородние студентки выйти

замуж за москвича, — продолжил он, глядя ей в глаза с вялой насмешкой.

У нее была очень похожая история. Она тоже никому не рассказывала, но все знали.

— Ну ладно, ладно, — она презрительно сморщилась, — я согласна, не стоит на этом акцентировать внимание. Давайте просто, о любви. Когда вы поняли, что влюблены в вашу жену?

— Почти сразу, как увидел ее, — привычно соврал Рязанцев и поискал глазами кого-нибудь из домашних, все равно, кухарку ли, начальника охраны. Но все, как нарочно, испарились.

— То есть это была любовь с первого взгляда, — подсказала Круглова. — Вы верите в такую любовь?

— Да, конечно. Как же мне не верить, если мы прожили вместе двадцать пять лет и не надоели друг другу?

— О, так в этом году вам предстоит праздновать серебряную свадьбу? — обрадовалась ведущая. — Ваша жена в честь такого знаменательного события должна прилететь из Италии.

— Лучше я сам к ней слетаю. Когда мы были молодыми и бедными, мы мечтали отпраздновать серебряную свадьбу в Венеции.

— Замечательная мечта. Очень красивая, — одобрительно кивнула Круглова. — Вы верили, что она сбудется?

— Не знаю. Мы просто мечтали. Это было что-то вроде игры.

— Да, понятно. Так как же вы познакомились?

Он сразу переключился на автопилот. Слова полились сами собой. Он принялся рассказывать то, что повторял уже десятки раз. Во время зимней сессии он заболел, простудился, пришел на первый экзамен с температурой тридцать восемь, умудрился ответить и вышел из аудитории вялый, потный, ко всему безразличный, настолько, что даже не заглянул в зачетку. В коридоре стояла стайка девочек, они болтали, курили, он прошел мимо, шатаясь и ни на кого не глядя. Одна из них его окликнула, спросила, сдал ли он экзамен и что получил. Он ответил: не знаю, поплелся дальше, к раздевалке. Девочка догнала его, взяла из рук зачетку, сообщила, что у него «отлично», и тут заметила, как ужасно он выглядит.

— Что было дальше, я почти не помню. Галя отвела меня в медпункт, там измерили температуру, дали аспирину, сказали, что надо ехать домой и ложиться в постель. Галя поймала такси, повезла меня к себе домой. Ее родители в это время отдыхали где-то, квартира была пустая, и ей стало жалко везти меня, такого больного и несчастного, в общагу.

— А до этого вы обращали внимание друг на друга?

— Ну, постольку поскольку... Я смотрел на нее на лекциях и не решался подойти. Она такая красивая, неприступная, в нее было влюблено много мальчиков на нашем курсе.

— Вы боялись конкуренции? — Круглова едва заметно усмехнулась.

— До сих пор боюсь, — признался он и стал врать дальше, уже совершенно машинально. История его брака, когда-то выдуманная наспех, ради одного из первых интервью в жалкой желтой газетенке, и теперь заученная наизусть до оскомины, лилась сама собой, не требуя его участия.

Опомнился он, лишь когда остался один на веранде, и жадно закурил. После первой затяжки ему показалось, что вместе с королевой и ее свитой из дома исчезли все. В саду возбужденно щебетали птицы, солнечные блики плясали на стенах, густо слоился дым. Он так устал, что на несколько минут забыл даже о Вике, и просто сидел, сгорбившись, прикрыв глаза.

Из глубины дома застучали шаги, вошла кухарка и принялась убирать со стола.

— Геннадий Егорович пошел провожать их до ворот, сейчас вернется, — сообщила она и отправилась с подносом в кухню, но в коридоре столкнулась с кем-то. Послышался грохот посуды и ее сердитый голос: — Ну куда вы, честное слово! Вас ведь просили, вам объясняли по-хорошему!

— Пропустите меня сейчас же! Не смейте ко мне прикасаться! Женя, Женечка, как ты себя чувствуешь?

Через минуту на веранду вбежала Света Лисова, всклокоченная, мокрая, дрожащая.

— Я так долго ждала, когда они уедут, мне сказали, что при них нельзя и ты ничего еще не знаешь. — Она плюхнулась на подлокотник его кресла. Дерево жалобно затрещало.

Толстая верная Светка Лисова присутствовала в его жизни двадцать пять лет, столько же, сколько его жена Галина, но, в отличие от жены, не создавала проблем, наоборот, помогала их решать по мере своих жалких возможностей. Она всегда находила себе подходящее место рядом с его семьей. Когда-то она работала в университетской библиотеке, училась заочно, дружила с Галиной, часто ночевала у них дома, была свидетельницей на их свадьбе, безотказно сидела с детьми, постепенно стала чем-то вроде няньки, приживалки, родственницы.

Она была болтлива, причем не просто, а пафосно болтлива. Она говорила о высоком, об искусстве, о философии, о судьбах человечества и, что самое ужасное — о политике. Он давно устал от нее, но чувствовал себя обязанным и все пытался пристроить ее куда-нибудь, дать заработать. Несмотря на свой университетский диплом, Света Лисова ничего не умела. Единственное, что у нее получалось легко и ловко, — это уборка. Стоило ей оказаться в любом, самом загаженном пространстве, и через час все вокруг сверкало чистотой. Он бы взял ее к себе в домработницы, но держать в качестве прислуги женщину, которая так много говорит, называет тебя на «ты» и по имени, в его нынешнем положении было неудобно, и он нашел временный выход. Попросил ее помочь по хозяйству Вике.

— Я так спешила, так неслась и, конечно, опоздала на последнюю электричку, а потом двухчасовой перерыв, пришлось взять такси, к счастью, были деньги, — бормотала Лисова, всхлипывая и сморкаясь.

— В чем дело? — спросил он тревожно.

— Ох, Женечка, подожди, я не могу, дай отдышаться... сейчас... Такой ужас, такой шок... не представляешь, что мне пришлось пережить...

Влетел Егорыч, тоже мокрый, красный. Телефон болтался у него на запястье и играл «Лав стори». Рязанцев уже понял: что-то произошло необычайное, трагическое. Сердце стремительно подпрыгнуло к горлу и медленно, гулко покатилось вниз. Вот сейчас Светкины смутные всхлипы оформятся, приобретут смысл, и в них ясно проступит скрежет жизненной оси. Судьба повернется, ветер переменится.

— Слава Богу, все произошло мгновенно, она совсем не мучалась, — услышал он сквозь оглушительный птичий щебет и с горьким облегчением признался себе, как давно ждал этого.

Дело в том, что жена его, Галина Дмитриевна, находилась вовсе не в Италии, она уже полгода лежала в маленькой, очень дорогой и закрытой психиатрической клинике, совсем недалеко отсюда, всего в пяти километрах от дома, в деревне Язвищи.

Об этом знали только самые близкие. Это никогда не обсуждалось, даже шепотом. В разговорах о жене поминали только Италию, Венецию, школу изящных искусств, и ни у кого такой словесный маскарад не вызывал улыбки. Диагноз

был путаным и безнадежным. Мощные психо-
тропные препараты подтачивали здоровье.

— Мужайся, Женя, — страшным шепотом
произнесла Лисова, — сегодня утром...

— Замолчите вы, я сам! — закричал на нее
Егорыч.

— Но я хотела только подготовить, нельзя же
сразу, — забормотала Светка, — я знаю вас, вы
все выпалите, не думая о последствиях, — она
шагнула к Рязанцеву, который уже не сидел, а
стоял, опираясь рукой на спинку кресла. — Женечка, послушай меня, только очень спокойно...

— Молчать! — рявкнул Егорыч и втиснулся
между нею и Рязанцевым. — Еще слово, и уй-
дешь отсюда, поняла?

Светлана Анатольевна покорно кивнула, рух-
нула в кресло и уставилась на Рязанцева красными мокрыми глазами. Егорыч выключил телефон и заговорил спокойно, по-деловому, дыша
ему в лицо чесноком:

— Значит, так. Вику убили. Застрелили сегодня ночью, прямо в постели. Насчет прессы я позаботился. Пока тишина, главное, чтобы никто из
наших не проболтался. Сейчас надо ехать в морг
на опознание. Переодеваться будете?

———————

ГЛАВА ШЕСТАЯ

Ночами вокруг Андрея Евгеньевича Григорьева сгущалась совершенно мертвая тишина. Он откладывал книгу, гасил свет и, зажмурившись, нырял в бессонницу. Она наполнялась мучительными призраками.

Его уникальная память была чем-то вроде закодированной энциклопедии, в которой хранились сотни имен, дат, фактов. Бессонными ночами это кошмарное сокровище оживало, шевелилось. Он видел лица, слышал голоса. Прошлое причудливо переплеталось с настоящим, живые логические нити соединяли несоединимое.

В отличие от многих бывших коллег, Андрей Евгеньевич не кокетничал даже с самим собой. Еще в юности он знал, чего хочет от жизни и сколько это может стоить. Он пошел служить в КГБ вовсе не из любви к социалистической родине и не ради веры в светлые идеалы коммунизма. В основе его выбора лежала глубокая брезгливость к системе, к тому, что именовалось советским образом жизни. Служба в органах давала возможность вполне легально обеспечить себе совсем другой, совсем не советский образ жизни.

На самом деле не было бо́льших антисоветчиков, чем сотрудники КГБ. На их фоне любой махровый диссидент — наивное дитя. Диссиденты рисковали головой, чтобы изменить систему. Сотрудники органов просто брали и меняли ее — лично для себя и для своих семей, причем без всякого риска, вполне легально. Они ели, одевались, работали и отдыхали не так, как все прочее советское население, а иначе, гораздо лучше. Конечно, такое счастье давалось не даром, не только за чистые руки, горячее сердце и холодную голову.

Внутри системы жилось трудно. Все на всех стучали, и следовало всегда, днем и ночью, оставаться начеку. Предательство являлось общепринятой нормой и называлось бдительностью. Любой офицер мог ради карьерного роста, для подстраховки, просто из зависти, подставить своего ближайшего коллегу, стукнуть начальству обо всем, от стакана виски, выпитого после рабочего дня, до любовной интрижки вне семьи.

Григорьев почти не пил, свою первую жену любил и за восемь лет совместной жизни ни разу ей не изменил.

Он женился сравнительно поздно, выбирал, оценивал, боялся ошибиться. Одна была красивой, но глупой. Другая наоборот. Третья так сильно хотела замуж, что это отпугивало. Четвертая казалась слишком независимой и энергичной для тихого семейного счастья. Пятую звали Катя. Рядом с ней все прочие вдруг стали бесформенными, бесполыми и просто никакими.

Тоненькая, белокурая, с прозрачной кожей и ясными голубыми глазами, она была такой нежной и трогательной, что сразу возникало желание ее защитить. Она действительно нуждалась в защите. Еще в детстве, когда ее спрашивали, кем она хочет стать, она отвечала: «Катенька не будет работать ни под каким видом. Катенька будет просто красивая».

Он влюбился так страстно, что готов был на ней жениться, даже если бы кто-нибудь из ее близких родственников вдруг оказался диссидентом, уголовником или евреем. Но повезло. Анкетные данные сероглазой феи были безупречны, как и все в ней.

Ясным майским вечером 1971 года, на лавочке на Тверском бульваре, после просмотра в кинотеатре «Повторного фильма» французской комедии «Разиня», фея в ответ на серьезное предложение Григорьева сказала свое нежное «да».

Андрей Евгеньевич был контрразведчиком. Он знал английский как родной, свободно говорил по-испански и на всякий случай выучил венгерский. Его давно собирались послать за границу, сначала в соцстрану, на Кубу или в Венгрию. Единственным препятствием оставалось то, что он холостяк.

Через полгода капитан Григорьев вместе с молодой женой отправился в свою первую заграничную командировку в Венгрию. Еще через полгода, в Будапеште, у них родилась дочь Маша. Венгрия была самой «несоциалистической» из всех стран Варшавского договора. Пока Григорьев аккуратно и добросовестно вербовал агентуру в журналистской среде, писал подробные отчеты для начальства, Катя с красивой колясочкой ходила по магазинам, почти настоящим, почти западным. После московского гастрономического и промтоварного убожества будапештское изобилие пьянило ее, она постоянно пребывала в радостном возбуждении, пела по утрам в душе, вечерами, встречая мужа после работы, с детским визгом бросалась к нему на шею, рассказывала, где сегодня была и что купила.

Полтора года в Венгрии пролетели как один день. Семейство Григорьевых вернулось в Москву с чемоданами импортного добра и надеждами на следующую командировку, уже в настоящую заграницу, в Испанию, а может даже в США.

Маша росла здоровым, жизнерадостным, но немного странным ребенком. Она унаследовала внешность мамы и характер отца. С ней не было проблем. Даже в младенчестве она почти не плакала, зато много улыбалась, гримасничала, и Григорьев мог бесконечно наблюдать за ее подвижным личиком. Казалось, там внутри у нее происходит постоянная напряженная мыслительная работа. Было странно и жутковато представить, как может такая кроха вмещать в себя огромный мир.

В трехлетнем возрасте, обнаружив под новогодней елкой коробку с пластмассовым пупсом, она захлопала в ладоши, искренне поддержала бабушкину историю про Деда Мороза, а вечером, когда Григорьев укладывал ее спать, сообщила ему шепотом, что «на самом деле куклу купили в «Детском мире», и напрасно, лучше бы потратили денежку на коньки «гаги». Андрей Евгеньевич с изумлением понял, что его трехлетний ребенок не верит общепринятым сказкам и умеет скрывать свои чувства. Он не знал, радоваться или пугаться.

В пять она разобрала на детали радиоприемник. Ей хотелось вытащить и рассмотреть маленьких человечков, которые там внутри разговаривают, поют и играют на музыкальных инструментах. В шесть сконструировала из деревяшек, гвоздей, пружинок от шариковых ручек и аптечных резинок пистолет-рогатку, стрелявший крючками из проволоки. Провозилась почти месяц, постреляла в воздух и тут же охладела к своему творению, потребовала купить десять моторчиков в магазине «Пионер» на улице Горького, батарейки, паяльник, достать где-нибудь тонкое листовое железо и специальные ножницы. Когда ее спросили зачем, она развернула несколько листов миллиметровки, исчерченные карандашом, и объяснила, что сконструировала робота, который будет ходить и размахивать руками. Ничего из этой затеи не вышло. Листовое железо достать не удалось. Но Маша ни капельки не огорчилась. Ей как раз исполнилось семь, и пора было готовиться к школе.

Григорьев помнил каждую подробность ее дошкольного детства потому, что именно в 1979-м, когда Маша пошла в первый класс, они развелись с Катей, и дочь он стал видеть редко.

Катя не работала и была «просто красивой». Оказавшись на родине, она скинула Машу в хорошие ведомственные ясли, потом в такой же детсад и, коротая ожидание настоящей заграничной жизни, принялась порхать, как положено фее. Порхала она по комиссионкам, по фарцовщикам, по каким-то бесчисленным «гостям», по квартирам и дачам, где собирались все те же фарцовщики, продавцы комиссионок, модные парикмахеры, косметологи, стоматологи, администраторы гостиниц и концертных залов, сотрудники «Интуриста», экстрасенсы и хироманты. Это была публика солидная, важная, идеологически надежная, тесно связанная с КГБ. И все бы ничего, но Катя не могла появляться в таком престижном кругу в одном и том же брючном костюме дважды. Каратность и чистота камней в ее сережках и колечках была недопустимо низкой. Трех пар итальянских сапог на одну зиму явно не хватало. А всего одна норковая шубка, даже при наличии канадской дубленки, выдавала беспросветную нищету. Григорьев не оправдал ее доверия, он слишком медленно воплощал в жизнь ее высокие стремления и прекрасные мечты. Ей хотелось не «Жигуль», а «Волгу», не двухкомнатную квартиру, а хотя бы пятикомнатную, ей хотелось покупать себе одежду не у фарцовщиков и подружек, вернувшихся из-за границы, а непосредственно в Нью-Йорке, на Пятой авеню, в бутиках Версаче и Диора.

Андрей Евгеньевич пытался ее утешить, объяснить, что и так очень старается, но не может прыгнуть выше головы. Все будет, но чуть позже. Катя не утешалась. Она не могла ждать, жизнь слишком коротка, молодость и красота мимолетны. Она хотела прямо сейчас, ужасно расстраивалась, плакала, кричала, хлопала дверьми, а потом не разговаривала с мужем неделями.

Маленькая Маша, если присутствовала при этих сценах, вела себя тихо и дипломатично. Погладив по головке рыдающую маму, сочувственно всхлипнув в ответ на ее отчаянные признания, что «папа нас с тобой совсем не любит», она не возражала, но при первой возможности незаметно ускользала к папе и шепотом, на ушко, принималась рассказывать ему что-нибудь интересное из своей бурной детсадовской жизни. Папу она никогда не утешала и сама ни разу не заплакала во время родительских ссор. Григорьева пугала Машина железная, недетская выдержка.

Но значительно больше пугало его таинственное превращение Кати, нежной феи, в грубую ведьму, Катеньки, невесомой бабочки, в прожорливую гусеницу. Ему все чаще снился один и тот же кошмар, будто вместо головы у него кочан капусты. Быстрые челюсти гигантского насекомого деловито пережевывают листья, один за другим, в результате чего остается маленькая мертвая кочерыжка. Он просыпался среди ночи и первые несколько минут спросонья продолжал слышать влажный размеренный хруст и чувствовать щекотку в мозгу, такую сильную, что хотелось вскрыть себе череп и там, внутри, почесать.

Впрочем, Андрей Евгеньевич по природе был оптимистом, всегда верил в лучшее. В советском посольстве в Вашингтоне как раз открылась вакансия. Судя по одобрительным замечаниям начальства и резко возросшей бдительности сослуживцев, терпеть отечественное убожество осталось совсем недолго.

Августовским вечером, теплым и дождливым, после долгожданного разговора с начальством, он несся домой, как на крыльях, раньше обычного и повторял про себя фразу, которую произнесет, переступив порог: «Все, Катюша, собирай чемоданы. Мы летим в Вашингтон!» Он представлял себе, как она со счастливым визгом кинется к нему на шею, забыв об очередном недельном бойкоте. Гусеница опять станет нежной легкой бабочкой, ведьма превратится в фею и не отправит его спать на диван в Машину комнату с обычной ноющей присказкой: «Отстань, убери свои лапы, я устала». А завтра утром они поедут на станцию

Катуар и заберут Машу с детсадовской дачи. Ребенок будет счастлив, что забрали на неделю раньше. В школу она пойдет уже в Вашингтоне. Говорят, там при советском посольстве отличная школа.

Дверь квартиры почему-то не открывалась. Он не сразу понял, что изнутри торчит ключ. Григорьев позвонил, подождал, потом принялся стучать и трезвонить. Наконец послышались шаги, кто-то прильнул к глазку.

— Катя! — позвал он нерешительно.

Ответа не последовало.

«Воры? — подумал он и нервно усмехнулся. — Позвонить к соседям, попросить, чтобы вызвали в милицию. С двери глаз не спускать, чтобы не успели смыться!»

Он уже шагнул и протянул руку к кнопке соседского звонка, но тут дверь открылась. Его жена стояла на пороге в стеганом шелковом халате и поправляла растрепанные светлые волосы. В полумраке прихожей глаза ее странно светились и дрожали, словно светлячки ночью в южном городе.

— Ты почему так рано? — спросила она, искусственно зевнув и прикрыв рот ладошкой. — Я прилегла почитать и задремала, звонка не слышала.

Григорьев включил свет, и суетливые южные светлячки исчезли. На него смотрели голубые глаза его жены, большие, ясные, обведенные темно-русыми ненакрашенными ресницами, смотрели так, словно он был тараканом. Тараканов она ненавидела и боялась больше всего на свете.

— Катюша, что-нибудь случилось? — спросил он с глупой улыбкой, уже понимая, что да, случилось, но не желая верить. Ему хотелось растянуть последние секунды спокойной радости, которая на крыльях принесла его домой в неурочное время.

Из спальни послышался шорох, тактичное покашливание.

— Да, случилось, и уже давно! — выкрикнула Катя так резко, что Григорьев вздрогнул. — Сколько можно, в конце концов? Володя, иди сюда!

Из гостиной вышел мужчина, высокий, рыхлый, немолодой и смутно знакомый. Он был в костюме и даже при галстуке, но петля не затянута. На ходу он заправлял рубашку в брюки.

— Добрый вечер, — произнес он хорошо поставленным баритоном, — предупреждаю, если вы меня ударите, у вас будут большие неприятности.

И тут Григорьев окончательно узнал его. Народный артист Советского Союза, лауреат Ленинской премии, и еще кучи каких-то премий. В кино играет партийных руководителей и председателей колхозов. Открывает торжественные концерты в честь главных советских праздников чтением стихов о Ленине. Может, действительно, стоило бы врезать артисту, пока он шнурует свои импортные ботинки? Или хотя бы сказать что-то жесткое, мужское, чтобы потом не чувствовать себя идиотом?

Пока Григорьев соображал, как поступают в таких случаях не идиоты, а настоящие мужчины, народный успел завязать оба шнурка, распрямился, громко хрустнув суставами, и шагнул к двери.

— Володя, подожди, я с тобой! — взвизгнула Катя.

— Не волнуйся, малыш, я подожду тебя в машине, — успокоил ее лауреат, аккуратно обошел застывшего Григорьева и выскользнул за дверь.

Катя последовала за ним буквально через три минуты, натянув на себя какое-то платье и прихватив сумку. Григорьев даже не пытался говорить с ней. На него напало странное оцепенение, какое-то тупое безразличие. Это был шок, первый и последний в его жизни. Что бы ни происходило потом, в течение долгих последующих лет, он вел себя иначе. Иногда правильно, иногда неправильно, но в ступор больше не впадал ни разу.

Судебное заседание, на котором их развели, было тихим, быстрым и закрытым. Григорьев попытался отвоевать ребенка, но ничего не вышло. Катя вместе с Машей переехала к артисту и вывезла из квартиры все, даже шторы были сняты и дверные ручки отвинчены. Остался только телефонный аппарат, и первый звонок, прозвучавший в гулкой тишине, был Машин.

Командировка в Вашингтон сорвалась. Послали другого офицера. В КГБ разводы приравнивались к должностным преступлениям, и после них приходилось «остывать», восстанавливать испорченный моральный облик.

С Машей они виделись редко, но каждый день разговаривали по телефону. То есть сначала каждый день, потом раз в неделю, потом раз в месяц.

————————

ГЛАВА СЕДЬМАЯ

Саня Арсеньев надеялся, что после визита сотрудника посольства его отпустят, наконец, домой. Но нет. Ждали приезда Евгения Рязанцева, распоряжений начальства и вообще какой-нибудь определенности. Из-за праздников никого нельзя было разыскать. У морга дежурили съемочные группы нескольких новостийных программ. Надо было что-то сказать им, но никаких конкретных приказов сверху пока не поступало, а импровизировать не решался даже майор Птичкин.

Драгоценное время утекало сквозь пальцы. Вместо обещанного профессора судебной медицины с трупами работал ординатор Гера Масюнин, старый знакомый майора Арсеньева, маленький, коренастый, разговорчивый. Он был отличным специалистом, относился к своей печальной работе творчески, иногда даже слишком творчески, и любил выпить, а выпив, начинал замечать то, чего нет, фантазировать, строить собственные оригинальные версии.

Когда Гера вышел покурить, Арсеньев от нечего делать спросил его, действительно ли женщина жила на час дольше.

— Жила. И хорошо жила.

— То есть?

— Не мучалась, — Масюнин загадочно улыбнулся, демонстрируя дырку на месте верхнего клыка, — даже наоборот, получала удовольствие.

На миг Арсеньеву показалось, что он беседует с сумасшедшим. Он знал, как легко и быстро вырабатывается у судебных медиков профессиональный цинизм, иммунитет к чужой насильственной смерти, как жутко звучат их загробные шуточки, и все-таки это было слишком. Красные от бессонницы глаза Геры сверкали совершенно безумным огнем.

— Ее трахнули, — пояснил он и облизнулся.

— Кто? Убийца? — растерянно моргнул Арсеньев.

— Ну не убитый же! — ординатор тихо хрипло захихикал. — Перед смертью ее употребил убийца, и она не сопротивлялась. А знаешь почему?

— Надеялась, что не убьет, — неуверенно предположил Арсеньев.

— Может, и надеялась, — кивнул эксперт, — однако вряд ли. Пойдем, кой-чего покажу.

Майор вяло побрел за Герой. Ему вовсе не хотелось возвращаться в анатомический зал и в который раз глядеть на трупы.

— Сначала скажи, ты сам ничего не замечаешь? — Гера таинственно улыбнулся и показал глазами на лицо покойницы.

— Нет, — пожал плечами Арсеньев, — вроде ничего особенного.

— Ты, Александр Юрьевич, банально мыслишь, — вздохнул Гера, — ты сразу ищешь следы побоев, ссадины, царапины, а на другое внимания не обращаешь. Ну давай, майор, на счет три, что не так в этом трупешнике?

— Все не так. Все. Это не старуха девяноста лет, мирно почившая в окружении любящих внуков и правнуков, а молодая здоровая женщина, убитая какой-то нелюдью. Ей бы еще жить и жить, детишек рожать, — проворчал Арсеньев.

— Фу-у, чрезвычайно банально мыслишь, товарищ майор, — Гера скорчил презрительную рожу и довольно точно просвистел первые аккорды траурного марша Шопена, — и как ты существуешь с таким доисторическим взглядом на мир? Легкости тебе не хватает, жизненного задора, здорового эгоизма, сарказма и пофигизма.

— У нее губы накрашены! — не слушая его, удивленно выпалил Арсеньев.

— Разглядел, наконец. Поздравляю, — хмыкнул Гена, — и знаешь, что самое интересное? Смотри, — он взял огромную лупу и поднес ее к губам женщины, — видишь, кожа вокруг рта содрана, совсем немного, только верхний слой, и ровненько, как по линейке.

— То есть он ей заклеил рот куском лейкопластыря?

— Молодец, соображаешь. Даже осталась пара прилипших волокон. Обычный лейкопластырь, продается в каждой аптеке. Теперь смотри сюда, — он взял руку убитой, приблизил лупу к запястью. — Видишь, тоненькие волоски, нежный золотистый пушок. А здесь опять же все содрано, как по линейке. И на левой руке то же самое.

— Он замотал ей руки?

— Ага.

Арсеньев тихо присвистнул.

— Не свисти! — строго сказал Гера. — Денег не будет. Ты теперь видишь, кто он такой? Ты видишь или нет? Он псих, — Гера перешел на шепот и приблизил к Арсеньеву лицо: — Зачем он приклеивал пластырь, я понимаю. Но зачем потом сдирал? Для чего после этого аккуратно накрасил ей губы ярко-красной помадой, такой стойкой, что не стерлась, не размазалась, когда он перевернул ее мордой в подушку? И на фига ему понадобилось дырявить ей башку, когда она была уже мертвая?

От Геры легко, почти неуловимо, несло перегаром. Он, так же как Арсеньев, отдежурил ночь, но, в отличие от непьющего майора, выпил для бодрости.

— Погоди, как мертвая? — Арсеньев нервно дернул головой.

— А вот так. Он ведь придушил ее. Он просто зажал ей нос. Двумя пальцами. Если у человека рот заклеен, этого вполне достаточно. Знаешь, у меня трупешник один был, примерно год назад. Тоже девушка, правда не такая красивая. Представляешь, блин, супружеская пара баловалась садистской любовью. Насмотрелись черной порнушки, и вперед. А у нее хронический синусит. Проще говоря, насморк. Он ей кожаный намордник надел, который полностью закрывает рот, а капли в нос закапать забыл и так увлекся, что не заметил, как дорогая супруга задохнулась на хрен. Обстурационная асфиксия. — Эксперт тихо засмеялся. Смех у него был странный, резкий, на пронзительно высокой ноте. — Сто девятую получил, причинение смерти по неосторожности. Три года. Адвокат был толковый.

— Погоди, — поморщился Арсеньев, — значит получается, убийца сначала застрелил мужчину, потом занялся женщиной. Заклеил ей рот, замотал руки, изнасиловал, придушил, просто зажав нос двумя пальцами, потом аккуратно отодрал все пластыри, накрасил губы особо стойкой помадой, перевернул лицом вниз и на прощанье выстрелил в затылок?

— Именно так все и было. Я ж говорю, псих, — эксперт со звоном распахнул стеклянные дверцы шкафа, достал литровую толстобокую бутылку с узким горлом, вытащил резиновую пробку. Запахло спиртом.

— Тебе налить?

103

— Нет, спасибо.

— Ну как хочешь, — он плеснул себе в какую-то мутную мензурку, выпил залпом, занюхал рукавом халата, — твое здоровье, майор. Классные феньки, правда? Только ты никому не рассказывай.

— Что значит — не рассказывать? — удивился Арсеньев. — Ты же все равно должен писать протокол.

Гера налил еще спирту, выпил, на этот раз уже не предлагая майору и не занюхивая.

— А вот в протокол я это вносить не буду, поскольку насчет протокола мне даны всякие особые указания, — быстро, еле слышно пробормотал он, и лицо его вдруг стало серьезным, задумчивым, он громко рыгнул.

— Какие указания, Гена?

— Как это какие? Руководящие! — Он опять рыгнул, достал из кармана халата горсть черных сухариков, протянул Арсеньеву: — Хочешь?

— Нет, спасибо.

— Ну и зря, — он запрокинул голову, ссыпал сухарики в рот и захрустел, печально глядя в окно.

— Гена, ты можешь мне толком объяснить, в чем дело? Почему ты не станешь вносить в протокол то, что показал мне? Или ты опять фантазируешь? — тихо спросил Арсеньев.

От возмущения Гена поперхнулся, закашлялся, покраснел, из глаз потекли слезы, пришлось несколько раз хлопнуть его по спине.

— Эх, Саня, — произнес он наконец и взглянул на Арсеньева полными слез глазами, — я с тобой как с человеком, а ты... Ну ты же видел все сам, разве нет? Скажи, видел?

— Допустим. Но всему этому можно найти и другие объяснения.

— Какие, например?

— Ну, не знаю, мало ли, сколько существует всяких косметических процедур? Может, эти следы на лице и руках убитой связаны с какими-нибудь там специальными масками или аллергией? А губы кажутся накрашенными из-за татуировки. Есть такие специальные татуировки, когда краска водится под кожу...

— Вот ты сам и ответил на свой вопрос, Александр Юрьевич, — тяжело вздохнул эксперт, — в нашей работе бывают случаи очевидные, как, например, дырка от пули, рубец от удавки, а бывают такие, для которых объяснений можно подобрать до фига и больше. Но ты запомни, Саня, изнасилование было. Есть характерные ссадины на внутренней стороне бедер. Есть растяжение сухожилий. И выстрелил он в нее уже мертвую. И помада нанесена посмертно. Это я тебе как специалист заявляю. А что касается остального, понимай как хочешь, вернее, как начальство повелит. Ну, что ты на меня так вылупился? Я, конечно, выпил, но не много, и дело совсем в другом. Просто этих двоих совсем не вовремя замочили. И как-то не по-человечески. Нет, штатника нормально кончили, не спорю. А вот девушку-красавицу... Больно уж много с ней делали всяких интересных фенек. Ладно, майор, все, проехали. В общем, ты меня понял.

— Не совсем.

— Ага. И я не совсем, — ординатор тихо захихикал, — но феньки классные, скажи?

— Конечно, Гера, классные, но ты, может, объяснишь, почему не хочешь вносить в протокол изнасилование, посмертный выстрел и помаду? — тихо спросил Арсеньев, когда они вышли в коридор.

— Потому! — истерическим шепотом выкрикнул Гера и добавил уже спокойней: — Дай сигаретку, а?

Арсеньев протянул ему пачку. Гера вытащил сразу три, но закуривать не стал, кинул в карман халата и побрел по коридору, не оглядываясь. Саня видел, как путь ему преградил майор Птичкин. За это время он успел исчезнуть и теперь вернулся. Несколько минут они говорили о чем-то. Затем разошлись в разные стороны. Ординатор поплелся назад, к трупам, а Птичкин твердым шагом направился прямо к Арсеньеву.

— Значит так, майор, — произнес он, усаживаясь рядом на подоконник, — сейчас сюда приедет лидер думской фракции господин Рязанцев, и говорить с ним придется вам.

— Почему мне?

— Потому, что вы первым оказались на месте преступления. Потому, что мое руководство связалось с вашим, и у нас тут получается объединенная оперативная группа. Работаем в обстановке строжайшей секретности. О том, что убит американец, а главное, где он убит, Рязанцев пока знать не должен. Вы все поняли, майор?

— Не совсем. Что именно я должен ему сказать?

Птичкин презрительно пошевелил усами и громким шепотом, почти по слогам, произнес:

— Вы просто скажете, что она лежала в постели. Одна.

Арсеньев затосковал так сильно, что у него заболел живот. До него дошло, наконец, почему в коротком телефонном разговоре так орал дежурный по отделу полковник, почему приказано было отправить домой Генку Остапчука, а ему, Арсеньеву, велели остаться, и почему майор Птичкин сменил небрежное «ты» на отстраненное, официальное «вы».

Дипломат прав. Это двойное убийство обречено зависнуть.

Арсеньев плохо разбирался в политике, но телевизор иногда смотрел и знал, что все оппозиционные думские фракции подозреваются в связях с западными спецслужбами, с одной стороны, и с отечественными бандитами — с другой. Скорее всего, Томас Бриттен по совместительству был агентом ЦРУ. У любого спецслужбиста голова закружится от количества и качества предварительных версий. Главное, вовремя выбрать самую выгодную, самую далекую от истины, замазать уголовное преступление блестящим вонючим лаком политического скандала и преподнести начальству в качестве драгоценного сувенира. Но при такой рискованной игре нужен козел отпущения. Всем удобней, если это будет милиционер, а не фээсбэшник и не сотрудник прокуратуры. Старший лейтенант Остапчук не подходит. А он, майор Арсеньев, вполне. Чин выше, язык покороче, физиономия внушает доверие.

— А как же этот Феликс, ее заместитель? — спросил Арсеньев, наблюдая сквозь решетку окна за кошкой, которая вскарабкалась на толстую липу, застыла на ветке, прямо напротив открытой форточки, и смотрела на Арсеньева длинными ярко-голубыми глазами. Она была такая белая, что казалось новенькой игрушкой или призраком, куском облака.

— Какой Феликс? А, Нечаев, этот шут гороховый? Он-то здесь при чем?

— Ну, не знаю, — пожал плечами Арсеньев, — он не похож на человека, который в состоянии что-либо хранить в тайне. Ему предстоит общаться с прессой, он знает о Бриттене.

— Пусть вас это не беспокоит. С ним уже побеседовали, — Птичкин выразительно шевельнул усами и кивнул на кошку за окном, — надо же, какая белая, наверное домашняя.

Загремели двери лифта, и коридор наполнился шагами, голосами. Человек, который шел во главе процессии, был таким знаменитым, что от усталости Арсеньеву показалось, будто по коридору несут включенный телевизор.

***

Стивен Ловуд сидел на лавочке в сквере и маленькими глотками пил минеральную воду из пластиковой бутылки. Он был таким мокрым, словно только что попал под дождь. В портфеле назойливо, тоскливо заливался мобильный. Он поставил бутылку, долго не мог открыть портфель, потом еще несколько минут искал телефон. Когда он, наконец, произнес по-русски «слушаю вас», голос его предательски сел, дальше он мог говорить только сиплым шепотом.

— Вы просили позвонить, — сказали в трубке.

— Да, — Ловуд попытался прокашляться, глотнул еще воды, но в горле так першило, что говорить нормально он не мог и невнятно прохрипел: — Надо срочно встретиться.

— А что случилось? — невозмутимо поинтересовался его собеседник.

— Это я у вас хотел спросить, что случилось, — с трудом выдавил Ловуд, — но разговор не телефонный.

— Хорошо. Когда и где?

— Через час, на том же месте.

— Ладно, я понял.

— Прошу не опаздывать, у меня мало времени, — просипел Ловуд, отключил телефон, залпом допил воду, отыскал в портфеле пачку бумажных платков, снял и протер запотевшие очки, осторожно промокнул лицо и шею.

Свой серебристый новенький «Форд» он оставил в двух кварталах от сквера. Солнце палило нещадно, и лицо опять стало мокрым, очки запотели. Покалывало сердце, это, пожалуй, было самым неприятным. Он вполне сносно держался в морге, толково и правильно поговорил с милицейским майором. Сейчас предстоял еще более ответственный разговор.

Он ласково убеждал себя успокоиться и не преувеличивать. Человек, с которым он должен был встретиться через час в тихом уютном дворе на улице Ямского Поля, неподалеку от начала Ленинградского проспекта, всего лишь бандит. Обыкновенный российский бандит. У него много гонора и мало серого вещества. Главное — сохранять спокойствие и соблюдать дистанцию.

Когда он переходил дорогу, рядом оглушительно просигналили, послышался дикий визг тормозов. Белый сверкающий джип успел остановиться в нескольких сантиметрах от Ловуда. Из открытого окна высунулась рыжеволосая девушка в черных очках:

— Вы что, с ума сошли?! Если больной или пьяный, дома надо сидеть! — Она несколько раз нервно просигналила и помчалась дальше.

Ловуд шарахнулся к тротуару и чуть не наступил на голубя, расплющенного шинами по асфальту.

«Боже, как я поведу машину в таком состоя-

110

нии?» — повторял он про себя, пока шел по тихому переулку.

Салон «Форда» прогрелся, как баня. Ловуд включил кондиционер, несколько минут сидел, промокал пот, протирал очки. Достал из бардачка упаковку лакричных пастилок, вытряхнул на ладонь сразу три штуки и кинул в рот.

В салоне стало прохладней. Ловуд медленно жевал пастилки, поглядывал на секундную стрелку и считал собственный пульс. Сначала было сто десять ударов в минуту, потом девяносто. Когда пульс выровнялся и дошел до семидесяти ударов, «Форд» тронулся в путь и через полчаса благополучно доехал до улицы Ямского Поля.

———————

ГЛАВА ВОСЬМАЯ

В 1980-м, через год после развода, Андрей Евгеньевич Григорьев женился на своей бывшей преподавательнице венгерского языка. Ее звали Клара. Они как-то встретились случайно на улице, Клара пригласила его в гости, оказалось, что она совершенно одинока и он давно ей нравился. Она была старше его на два года и выше на пять сантиметров. Отношения у них сложились ровные, дружеские. Она заранее предупредила его, что детей иметь не может. Начальство одобрило его выбор, и еще через год, в восемьдесят первом, его наконец отправили в Вашингтон.

Клара состояла из одних только достоинств. Никаких минусов, бесконечное количество плюсов, и в воображении Григорьева рождалась странная ассоциация с военным кладбищем. Множество безымянных могил, обозначенных ровными рядами одинаковых крестиков.

Вашингтонская казенная квартира сияла чистотой. Клара обходилась без прислуги, вела хозяйство опрятно и экономно, отлично готовила, одевалась скромно, но со вкусом, никогда не повышала голоса, не предъявляла претензий. Григорьев надеялся, что ее большое правильное лицо с круглыми тонкими бровями и мягким подвижным ртом постепенно станет для него хотя бы милым. Григорьев искренне верил, что сумеет однажды обрадоваться, увидев на пороге квартиры, в проходе супермаркета, в аллее парка, ее широкую, надежную, аккуратную фигуру. Но всякий раз в первое мгновение не узнавал ее, а расставшись, тут же забывал, как она выглядит.

Впрочем, им обоим было удобно и не утомительно сосуществовать под одной крышей и даже под одним одеялом. Клару взяли на работу в посольство, она занималась прослушиванием телефонных разговоров, работала добросовестно, уставала, Григорьев тоже уставал, и это служило постоянной темой для беседы на первые полчаса вечером дома за ужином.

Ничто не отвлекало Григорьева от карьерного роста, и он рос в свое удовольствие.

В 1982 году ему было сорок три. Он имел чин полковника КГБ и работал в посольстве СССР в Вашингтоне. Официально он числился «чистым» дипломатом, первым заместителем пресс-атташе. На самом деле являлся помощником резидента по работе со средствами массовой информации.

Для КГБ главным показателем ценности контрразведчика было количество завербованных им агентов. Григорьев с успехом пополнял свой послужной список так называемыми агентами идеологического влияния. Приглашая в ресторан какого-нибудь художника-авангардиста, он болтал с ним о всякой ерунде, а потом писал длинные подробные докладные, в которых рассказывал о том, что в результате умелой обработки оный художник теперь является надежным агентом влияния. Его непонятная мазня выражает протест против враждебных простому человеку буржуазных ценностей. То же самое происходило и с писателями, авторами кровавых боевиков и триллеров, которые в григорьевских докладных преображались в настоящих советских диверсантов, наученных им, Григорьевым, подрывать вражескую идеологию изнутри, разоблачать гнилую антигуманную сущность капиталистической системы. Имелись в его резерве фотографы, снимавшие помойки, журналисты, писавшие о наркомании и проституции. Правда, общаться с этой сердитой публикой было сложно. Иногда не удавалось притворяться, что много пьешь, и приходилось пить по-настоящему. Виски Григорьев терпеть не мог, от водки его мучила изжога. От разговоров о постмодернизме и сексуальных извращениях болела голова. Чтобы не закисать, Григорьев взял себе за правило каждое воскресное утро проводить не менее трех часов на теннисном корте, неподалеку от дома.

Довольно скоро у него появился постоянный партнер, корреспондент «Вашингтон-пост» Билл Макмерфи, крепкий, гладкий, с розовой лысиной и радостной детской улыбкой. Ему, как и Григорьеву, было сорок три. Мягкий юмор и твердое рукопожатие, честный, прямой, но не навязчивый взгляд в глаза. Простота без панибратства. Спокойный доброжелательный интерес к собеседнику, без тени заискивания. Умение слушать и слышать не только слова, но и интонации. Идеальный партнер, идеальный собеседник. Живая иллюстрация к пособию по искусству результативного общения и вербовки.

Макмерфи всегда готов был красиво проиграть, хотя владел ракеткой лучше Григорьева. Он, как и Григорьев, обожал классический джаз, постоянно приглашал Андрея Евгеньевича в лучшие джазовые клубы, мог часами говорить о Луи Армстронге, Элле Фитцджеральд, Бенни Гудмане и «Милс Бразерс». Стоило Григорьеву заикнуться о каком-нибудь редком альбоме давно забытой джазовой группы, и через несколько дней Макмерфи приносил ему в подарок пластинку или кассету с записью.

Иногда с тенниса и джаза их разговоры мягко соскальзывали на Афганистан, мелькали имена Солженицына и Сахарова, нехорошие словечки «агрессия», «тоталитаризм», «диктатура», «старческий маразм». Однажды ночью, в маленьком джазовом клубе, Макмерфи одолжил у какой-то дамочки черный косметический карандаш, намалевал себе огромные брови и, скорчив важную тупую рожу, произнес хлюпающим жирным басом: «Дорохие тоуарыши!»

Они успели много выпить перед этим, и Григорьев смеялся до упада, пока американский журналист произносил путаную напыщенную речь голосом «Хенерального секрытара» на «чистом» русском языке. Они оба продолжали смеяться, когда сели в такси. Макмерфи довез Григорьева до дома и, прощаясь, прошептал ему на ухо, уже без всякого смеха и пародийного коверканья слов:

— Эндрю, все давно прогнило, профессионал не должен служить маразму.

— Билл, я не знал, что ты так отлично говоришь по-русски, — ответил Григорьев.

На следующее утро он отправился с докладом к своему руководству просить санкцию на вербовку Уилльяма Макмерфи, корреспондента «Вашингтон-пост». Руководство запросило центр. Центр дал «добро».

Летом 1982 года Григорьев познакомился с крупным профсоюзным лидером по фамилии Скарлатти. Сумрачный толстяк итальянского происхождения был известен своими левыми взглядами и феноменальным обжорством. Григорьев приглашал его в лучшие французские, японские и греческие рестораны и ублажал ненасытную утробу объекта разработки артишоками, фаршированными грибами и ветчиной в ореховой корочке, королевскими креветками в коньячном соусе, медальоном из новорожденного ягненка на косточке с соусом «Кориандр». Ресторанные счета Григорьев прикладывал к подробным официальным отчетам.

Намеки на более тесное и конкретное сотрудничество объект понимал, принимал к сведению, важно кивал и поглаживал свое необъятное брюхо.

Однажды утром на теннисном корте Макмерфи сочувственно заметил:

— Эндрю, тебе не мешало бы сбросить пару фунтов. У тебя появилась одышка и прыжок стал тяжелей.

— Что делать, Билли? Возраст, сидячая работа, — вздохнул Григорьев.

— Брось, Эндрю. Возраст совершенно ни при чем. Работа — да, она у тебя сидячая, причем сидишь ты в основном в дорогих ресторанах, — Макмерфи надул щеки и выпятил пузо. — Кстати, я давно хотел спросить, что тебя связывает с этим тупым профсоюзным обжорой?

— Прости, не понял, — напряженно улыбнулся Григорьев.

— Все ты отлично понял, — Билли похлопал себя ракеткой по колену, — ты уже месяц набиваешь утробу Скарлатти французскими и японскими деликатесами. Это же дикие деньги, Эндрю. Объясни, зачем тебе это нужно?

В голове Григорьева тут же завертелись разнообразные варианты вранья, более или менее достоверные, но одинаково бесполезные. Макмерфи был таким же профессионалом, как он, и любое вранье принял бы, как удачную подачу теннисного мяча, с одобрительной улыбкой.

— Нет, конечно, если бы ты, Эндрю, был агентом КГБ, тогда в твоей дружбе со Скарлатти имелся бы определенный смысл, — продолжал рассуждать Билл, спокойно и насмешливо глядя в глаза Андрею Евгеньевичу, — а так... не понимаю.

— В нашей жизни вообще много всего непонятного, — вяло парировал Андрей Евгеньевич.

Разговор этот они продолжили вечером в маленьком джазовом клубе, громким таинственным шепотом, под изумительный свинг черного певца, почти соприкасаясь лбами. Макмерфи рассказал, что прожорливый «красноватый» Скарлатти тесно связан с наркомафией, замешан в нескольких нераскрытых заказных убийствах. Он дважды ускользал от правосудия. В последний момент свидетели обвинения отказывались от своих показаний либо бесследно исчезали. Но недавно возникли упорные слухи, будто Скарлатти завербован КГБ, и это скорее хорошо, чем плохо.

— У меня есть друзья в самых влиятельных структурах, — доверительно сообщил Макмерфи, — они были бы очень благодарны тому, кто поможет задержать Скарлатти по подозрению в шпионаже. Если бы удалось взять жирного мерзавца с поличным, допустим, в момент получения денег от КГБ, это вряд ли понравилось бы его коллегам-бандитам. Мафия не любит, когда ее члены подрабатывают на стороне, и братской поддержки Скарлатти не получит. А в одиночку ему не выкрутиться.

— Но видишь ли, Билли, человек, который поможет твоим влиятельным друзьям арестовать Скарлатти как шпиона, сильно обидит своих влиятельных друзей, — возразил Григорьев, — не только мафия не любит, когда ее члены подрабатывают на стороне. Этого никто не любит и не прощает.

— Эндрю, мы говорим сейчас о Скарлатти, об отпетом мерзавце Скарлатти. При чем здесь любовь и прощение? — грустно улыбнулся Макмерфи. — Мы уходим от главной проблемы. Видишь ли, Эндрю, самого факта общения со Скарлатти довольно, чтобы щедрый любитель французской кухни был выдворен из США в двадцать четыре часа. И если этот человек хоть что-то для тебя значит, если его судьба тебе не безразлична, ты должен ему помочь.

— Погоди, Билли, но ведь у вас свободная страна, вина Скарлатти пока не доказана, он такой же гражданин, как все, и я не понимаю... — неуверенно пробормотал Григорьев и замолчал на полуслове, поскольку указательный палец Билли грозно закачался у него перед носом.

— Давай не будем валять дурака, Эндрю. Этот твой человек ведь только притворяется дипломатом, мы с тобой оба знаем, кто он на самом деле, верно? У чистого советского дипломата не хватило бы денег на эти безумные гастрономические оргии. В вашем государстве только одно ведомство может себе позволить вываливать такие огромные суммы. Формальный повод для выдворения тайного сотрудника этого ведомства из нашей страны — не проблема. Очень обидно, Эндрю, когда тебя выгоняют вон. Но будет совсем обидно, если в чью-то злую голову придет идея сфабриковать нечто грязное, недостойное. Допустим, твой приятель зайдет однажды в магазин, и вдруг на выходе его задержит охрана. Что такое? В чем дело? Извините, сэр, нам придется вас обыскать. Да пожалуйста, обыскивайте! Я честный человек, и все такое. Он ведь честный человек, этот твой приятель, правда, Эндрю? Представляешь его шок, его ужас, когда охранник извлечет у него из кармана какую-нибудь дорогую изящную штучку. Серебряную зажигалку, например, или шарф из натурального шелка от Картье.

— Перестань, Билли, — поморщился Григорьев, — это старые дешевые трюки, мне даже странно слышать от тебя подобные глупости.

— Так они потому и старые, что всегда срабатывают, — подмигнул Макмерфи, — и дешевые, потому что выбор большой. Есть еще наркотики, совращение детей, да мало ли на свете грязи, Эндрю? Она ужасно липкая, отмыться сложно. Не лучше ли обойтись без нее?

— Это невозможно, — покачал головой Григорьев.

— Всегда есть выбор, Эндрю.

— Выбор между предательством и грязью?

— Нет, Эндрю. Не совсем так. Выбор между двумя вариантами развития событий. Вариант первый. Мерзавец, убийца Скарлатти будет гулять на свободе, набивать свое брюхо в дорогих ресторанах, а благородного интеллектуала, человека тонкого, умного, образованного, обвинят черт знает в чем, выгонят вон с позором. Но этого мало. Когда он окажется дома, когда переживет все унизительные разбирательства с начальством, вдруг начнут всплывать дальнейшие подробности его пребывания в США. Окажется, что его тесная дружба с некоторыми представителями зарубежной прессы стала причиной целого ряда серьезных провалов и неприятностей. В задушевных беседах он выкладывал много всякой информации, в том числе и сверхсекретной, причем не по легкомыслию, а с определенной корыстью. За деньги. За возможность остаться в США.

Григорьев не выдержал и рассмеялся. Смех получился фальшивый, больше похожий на нервную икоту.

— Ну, насчет денег это ты загнул, Билли. Нужны доказательства, просто так никто не поверит.

— Доказательства будут, поверят все, ты сам это отлично знаешь. А насчет остаться в США я тоже загнул? Или нет?

Григорьев ничего не ответил. Чтобы прекратить икоту, он схватил стакан с остатками яблочного сока и выпил залпом. Но в стакане оказалось виски. Его чуть не стошнило. Он кинулся в туалет, задевая в полумраке углы чужих столов и чувствуя спиной взгляд Макмерфи, насмешливый и сочувственный. В маленьком чистом туалете он долго плескал в лицо ледяную воду, тер красные воспаленные глаза. Программа, изложенная Макмерфи, была вполне реальна. Нельзя кормить противника одним только враньем, если противник не идиот. А работать с идиотами нет смысла.

Они с Макмерфи довольно часто делились друг с другом реальной секретной информацией. Да, дозированной, да, не совсем свежей, вчерашней, но реальной. Иначе давно распалась бы эта дружба, которую вашингтонская резидентура считала чуть ли не самой серьезной своей победой за последние несколько лет. Уилльям Макмерфи был полковником ЦРУ. Андрей Евгеньевич Григорьев был полковником КГБ. Они играли на равных. И каждый ждал, когда другой подставится. Никто не виноват, что Григорьев подставился первым.

Он вернулся за столик, Макмерфи почти дремал, откинувшись на спинку стула. Не открывая усталых глаз, он продолжил говорить так, словно не было никакого перерыва:

— Вариант второй. Благородный интеллектуал поможет упрятать убийцу за решетку и получит возможность остаться в стране, которую, между прочим, любит, в которой ему живется лучше, комфортней, чем у себя дома.

— Откуда ты знаешь, где кому комфортней? — быстро, нервно спросил Григорьев.

— Мне так кажется, — улыбнулся Макмерфи, — просто кажется, и все. Подумай, Эндрю, оцени все спокойно и трезво. При нашей специфической работе факт предательства надо долго доказывать. А грязь видна сразу. Среди твоих коллег найдется много желающих поверить, что ты вор, что ты торгуешь наркотиками и растлеваешь малолетних. Плохому верят охотней, чем хорошему. Особенно если это плохое касается умной, яркой, успешной личности. Никто не оценит твоего благородства. Неудачники, заляпанные грязью, никому не симпатичны, главное, они самим себе не симпатичны, — он замолчал, отвернулся, показывая всем своим видом, что дает Григорьеву время на размышления.

Еще минут двадцать они послушали черный джаз, молча мрачно выпили по бокалу белого вина, сели в такси, холодно попрощались.

На следующий день Григорьев должен был после работы зайти в магазин и купить Кларе подарок на день рождения. Нюхая духи, разглядывая сумочки, блузки, украшения, он вздрагивал, если кто-то подходил близко и прикасался к нему. В итоге купил какую-то идиотскую шляпу, которая совершенно не шла Кларе, к тому же оказалась ей мала.

Скарлатти для дальнейшей разработки был

передан другому сотруднику, у которого жена славилась своими кулинарными талантами. Кормить агента домашними деликатесами было все-таки дешевле, чем водить по ресторанам. А Григорьеву пришлось сбрасывать лишние пять килограммов. Он сел на строгую овощную диету и значительно больше времени проводил на теннисном корте. Закончив вничью очередную партию с Макмерфи, он за стаканом апельсинового сока вдруг принялся рассуждать о человеческих слабостях и в качестве примера поведал историю падения некоего итальянца, страшного обжоры, который повадился играть в рулетку в Атлантик-Сити.

— Пока ему везет. Он постоянно выигрывает, причем всегда знает, сколько именно должен выиграть. Например, послезавтра он намерен положить в карман около пятисот долларов. Потом он отправится в ресторан «Мерлин». У него есть странная привычка пересчитывать деньги в туалете именно этого ресторана, закрывшись в третьей от окна кабинке.

Через день Скарлатти был арестован сотрудниками ФБР по подозрению в шпионаже. Его взяли с поличным в момент получения солидной суммы от связника в туалете ресторана «Мерлин» в Атлантик-Сити. Связника тоже взяли, он сразу «потек», стал давать признательные показания, выложил все, что знал и о чем догадывался, объявил себя «узником совести», попросил политического убежища в США.

Через неделю Макмерфи пригласил Григорьева на вечеринку барбекю. Пока гости увлеченно поедали жареные сосиски и куриные крылышки в саду за домом, Григорьев уединился с хозяином в гостиной.

— Знаешь, Билл, я все продумал и решил. Пусть наши считают, будто это я тебя завербовал, а не ты меня, — сказал он шепотом, по-русски.

— Эндрю, а я тебя уже завербовал? — удивленно улыбнулся Макмерфи.

— Ну, если не ты меня, то я тебя, — Григорьев скорчил уморительно серьезную рожу, — когда встречаются два хитрых шпиона, один другого обязательно завербует. В конце концов, какая разница, кто кого? Потом как-нибудь разберемся.

— Конечно, Эндрю, разберемся, — согласился Макмерфи и весело подмигнул.

* * *

Самолет проваливался в воздушные ямы. Соседка справа, сухонькая католическая монахиня, перекрестилась. Сосед слева, толстый парень с бандитской физиономией, громко матерно выругался. Маша Григорьева нащупала под сиденьем туфли, отстегнула ремни безопасности и поднялась.

— Разрешите пройти.

Толстяк долго возился со своими ремнями, наконец вылез, пропустил Машу и, прежде чем сесть на место, целую минуту смотрел ей вслед.

Когда разносили напитки, он брал себе пиво, но давали мало, он просил монахиню и Машу взять для него еще. Обе отказывались. Толстяк вел себя ужасно. Ковырял то в носу, то в ухе и долго, внимательно рассматривал добытое. Громко рыгал и портил воздух. Развалился в кресле, занял оба подлокотника, обматерил соседа сзади, когда тот попросил поднять спинку кресла, и соседа спереди, когда тот опустил свою спинку.

Маша медленно, осторожно шла по узкому проходу в хвост, чувствуя этот взгляд позвоночником. Она обернулась. Взгляд вдруг показался слишком осмысленным и пристальным для пьяненькой шпаны. Самолет качнуло. Маша схватилась за спинку попутного кресла, правая рука неловко вывернулась, и тупая ноющая боль потекла от кисти к плечу. В кресле, свернувшись калачиком, спала девочка лет пяти. Толстый сосед наконец уселся. Холодок в позвоночнике растаял.

— Девушка, вернитесь, пожалуйста, на место, сейчас будет сильно трясти. Зона гранулентности, — сказала стюардесса по-русски. Она вышла из-за шторки и столкнулась с Машей в проходе. Кому-то в первом салоне стало нехорошо. Она несла лекарство и воду.

— Ничего, у меня отличный вестибулярный аппарат, — Маша улыбнулась и поспешно скрылась в туалетной кабинке.

Самолет трясло и качало. Маша зачерпнула

скудной водицы из-под крана, провела мокрой ладонью по лицу. В тройном зеркале отразилась худенькая пепельная блондинка, остриженная под мальчика. Круглые голубые глаза. Высокая шея, острые узкие плечи. Макмерфи все-таки уговорил ее постричься. Напрасно. Волосы жалко, теперь будут долго отрастать. Впрочем, так тоже неплохо. Совсем новый облик. Макмерфи в одном прав — с короткой стрижкой она выглядит значительно моложе и наивней. Интересно почему? Может, из-за того, что шея кажется совсем тонкой и беззащитной, глаза почему-то стали больше, овал лица обострился и видно, что уши немного оттопырены. Возможно, для полноты образа не хватает маленьких круглых очков в тонкой оправе.

В отличие от убитого Томаса Бриттена, она отправляется учиться, а не учить, она никакой не консультант, ей просто надо набрать материал для диссертации на тему «Средства массовой информации и влияние новых политических технологий на самосознание людей в разных слоях общества посттоталитарной России». Звучит достаточно смутно, чтобы позволить себе совать нос куда угодно.

Она бегает по утрам, обожает футбол и вместо ночной рубашки надевает футболку с эмблемой университетской женской команды. Макароны называет «паста». Чистит зубы три раза в день, не менее пяти минут, и широко улыбается всем без разбора. Водит машину и пользуется кредитной карточкой с четырнадцати лет. Туфлям на каблуках предпочитает кроссовки, может надеть их даже с деловым костюмом и с вечерним платьем, если очень хочется, потому что главное — чувствовать себя комфортно. Искренне верит, что обычный табак в сто раз вредней марихуаны, и может рассуждать об этом также горячо и грамотно, как о Фолкнере и Набокове. Вставляет в рамки и развешивает по стенам все дипломы и похвальные листы, полученные за свою коротенькую жизнь. В голове веселые шумные опилки, как у Винни-Пуха. О, йес! Толстой! Достоевский! Вау! Загадочная русская душа! В сумочке синий американский паспорт и несколько разноцветных пластиковых карточек: кредитки, международные водительские права.

Гражданка США Мери Григ, 1975 года рождения. Вся такая свеженькая, новенькая, будто только что сошедшая с обложки умеренно-интеллектуального молодежного журнала, вся сверкающая здоровьем, промытая до блеска, пропахшая туалетной водой «Кензо» и мятной жвачкой.

Встречать в аэропорту ее должен Стивен Ловуд, сотрудник посольства США, официально — заместитель атташе по культуре, на самом деле офицер ЦРУ. Маша знала его в лицо, когда-то он преподавал в разведшколе. По легенде Ловуд был близким другом ее родителей, погибших в автокатастрофе. Макмерфи удачно это придумал.

Всегда надежней, когда в легенде есть определенная доля правды.

По радио объявили, что через несколько минут пассажирам будут предложены беспошлинные товары «Аэрошопа». Поскольку самолет все еще находится в зоне гранулентности, пассажиров просят вернуться на свои места и пристегнуться ремнями безопасности. В дверь туалетной кабинки настойчиво стучали.

— Занято! — крикнула Маша.

Из потайного кармана сумочки она достала плотный маленький конверт. Внутри лежала тонкая стопка фотографий. На них были запечатлены семь мужских физиономий, совершенно разных. С бородой и с усами. Только с усами. С длинными волосами и гладко выбритым лицом. С трехдневной щетиной на щеках и под носом, но с обритым черепом. На самом деле это были вовсе не фотографии, а составленные на компьютере фотороботы одного и того же человека, который мог за четырнадцать лет не только изменить свою внешность, но и измениться естественным образом до неузнаваемости.

В дверь опять постучали.

— Одну минуту! — крикнула Маша.

— Девушка, с вами все в порядке? — громко спросила стюардесса.

— Да!

— Тогда выйдите и вернитесь на свое место.

— Да, сейчас!

Маша принялась не спеша, внимательно рассматривать каждый портрет, затем мелко рвала и бросала в дырку унитаза.

Уничтожив портреты, все до единого, она нажала рычажок слива. Разноцветные клочки со свистом исчезли в воздушном пространстве, где-то над Атлантикой.

———————

ГЛАВА ДЕВЯТАЯ

У Евгения Николаевича Рязанцева так дрожали руки, что он не мог расстегнуть верхнюю пуговицу рубашки. Ворот душил его. Ткань стала мокрой от пота и прилипла к шее. Провозившись несколько минут, он просто рванул изо всех сил, и сразу три пуговицы с тихим стуком посыпались на кафельный пол.

— Я могу побыть один? — спросил он глухо.

— Здесь? Или проводить вас в кабинет главврача? — вежливо уточнил майор ФСБ Птичкин.

— Здесь. С ней.

Все молча вышли. Дверь оставили приоткрытой.

— Слушай, Егорыч, но нам придется допросить его сегодня, — донесся до майора интимный шепот Птичкина, — не получится скрыть. Да и какая разница? Не сегодня, так завтра он все равно узнает.

— Завтра — пожалуйста, сегодня — нет, — прошептал в ответ Егорыч.

— А если он захочет новости послушать в машине?

— Отвлеку как-нибудь. Это мои проблемы. К тому же в новостях говорится, что убит некий гражданин США, которого зовут Тим Брелтон. Об этом попросили сами американцы и предложили фальшивое имя. Потом, в случае чего, можно сослаться на какую-нибудь мелкую сошку из пресс-центра МВД, которая не знает английского и перепутала латинские буквы.

— Ну хорошо, — не унимался Птичкин, — а если кто-нибудь из журналистов к нему прорвется?

— Не прорвется. До завтрашнего утра я никого близко не подпущу.

— Ты прямо как нянька с ним возишься, честное слово, — покачал головой Птичкин.

— Мне платят за это.

Арсеньев успел заметить, что усатый майор хорошо знаком с начальником охраны партийного лидера и у них много общих секретов. При встрече они не просто поздоровались за руку, а расцеловались троекратно и потом постоянно шептались о чем-то.

Из анатомического зала послышался тихий сдавленный вой, больше похожий на волчий, чем на человеческий. Птичкин вопросительно взглянул на Егорыча. Тот слегка помотал головой и прикрыл дверь. Но вой все равно был слышен и разрывал душу.

— Может, лучше сразу сказать? — громко прошептал майор.

— Перестань, мы все уже решили, — поморщился Егорыч.

— Он ведь воет потому, что думает, будто она его любила. А если узнает про американца...

— Наоборот, — повысив голос, перебил Егорыч, — если узнает, будет еще хуже. Я же объяснил тебе, у него сегодня прямой эфир на первом канале в вечерних новостях. Он должен быть как огурчик.

— Да уж, огурчик, — с легкой усмешкой прокомментировал майор очередную волну воя.

Егорыч ничего не ответил и неприязненно покосился на Арсеньева.

Все здесь были свои, а Арсеньев чужой. Ему это сразу дали почувствовать, никому не представив, не сказав ни слова и проскальзывая мимо него глазами, словно он не человек, а пустое место. Так нарочито невежливо ведут себя братки-быки, середнячки уголовного мира, если в каком-нибудь общественном месте, в ресторане например, в их компанию попадает случайный неопасный чужак, которого почему-либо нельзя прогнать.

Майор слишком устал, чтобы реагировать на такую ерунду. Ему хотелось домой, в душ и в койку. Он знал, что проспит часов десять, не меньше, а потом, на свежую голову, решит, стоит ли докладывать начальству о странном разговоре с ординатором.

Вой прекратился. Через минуту дверь открылась. Евгений Рязанцев, бледный до синевы, уперся красными сухими глазами в лицо Арсеньеву и отрывисто произнес:

— Вы, как я понимаю, первым оказались на месте преступления.

— Я приехал по вызову. Первой была домработница убитой.

— Это я знаю, — кивнул Рязанцев, — я хочу побеседовать с вами. Где это можно сделать?

Через несколько минут они сидели в мягких креслах в кабинете главного врача. Работал кондиционер. Окна были защищены от горячего закатного солнца плотными жалюзи. Хозяин кабинета, высокий пожилой человек в хрустящем белом халате, тактично удалился, распорядившись насчет прохладительных напитков. Рязанцев залпом выпил ледяной воды, закурил и нарочито спокойно спросил:

— Почему у нее такое лицо? Ее пытали?

— Ну, это не ко мне, это к медэксперту, — пожал плечами Арсеньев.

— Ваш эксперт пьян. От него за версту разит.

— Евгений Николаевич, успокойтесь, эксперт вполне грамотный, он вам все объяснил, — укоризненно заметил Птичкин, — может, вы поедете сейчас домой? Вам надо отдохнуть. У вас еще будет возможность побеседовать с майором, и не раз.

— Что там было, кроме выстрела? Ограбление? Ее пытали? Насиловали? Я должен знать! —

повысил голос Рязанцев, нарочно не обращая внимания на майора и приближая свое плакатное лицо к Арсеньеву почти вплотную.

Сейчас эта мужественная физиономия совсем не годилась для съемки. Пот тек градом, ко лбу прилипли мокрые темные пряди, глаза покраснели, губы пересохли и запеклись.

— Ничего, — сказал Арсеньев, — ничего не было, ни насилия, ни ограбления. Убийца вошел в квартиру и выстрелил ей в затылок. Она даже не успела проснуться.

Краем глаза он заметил, как одобрительно шевельнулись усы Птичкина.

— Но тогда почему так изменилось лицо? — закричал Рязанцев. — Почему распух нос, откуда эти пятна на коже? Почему такие воспаленные, окровавленные губы? Что с ней сделали?

— Евгений Николаевич, ее убили, — Егорыч положил ему ладонь на плече. — Поехали домой, а?

— Да, сейчас поедем, — кивнул Рязанцев, уже вполне спокойно. — Обыск был? — обратился он к Птичкину.

— Нет еще. Нам нужен человек, который хорошо знает квартиру. Она ведь жила одна, и трудно понять, пропало ли что-нибудь из вещей, бумаг, ценностей. Нам неизвестно, какие суммы она могла держать дома, какие у нее имелись ювелирные украшения, — важно объяснил Птичкин, — при первоначальном осмотре вроде бы все на месте, никаких следов ограбления, в квартире идеальный порядок.

— Что? — Рязанцев достал платок, вытер лоб, помахал рукой перед носом у Птичкина. — Идеальный порядок? Можно подробней?

— Не понял, — Птичкин кашлянул, — как это — подробней?

Рязанцев резко отвернулся от майора и опять обратился к Арсеньеву.

— Вот вы, — он покосился на погоны, — вы, майор, должны знать точно. На полу что-нибудь валялось? Одежда, белье, халат, полотенце?

— Ничего не валялось.

— А где? Где все это было?

— Одежда и белье в гардеробной комнате, халаты и полотенца в ванной. — Арсеньев вдруг отчетливо вспомнил, что в спальне действительно он не заметил ни одного лишнего предмета, даже тапочек. Гильз от двух смертельных выстрелов тоже не нашли.

— Что на ней было надето? — спросил Рязанцев совсем тихо.

— Ничего

— Совсем?

— Совсем ничего, кроме часов и украшений.

— Каких именно украшений?

— Серьги, кольца, образок на цепочке на шее... Экспертизу еще не проводили, но и так понятно, что все это очень дорогие вещи. Белое золото, сапфиры, бриллианты, часы фирмы «Картье».

Рязанцев стукнул кулаком по подлокотнику и пробормотал, ни к кому не обращаясь:

— Она никогда не спала голышом, даже в жару, и всегда снимала на ночь часы и украшения. — Он налил себе еще воды, расплескав половину, отхлебнул и крепко зажмурил глаза. Арсеньев, сидевший ближе других, заметил, что по щекам его текут слезы.

— Женя, — осторожно окликнул его Егорыч, — поехали домой. У тебя через три часа прямой эфир.

Рязанцев сжал кулаки так сильно, что побелели костяшки, и заговорил хриплым, отрывистым фальцетом:

— Порядок в ее квартире — это нонсенс! Чушь! Домработница убирала через два дня на третий, и к ее очередному приходу все было вверх дном. Вы до сих пор не допросили домработницу! Вы не провели обыск и не знаете, похищено ли что-нибудь из квартиры. Прошло двенадцать часов! И никто ни хрена не шевелится! Вам нужен человек, который хорошо знает квартиру? Этот человек вас вызвал. Этот человек был в полном вашем распоряжении. Лучше Лисовой Светланы Анатольевны никто не знает, где что лежит у Вики, даже сама Вика!

— Но мы беседовали с Лисовой, она сначала была в шоке, а потом отказалась отвечать на вопросы, — попытался оправдаться Арсеньев.

— Что значит — отказалась?

— Она заявила, что у нее нет привычки рыться в чужих вещах и она понятия не имеет, где у ее хозяйки лежат деньги, какие суммы могли находиться в доме.

137

— Чушь! Все она отлично знает. Ладно, я сам с ней поговорю. Значит, что же у нас получается? Если это заказное убийство, зачем понадобилось входить в квартиру? Вика ездила без охраны. Куда проще убить на улице, у подъезда. В квартиру проникли потому, что им надо было туда проникнуть. Ее, конечно, допрашивали, просто делали это профессионально, и практически никаких следов не осталось. Наверняка они там все перерыли, а потом убрали за собой, — он тряхнул головой, тяжело поднялся, — ладно, Егорыч, поехали. Перед эфиром мне надо принять душ и побриться.

***

Двор был тихий, просторный и почти пустой. Никого, кроме стайки сонных бомжей на сдвинутых скамейках у ограды спортивной площадки. Стивен Ловуд даже пожалел, что назначил встречу именно здесь. Все-таки не очень приятно общаться с бандитом в безлюдном месте.

Впрочем, собеседник Ловуда совсем не был похож на бандита. Выглядел он скорее убого, чем устрашающе. Лет сорока пяти мужчинка, маленький, болезненно худой, с редкими пегими волосами, уродливо постриженными и давно немытыми, с нечистой рыхлой кожей, он вполне мог бы вписаться в бомжовскую стайку у спортивной площадки. И одет был соответственно. Мятая ситцевая рубашка в мелкий горошек заправлена в спортивные трикотажные брюки на резинке, сверху засаленная джинсовая куртка.

Они беседовали уже минут двадцать и совершенно не понимали друг друга.

— Заказ был? — тупо повторил бандит в десятый раз.

— Да, конечно, — терпеливо кивнул Ловуд, — и аванс вы получили.

— Ну, и чего теперь? — спросил бандит, пуская дым из ноздрей.

— Теперь обстоятельства изменились, и я бы хотел получить назад свои деньги.

— Так они не по нашей вине изменились, обстоятельства, блин, — резонно заметил бандит.

— А по чьей же?

— Вот это у вас надо спросить, — бандит равнодушно пожал хилыми плечами.

— У меня? — Ловуд сделал надменно-недоуменное лицо. — Вы хотя бы отдаете себе отчет, какую сейчас чушь говорите? Вы взяли на себя определенные обязательства, получили деньги. Тут выясняется, что вы не в состоянии контролировать ситуацию.

— Так чего там контролировать? — вяло возразил бандит. — Уже, как я понял, и ситуации никакой нет, и контролировать нечего.

— Замечательно, что вы хотя бы это поняли, — саркастически усмехнулся Ловуд, в очередной раз поражаясь непроходимой, дремучей тупости собеседника.

Он видел перед собой жалкий профиль бандита, плоский маленький нос, изрытую шрамами от фурункулов щеку, скошенный подбородок, подернутый редкой светлой щетиной. Вообще сам факт, что он, дипломат, образованный человек, старый опытный разведчик, вынужден общаться с такой жалкой скучной тварью, вызывал у него легкую, но настойчивую тошноту, словно он съел что-то несвежее.

— Да я-то, допустим, понял, — процедил бандит задумчиво, — а как насчет вас?

— В каком смысле?

— Ну, заказ-то сделан.

От группы бомжей отделилась сгорбленная черная фигура и направилась к ним. Бандит встрепенулся, распрямил сутулую спину, напряженно прищурился и на миг перестал казаться таким жалким. Что-то внутри у него включилось, будто лампочка вспыхнула в темной комнате. Он окинул бомжа острым внимательным взглядом и тут же расслабился, погас, стал опять тупым и скучным.

Бомж выглядел вполне натурально: рваный, грязный, вонючий и с такой рожей, что Ловуда слегка передернуло. Тяжелые, низкие надбровные дуги, раздутые синюшные губы, нос неправдоподобных размеров, пористый, бугристый, как гигантская перезрелая клубничина.

— Мужики, сигаретки не найдется? — спросил он грубым гулким голосом.

— Акромегалия, — прошептал Ловуд, ежась от омерзения.

— Чего? — покосился на него бандит, приветливо кивнул бомжу и дал ему пару сигарет из своей пачки.

Бомж, с трудом растягивая вздутые губы в чудовищной улыбке, забормотал «вот спасибочки!» и поспешно вернулся к своим собратьям.

— Хорош мужик, да? — подмигнув Ловуду, заметил бандит. — Ну, так чего, как решаем с заказом?

Ловуд закрыл глаза и потряс головой. Он окончательно перестал понимать своего собеседника. Он знал, что теперь ему еще долго будет мерещиться чудовищная рожа бомжа.

Стивен Ловуд был ипохондриком. Случайный чих он воспринимал как начало тяжелого гриппа с последующими смертельными осложнениями. Если болела голова, сразу возникали мысли об инсульте, изжога и боль в желудке заставляли думать о раке. Но более всего пугали его болезни редкие, загадочные, возникающие непонятно почему и не поддающиеся лечению. Именно к ним относилась акромегалия, которой страдал этот несчастный бомж.

Она начинается незаметно, вкрадчиво. Легкая слабость, онемение конечностей, бессонница, потливость, тупая головная боль в области лба. С кем не бывает? Ловуд в последнее время дурно спал, по утрам был вялым, обильно потел, страдал тупой головной болью и каждый раз чрезвычайно внимательно разглядывал себя в зеркале.

При акромегалии меняется внешность, очень медленно, каждый день по чуть-чуть. Сам человек сначала вообще ничего не замечает. Черты лица грубеют. Выпячиваются надбровные дуги, расширяются скулы и нижняя челюсть. Происходит разрастание мягких тканей лица, разбухает нос, вздуваются губы. Усиленно растут волосы на туловище и конечностях, кисти рук и ступни расширяются, как лапы животного, сипнет голос, потому что распухают голосовые связки. Человек постепенно превращается в сказочного монстра, в оборотня, окружающие шарахаются от него. А все дело в маленькой, размером с фасолинку, железке, которая называется гипофиз. Просто она вдруг начинает вырабатывать больше гормона роста, чем необходимо.

Грипп — это лишь инфекция, если быть осторожным, можно не заразиться. Инсульт в большинстве случаев — результат гипертонии и сильного нервного перенапряжения. Риск заболеть раком существенно снижается, если следить за своим питанием, не курить, не нервничать и повышать общую сопротивляемость организма. Но есть хвори настолько таинственные, что поневоле приходит в голову всякая мистическая дрянь о дурном глазе, проклятии, каре Божьей.

Как материалист и здравомыслящий человек, Стивен Ловуд не верил во всю эту дребедень. Но если бы кто-нибудь мог внятно объяснить, почему вдруг крошечная железка гипофиз, ни с того ни с сего, так жестоко шутит? Как можно застраховаться от этих шуток? Почему и зачем такое происходит с человеком и существует ли реальный способ остановить процесс превращения приятного джентльмена в сказочное чудовище? .

Сидя на лавочке в тихом пустом дворе неподалеку от Ленинградского проспекта, Ловуд прилип взглядом к стае бомжей и все искал среди темных фигур несчастного с акромегалией. Он знал, что нельзя смотреть в ту сторону, нельзя застревать на дурных впечатлениях, но ничего с собой поделать не мог.

Между тем его собеседник явно заспешил, то и дело поглядывал на часы, кстати, весьма серьезные часы, настоящий золотой «Харвуд», и повторял все более настойчиво:

— Так чего с заказом решаем?

Вопрос сам по себе был настолько нелеп, что Ловуд, вникнув, наконец, в его суть, успокоился и снисходительно усмехнулся:

— Ну вы же взрослый человек, занимаетесь серьезным бизнесом. Неужели вам не ясно, что в таких случаях просто расторгают соглашение и возвращают заказчику аванс?

— Это как это? Я чего-то не понял, — нахмурился бандит.

— Да очень просто. Вы отдаете мне мои четыре тысячи, и мы расстаемся. Вы свободны от своих обязательств.

— Ага, конечно, — кивнул бандит и уставился на Ловуда маленькими острыми глазами.

Повисла долгая пауза, стал слышен дальний гул проспекта и хриплый, тихий смех бомжей.

Бандит смотрел на Ловуда, не моргая. Смотрел и молчал.

— Ладно, — вздохнул Стивен, — мне пора. Сейчас у вас с собой, разумеется, этой суммы нет. Давайте условимся, где и когда мы встретимся. Мне удобно завтра, часов в одиннадцать утра, можно здесь же.

— Пять кусков, — тихо, внятно произнес бандит, продолжая сверлить Ловуда своим невозможным взглядом.

— Ну что вы, — удивился Ловуд, — четырех вполне достаточно...

— Я сказал пять! — повторил бандит и сунул Стивену в нос растопыренную тощую пятерню. — Вы нам должны еще пять тысяч. Срок три дня. Потом включаем счетчик.

— Погодите, — Ловуд недоуменно потряс головой, достал бумажный платок, вытер мокрый лоб, — если я вас правильно понял, вы не только не собираетесь возвращать мой аванс, но и хотите, чтобы я вам заплатил еще пять тысяч?

— Угу, — кивнул бандит и улыбнулся, показывая идеально ровные фарфоровые зубы, совсем не бомжовские.

— Вы с ума сошли? — сочувственно спросил Ловуд, внимательней вглядываясь в его глаза. — За что я вам должен платить, интересно?

— За моральный ущерб, — невозмутимо объяснил бандит и сплюнул. — Срок три дня. Потом включаем счетчик.

— Да вы в своем уме? — Ловуд тоже встал,

144

схватил портфель и преградил ему путь. — Вы мне должны, а не я вам.

— Короче, вы платить неустойки отказываетесь? — уточнил бандит, опять сплюнул и посмотрел на часы.

— Разумеется, отказываюсь! Я же нормальный человек! Неустойки, моральный ущерб! Нет, это бред какой-то! Вы думаете, так можно заниматься бизнесом? Это не бизнес, а черт знает что! Так нельзя, дорогой мой, так невозможно!

— Ясненько, ясненько, — задумчиво пробормотал бандит, глядя уже не на Ловуда, а сквозь него, и зашагал прочь, не оглядываясь.

Стивен стоял посреди дорожки, смотрел вслед тощей нелепой фигуре в трикотажных штанах, стоял долго, до тех пор пока не подошел к нему давешний больной бомж и не приблизил к его лицу свою кошмарную раздутую рожу:

— Слышь, мужик, у тебя рубликов трех не найдется? Очень надо, тут видишь, какое дело, как раз трех рубликов не хватает.

————————

ГЛАВА ДЕСЯТАЯ

Уснуть в самолете было невозможно. По радио без конца что-то объявляли. После зон гранулентности и товаров «Аэрошопа» опять стали разносить напитки. Толстый сосед перегнулся через Машу и принялся на ломаном английском умолять католическую монахиню, чтобы она взяла ему пива.

— Вы же сами можете взять, — ответила монахиня по-русски.

— В одни руки мало дают.

— Вам вполне достаточно. Вы перед этим водку пили. Нельзя смешивать.

— А ты откуда знаешь? — оскалился толстый и выругался в очередной раз, негромко, но отчетливо и совсем уж грязно. Монахиня вспыхнула, но сделала вид, что ничего не слышала.

Маша слегка дернулась и даже открыла рот, чтобы потребовать у толстяка извинений перед монахиней, но сдержалась, понимая, что в ответ прозвучит только очередная порция матерщины, и вообще не следует привлекать к себе внимание.

Тележка с напитками приближалась. Толстый пихнул Машу локтем под ребра.

— Слышь, ну ё-кэ-лэ-мэ-нэ, может, возьмешь пивка, а?

— Только если вы извинитесь и больше не будете материться, — сказала Маша.

Толстяк часто, удивленно заморгал и спросил с искренним недоумением:

— А я что, блин, нецензурно выражаюсь, да?

— Да, молодой человек, — тяжело вздохнула монахиня, — вы постоянно сквернословите, даже когда спите.

— Че, правда, что ли? — Он повертел головой, глядя то на монахиню, то на Машу.

Телега между тем оказалась рядом, стюардесса спросила, кто что будет пить.

— Ну возьми пивка, а? — взмолился толстяк, почти касаясь мокрыми губами Машиного уха.

— Не надо, деточка, он тогда будет себя вести совсем неприлично, — предупредила монахиня.

— Неприличней уже некуда, — громко заметил сосед сзади.

— Таких просто нельзя на борт пускать. А если уж пустили, то выдавать парашют и высаживать из самолета, — откликнулся сосед спереди.

— Высаживать, но парашюта не давать! — уточнила Маша.

Толстяк разразился такой длинной и звонкой

матерной тирадой, что им занялась стюардесса, пригрозила штрафом, он наконец затих, залпом осушил свою законную банку пива и через несколько минут уснул. Во сне он храпел, подергивал ногой и ругался. Глаза его оставались приоткрытыми, и Маше вдруг почудилось, что он потихоньку наблюдает за ней из-под опущенных век.

«С ума сошла? Если бы это был «хвост», он ни за что не уселся бы рядом, он не вел бы себя так безобразно», — подумала она, машинально впечатывая в память мятую физиономию, тонкий кривой шрам над левой бровью, наколку на пухлой правой кисти. Интересная наколка. За время полета она имела возможность не только рассмотреть подробно овал с портретом длинноволосого мужчины, но и узнать его. Всего лишь президент Франклин, отпечатанный на купюре в сто долларов.

Кисть хулигана была покрыта густыми светлыми волосами, и портрет выглядел как лицо утопленника под слоем белесых подвижных водорослей. Маша пожалела, что свет недостаточно яркий. Ей захотелось рассмотреть, настоящая это татуировка или камуфляжная, нарисованная на коже.

«Почему, собственно, это должен быть «хвост»? Операция сверхсекретная, в самолете меня сопровождает как минимум двое наружников Макмерфи, они бы его в момент зафиксировали. Если только он не один из них. А что, вполне возможно, такие шутники вполне во вкусе Билли. Он еще в школе, на практических занятиях, объяснял: если хочешь, чтобы тебя завтра не узнали, не обязательно сегодня вести себя тихо и незаметно. Если ты молчишь, то остаешься в визуальном ряду. Тебя все равно запомнят, причем именно визуально, поскольку больше зацепиться не за что. Как бы ни была неприметна твоя внешность, она обязательно кому-то врежется в память, особенно если рядом профессионал. И завтра тебе придется использовать парик, грим, накладные усы. Это почти всегда заметно при ярком свете и близком контакте. Лучше менять общий имидж и играть разные роли. Сегодня ты назойливый хам, завтра — приятный джентльмен, послезавтра — застенчивый растяпа. Главное, побольше фантазии и творческой инициативы. Темная традиционная одежда, аккуратная прическа, никакое лицо для оперативника не униформа, а один из маскарадных вариантов. Пиджак в мелкую пеструю клетку существенно отвлекает внимание от лица. Заикание, хромота, крупные яркие украшения, шляпа с павлиньим пером, повязка на глазу, распухшая щека, вонь. Если ты ковыряешь в носу, запомнят именно это, а не форму носа, если у тебя грязные ногти, никто не обратит внимания на форму твоих рук, если сегодня у тебя необычная татуировка на видном месте, а завтра ее нет, ты уже совсем другой человек... Стоп! Прекрати сейчас же!»

Маша ужасно разозлилась на себя. Так можно

запросто свихнуться. Отец предупреждал, что первое время ей постоянно будут мерещиться «хвосты», и этот страх опасней самих «хвостов» в сто раз.

* * *

Двадцать шестого августа 1983 года вашингтонский резидент Всеволод Сергеевич Кумарин собрал сотрудников у себя в кабинете, защищенном от прослушивания всеми существующими способами, в том числе электромагнитным полем.

— Среди нас находится предатель, — сказал он, впиваясь глазами в лица, — думаю, скоро нам удастся найти его и обезвредить.

Григорьеву казалось, что взгляд резидента задержался на нем дольше, чем на остальных. Он нервно крутил в пальцах металлический доллар и выронил его. Монета бесшумно подпрыгнула на мягком полу и покатилась прямо под ноги резиденту. В комнате повисла тишина, система звукоизоляции делала ее абсолютно мертвой. Все смотрели на Григорьева, а он не знал, стоит ли встать, поднять свой доллар или лучше оставаться на месте, и пытался понять, где кончается его мнительность и начинается реальная опасность.

Доллар поднял первый помощник резидента, тихий вкрадчивый полковник Бредень, специалист по кадрам. Растянув губы в неприятной улыбке, он несколько раз подкинул монету на ладони и внезапно бросил Андрею Евгеньевичу. Тот успел поймать на лету и сжал свой доллар в кулаке с такой силой, что на коже потом еще долго оставались красные рубцы. Сквозь нарастающий звон в ушах он услышал спокойный голос резидента:

— У вас хорошая реакция, Андрей Евгеньевич. Сразу видно, что вы много времени проводите на теннисном корте.

Вечером он обнаружил за собой классический «хвост». Следили свои, причем почти открыто. Зачем — непонятно. Никаких встреч на этот вечер назначено не было. Он собирался вернуться домой и лечь спать. Жена уехала в посольство на ночное дежурство. В последнее время ее мучила бессонница, она перешла на ночной режим работы, отсыпалась днем. Григорьеву вдруг стало казаться, что в этом тоже скрыт некий тревожный смысл. С Кларой ведут работу, заставляют следить за мужем. Она нервничает и не может уснуть.

Как только он вошел в квартиру, тут же услышал телефонный звонок. Ему звонил Бредень. Тихим, вкрадчивым голоском, от которого у Григорьева побежали мурашки по коже, он попросил завтра с утра явиться к резиденту.

Едва Андрей Евгеньевич положил трубку, он услышал настойчивое мяуканье за дверью. Его кот Христофор, которого ему подарила Одри, жена Макмерфи, просился домой. Григорьев впустил кота, взял на руки и несколько минут стоял, прижимая к груди урчащий белоснежный комок и пытаясь сосредоточиться.

На улице шел мелкий дождь. Шерсть у кота была влажной.

Христофор был умным и верным животным. Он не мог незаметно прошмыгнуть на лестницу. Обычно, встречая хозяина, он радостно здоровался, терся о ногу, точил коготки о штанину, потом бежал в кухню, к своей миске. Значит, кота случайно выпустил кто-то другой, чужой, задолго до прихода Григорьева.

Внимательно оглядевшись, Андрей Евгеньевич стал подозревать, что в квартире был произведен аккуратный обыск. Но Клара уехала всего за час до его возвращения. Они что, обыскивали при ней? Нет, она ни за что не выпустила бы Христофора за дверь. Или ее вызвали на службу раньше под каким-нибудь предлогом? Или вообще обыскивали американцы? Но куда, в таком случае, они дели Клару?

Голова закружилась, затошнило. Плохо отдавая себе отчет в том, что делает, он принялся набирать рабочий номер жены.

— Андрюша, ты уже дома? Христофор нашелся? — спросила она, услышав его хриплое «алло».

— Да. Он почему-то был за дверью. Что случилось?

— Понимаешь, соседи на третьем этаже завели кошечку, и наш Христофор просто сошел с ума, орал, метался, чуть не сиганул с балкона. Когда я уходила, он умудрился выскользнуть за дверь. Я пыталась его поймать — бесполезно. Я опаздывала, он носился по лестнице, мне не удалось его загнать в квартиру. Значит, все уже в порядке? Ты меня слышишь, Андрюша?

— Да, — отозвался Григорьев, — все в порядке. Кот дома, я тоже.

— Почему у тебя такой голос? Ты не здоров?

— Голова раскалывается.

— Ну, так прими аспирину и ложись спать.

— Если бы! — нервно рассмеялся Григорьев, — У меня через полтора часа встреча с Макмерфи в джаз-клубе «Шоколадный Джо». Сейчас приму контрастный душ, и вперед.

— Бедненький! Ну ладно, держись. Целую тебя.

«Может, и не было никакого обыска? — с тоской подумал Григорьев, еще раз оглядывая гостиную. — И «хвоста» не было, просто у меня начинается паранойя? Зачем я соврал Кларе про «Шоколадного Джо?» Ведь я не собирался сегодня встречаться с Макмерфи. Клуб «Шоколадный Джо» — одно из мест для экстренных встреч. Что такого экстренного я могу сообщить? Пожаловаться, как мне страшно? Не рановато ли я стал бояться? Я просто трус. Мерзкий трус и предатель, с интеллигентской рефлексией. Я типичный отрицательный герой. Впрочем, положительность в моей ситуации мог бы сохранить только робот. И что ж теперь делать?»

Григорьев дал себя завербовать по заданию начальства. Он успешно играл роль «утки», подставного агента. Таких «уток» в разведке и контрразведке целые стаи. Деньги, получаемые от ЦРУ, Григорьев аккуратно сдавал в бухгалтерию посольства. Правда, это были далеко не все деньги. Настоящее вознаграждение за его услуги потихоньку оседало на тайном счете в одном из швейцарских банков. Суммы на счете отличались от сумм, сдаваемых в бухгалтерию, так же, как количество и качество информации, которую он скармливал Макмерфи, от жалкой «дезы», предлагаемой Центром. Если бы он отказался от этих денег, Макмерфи ему просто не поверил бы. Если бы доложил резиденту о счете, подставился бы очень серьезно. Не потому, что резидент считал противника идиотом, а потому, что над ним был Центр, а над Центром — еще более высокое руководство. Если начать докладывать снизу вверх, по инстанциям, во всех подробностях, от разведки и контрразведки вообще ничего не останется.

Вызов к резиденту не сулил ничего хорошего. Скорее всего, ему будет приказано первым же рейсом лететь в Москву и больше в Америку он никогда не вернется. Даже если сейчас, оказавшись в Москве, подвергнувшись унизительной проверке, он сумеет оправдаться, ЦРУ не оставит его в покое. Придется продолжить плодотворное сотрудничество уже на родине. Американцы его выжмут и выбросят, как апельсиновый жмых после здорового завтрака. Свои могут запросто расстрелять. Для разведчика, который играет роль предателя, не существует официального, утвержденного законом, свода правил, что можно делать, чтобы противник верил в его искренность, а чего делать нельзя. Все зависит от тысячи случайностей, от номенклатурных интриг, от сложного переплетения амбиций, симпатий, антипатий, мнений, настроений, общих веяний и прочей зыбкой чепухи.

Единственная и неотвратимая реальность — смерть. Перед ней, матушкой, все мельчает, словно глядишь через перевернутый бинокль.

В Советском Союзе расстреливают тихо и внезапно. Приговоренному не сообщают заранее даты и часа. Его выводят в очередной раз из камеры, то ли мыться, то ли на медосмотр, загоняют в специальное помещение и стреляют в затылок.

Стоя посреди своей вашингтонской квартиры, прелестной и очень уютной, поглаживая теплую влажную шерсть кота Христофора, Андрей Евгеньевич отчетливо ощутил тюремный запах сырости, хлорки, карболки. Загремели сапоги, зазвучали короткие приказы: «Стоять! Пошел! Лицом к стене!»

Пуля вонзается в затылочную кость, взрывает мозг. Тюремный врач резиновым пальцем приподнимает веко.

Зачем все это? Ради блага родины?

Что России во благо, а что во вред, давно никто не знает. Решения государственной важности принимает горстка маразматиков, заботящихся прежде всего о собственном благе. Им служит разведка, а вовсе не России. Они мыслят цифрами, блоками, массами, глыбами льда, если вообще способны мыслить. Их мозги заплыли идеологическим жиром. Их сосуды трещат от склеротических бляшек. Их души давно обросли изнутри медвежьей шерстью. Они злодеи и пошляки, что в общем одно и то же. Вместо сострадания — сентиментальность. Вместо истории — мифология. Вместо доброты — кровавая борьба за высокие идеалы, убийство миллионов ради блага человечества. Вместо обыкновенной жизни — помпезное театральное действо, чаще массовое, чтобы побольше грохота, рева, погуще толпа, поярче краски, главная из которых — красная живая кровь. Все злодеи в мировой истории от Калигулы до Сталина были чудовищными пошляками. Эти, нынешние, ничем не лучше.

Россия, родина, здесь совершенно ни при чем. Что же остается? Деньги? Неплохо. Но не достаточно. Может быть, он рискует жизнью и честью ради того, чтобы «холодная война» не закончилась «горячей войной», которая продлится не более суток? В мире накопилось слишком много смерти. Достаточно любой случайности. 3 июня 1980 года в результате ошибки американского компьютера, сообщившего о советском ядерном нападении, в США была объявлена ядерная тревога. Тогда мир спасло чудо. И никто ничего не понял. Ненависть разъедает не только здравый смысл, но даже инстинкт самосохранения.

Две ядерные сверхдержавы одинаково люто ненавидели друг друга, обе пребывали в равном самоубийственном маразме. Григорьев не понимал, на чьей он стороне. Он лавировал между своими и чужими и не отличал одних от других.

Чувство, которое невозможно определить затасканным до тошноты выражением «любовь к родине», но и никак иначе назвать нельзя, жило в нем и шевелилось ночами, как пальцы отрезанной конечности. Ему часто снилась эвакуация, снилась Москва в июле сорок первого. Он не мог этого помнить, ему было всего два года, но он ясно видел во сне звериную сутолоку вокзалов, мертвые улицы, разбитые витрины, крупный снег. Прямоугольные снежинки на самом деле были бумагами, которые летели из окон какого-то министерства. Еще снилось море, курортный городок, раскаленные камни, дерево на скале. Кривая, завязанная узлом, сосенка. Жидкую крону треплет ветер, корни торчат из твердой земли, как варикозные вены.

Америка ему нравилась потому, что в ней можно комфортно существовать. Теплые чистые сортиры, никаких проблем с продуктами и одеждой, всегда и везде есть горячая вода. Рано или поздно придется сделать выбор, хотя по сути никакого выбора нет.

Все это молнией пронеслось в голове, пока он стоял, прижимая к груди мирно урчащего Христофора.

Телефонная трубка сама собой опять оказалась в руке. Он набрал номер Макмерфи. Слушая долгие унылые гудки, он заставил себя успокоиться. Никакой паранойи. Никаких галлюцинаций. Холодный здравый расчет. Сообщив Кларе о встрече, он косвенно подстраховался на случай дальнейшей слежки. Ничего необычного нет в его поведении.

В трубке щелкнуло и заговорил автоответчик: «Привет, Билл. Это Эндрю. Контрольный звонок. Вдруг ты забыл, что сегодня в «Шоколадном Джо» выступают сестры Моул? Вот я тебе напоминаю. Сейчас отправляюсь туда. Надеюсь тебя увидеть».

Контрастный душ и чашка крепкого кофе окончательно привели его в чувство. Садясь в такси, он не обнаружил никаких «хвостов». Но главное, он вдруг понял, что воспользовался экстренной связью не только из-за своей паранойи. Он должен был сообщить Макмерфи нечто важное, именно сегодня вечером, просто от усталости, из-за «хвоста» не сразу вспомнил об этом.

В клубе с трудом удалось найти свободный столик. Сестры Моул, черные близнецы, лениво распевались на маленькой овальной эстраде. Они тихо свинговали, как бы только для себя, не обращая внимания на публику, не пытаясь демонстрировать все мощь своих изумительных голосов. Макмерфи появился минут через сорок.

— Что случилось, Эндрю? — спросил он, необычно холодно поздоровавшись.

— За мной был «хвост». Меня подозревают. Завтра утром я должен явиться к резиденту, и, вероятно, меня отправят в Москву.

— Не кричи, Эндрю, я понимаю, ты устал, нервничаешь, но держи себя в руках. Ты становишься слишком мнительным. — Макмерфи улыбнулся и потрепал Григорьева по плечу. — Паранойя в ваших рядах распространяется как грипп, воздушно-капельным путем. Смотри, Эндрю, не подцепи эту заразу.

— Я разве кричу? — удивился Григорьев.

Он не заметил, как перешел на крик. Но не потому что опять занервничал. Просто близнецы наконец распелись, и голоса их заливали все маленькое пространство клуба, как океанские волны.

— В нашей паранойе виноваты вы, Билли, — спокойно сказал он, ответив улыбкой на улыбку и приблизившись к уху собеседника, — заявления вашего президента об «империи зла», программа «Звездные войны». Это все больше похоже на сцены из кровавого голливудского боевика, чем на политику. Но нельзя, невозможно смешивать реальность с кинематографическими фантазиями. Вы сотрясаете «першингами» и крылатыми ракетами. Вы постоянно вопите о советской ядерной угрозе и делаете из России пугало, напичканное ядерными боеголовками, а между тем сами давно стали таким пугалом, и достаточно искры, чтобы все взлетело на воздух к чертовой матери. В третьей мировой войне победителей не будет.

— Ого, Эндрю, ты рассуждаешь как пацифист, — покачал головой Макмерфи, чуть отстранившись.

— Да, Билл, я параноик, я пацифист, я апельсиновый жмых и дырка от бублика. Но я должен тебя предупредить, что испытания нашей твердотопливной ракеты СС-Икс-24, которых вы так ждете, вряд ли состоится. Во всяком случае, ночью тридцать первого августа ракету с космодрома в Плесецке не запустят.

— Погоди, это твое предположение? Или есть конкретные факты? — тихо спросил Макмерфи, моментально стряхивая снисходительную улыбку.

— Предполагать я ничего не могу, Билли. Я просто размышляю. Если хочешь, фантазирую. А факт всего один. Время и место испытаний — «топ-сикрет», причем не наш, а ГРУ. Откуда знаю я? Откуда знаешь ты? И главное, зачем мы это знаем? Зачем к нам в посольство неделю назад пришла сверхсекретная стратегическая информация, не имеющая к нам прямого отношения? Вероятно, для того, чтобы она быстрее просочилась в ЦРУ и в Пентагон. Это уже произошло и вызвало небывалое оживление, верно?

— Допустим, — мрачно кивнул Макмерфи,— что дальше?

— Дальше ваши ВВС наверняка используют для наблюдений новейшие модели самолетов-перехватчиков. Чудо вашей воздушной техники закружит над Тихим океаном, над Камчаткой, над полигоном в Кучах, чтобы проследить за ракетой и определить характер боеголовки. Эфир в этом регионе перегружен. Там японцы, корейцы, Китай, спутники, подлодки, радары. Вдруг какой-нибудь ваш летчик собьется с курса и окажется над нашей территорией? Всякое бывает. А не бывает, так может случиться. Вот тут-то мы ваш чудо-перехватчик и хлопнем. Нам ведь интересно разобрать его на винтики и посмотреть, как он устроен. Это ловушка, Билли. А сегодня, между прочим, двадцать девятое августа. Времени совсем не осталось.

Билли молчал минут пять, не меньше. Григорьев смял в кулаке пустую пачку и распечатал новую. Запах дыма слегка заглушил вонь советской тюрьмы, которая опять защекотала ноздри и горло.

— Сестры Моул сегодня в ударе, — заметил Макмерфи, намолчавшись вдоволь, — ты знаешь, что на самом деле они братья?

— Трансвеститы?

— Нет. Транссексуалы.

— Никогда не мог понять точной разницы, — виновато признался Григорьев.

— Ничего сложного. Сейчас объясню...

О ракетах и самолетах больше не было сказано ни слова.

...На следующее утро, переступив порог кабинета резидента, Андрей Евгеньевич мысленно согласился с Макмерфи насчет паранойи. Резидент был настроен вполне доброжелательно. В Москву его отправлять не собирались и вызвали для решения какого-то совершенно безобидного вопроса. Он почти поверил собственной утешительной версии о том, что вчерашняя слежка связана с рутинной проверкой всех и каждого. Умер Брежнев, к власти пришел Андропов, он перетряхивал кадры. Обстановка в посольстве обострилась, бдительность коллег возросла в десять раз. Поэтому пустили «хвост». Просто так. На всякий случай.

В ночь с 31 августа на 1 сентября 1983 года для наблюдения за испытаниями твердотопливной советской ракеты с ядерной боеголовкой СС-Икс-24 Соединенные Штаты подняли в воздух один из своих новых самолетов-перехватчиков, базировавшихся на Аляске и получивших название «Клубок кобры».

Однако испытания не состоялись. Советскую ракету так и не запустили. Во время полета путь «Клубка кобры» пересекся с рейсом пассажирского авиалайнера, летевшего из Анкориджа в Сеул. В эфире произошла странная путаница. Поднятые по тревоге советские истребители сбили южнокорейский «Боинг-747», который каким-то таинственным образом оказался именно в той точке воздушного пространства, где по всем стратегическим расчетам полагалось быть «Клубку кобры».

Наши истребители сбили пассажирский самолет. Американцы его подставили вместо своей драгоценной «Кобры». И теми, и другими двигали высокие патриотические чувства.

На борту «Боинга» находилось 240 пассажиров и 29 членов экипажа. Все погибли.

———————

ГЛАВА ОДИННАДЦАТАЯ

Арсеньеву стало казаться, что день этот никогда не кончится. После морга он надеялся попасть наконец домой, но не тут-то было. Объединенная группа во главе с майором ФСБ Птичкиным отправилась назад, в квартиру Кравцовой, для проведения повторного, более тщательного обыска. По дороге остановились возле уличной закусочной. Самый младший чин, лейтенант ФСБ, побежал покупать еду, вернулся с гигантскими курами-гриль и бутылками «спрайта». Арсеньев едва успел обглодать куриное крылышко, как в кармане у него заверещал мобильный.

— Привет, Юрич. Закусываешь? Приятного аппетита, — услышал он сиплый голос Геры Масюнина, — но, между прочим, когда не спишь, лучше голодать. С набитым брюхом тянет ко сну, а голод бодрит. Это я тебе как доктор говорю, хоть и покойницкий, но доктор. Слушай, я чего звонюто. Я тут кое-что вспомнил про пульки. Точно такие пульки, вернее, то, что от них осталось, я месяц назад выковыривал из тела одного твоего хорошего знакомого, честного каторжанина по кличке Кулек. Если ты помнишь, это были эксклюзивные патроны. Таких в нашей стране еще никто не видел. Прими мои искренние соболезнования. Еще раз приятного аппетита. — В трубке послышался противный смешок, затем короткие гудки.

В машине повисло молчание. Все жевали и смотрели на Арсеньева. Он застыл с телефоном в одной руке, с куриным крылышком в другой.

«Честный каторжанин по кличке Кулек», он же Куликовский Иван Михайлович, 1963 года рождения, русский, дважды судимый мытищинский хулиган, полтора года назад был освобожден досрочно за хорошее поведение. Поселился в коммуналке в центре Москвы, в комнате своей одинокой тетки, регентши церковного хора, торговал иконками, крестиками и прочей церковной утварью у метро «Пушкинская», никого не трогал, каждое воскресенье ходил к причастию в храм Большого Вознесения у Никитских ворот. Месяц назад он был обнаружен с тремя смертельными пулевыми ранениями в подъезде своего дома.

На место преступления выезжала группа во главе с майором Арсеньевым. Убийцу удалось задержать очень быстро. Им оказался приятель Кулька, безработный наркоман по кличке Ворона. Он сразу во всем признался, рассказал, что задолжал Кульку двести долларов, отдать никак не мог.

Ворона знал, что у любимой тетки Кулька нашли какую-то опухоль в животе и нужны деньги на операцию. Если бы Кулек вел себя нормально, как все люди, требовал вернуть свои двести баксов, упрекал, угрожал, наезжал, тогда другое дело. Но он, Кулек, вел себя как-то совсем неадекватно. О долге не вспоминал, рассуждал о прощении и смирении, нудно уговаривал лечиться от наркомании и, главное, смотрел Вороне в глаза, так смотрел, что все внутри переворачивалось, кипело и булькало. Когда душевные мучения Вороны стали невыносимы, он подстерег Кулька в подъезде поздно вечером, попытался поговорить, выяснить отношения, но Кулек в очередной раз завел душеспасительную беседу, Ворона по-хорошему попросил его заткнуться, и Кулек заткнулся, но по-плохому, то есть так посмотрел в глаза, что нервы у Вороны не выдержали. Он выхватил из кармана пистолет, трижды пальнул приятелю в живот и убежал, всхлипывая от ужаса.

Характер ранений был таков, что у Куликовского имелись неплохие шансы выжить. Он был в сознании, когда приехала «скорая», он успел сообщить милиции имя, адрес и приметы своего убийцы. Умер в реанимации, через двадцать четыре часа. Ему сильно не повезло. Извлечь пули оказалось невозможно, хотя ранения не были

166

сквозными. На месте преступления обнаружили три стреляные гильзы от патронов калибра 9x17 мм, иностранного производства. А пуль в теле не нашли. Рентген высветил множество мельчайших металлических дробинок. Удалить их было невозможно. Куликовский умер от перитонита.

Вскрытие производил Гера Масюнин. Он умудрился извлечь из ран несколько крошечных дробинок и заявил, что это новый вид патронов, которые совсем недавно стала выпускать американская фирма «Магсейф». Пуля массой 3,4 грамма содержит сотню залитых тефлоном дробинок. При попадании в цель корпус пули разрушается и наносит обширные повреждения.

Из всех разновидностей отечественного оружия такие патроны подходят только к трем новейшим экспортным моделям пистолета Макарова, «ИЖ-71», «ИЖ-75», «ИЖ-77» производства Ижевского завода. «ИЖ-71» — распространенная и дешевая модель, ею пользуются многие, в том числе сотрудники МВД. «ИЖ-75» — более новая, облегченная, стоит дороже. «ИЖ-77» — самая последняя разработка, редкая и дорогая. Баллистики подтвердили Герину гипотезу. На дне гильз имелась маркировка фирмы-производителя: «Магсейф», калибр и шифр химического го вещества, которым заряжен патрон.

Между тем убийца переживал острейшую абстиненцию в КПЗ, на вопросы отвечал все невнятней. Самый главный вопрос о пистолете так и остался без ответа. При задержании и обыске ни оружия, ни боеприпасов к нему у Вороны не нашли. Когда его спросили, откуда у него пистолет, он ответил просто: нашел. Где? Не помню. Как выглядел пистолет? Какой он был марки, фирмы, зарядности, калибра и т.д.? Красивый, небольшой, черненький, матовый. Написано «ИЖ-77» и еще какие-то буковки и значки. Был ли заряжен? Был, раз выстрелил. Держал ли Ворона в руках оружие когда-нибудь раньше? Ну как сказать? Вроде, да. В армии не служил, есть белый билет. В школе, в десятом классе на НВП разбирал и собирал автомат Калашникова. А с пистолетами вообще не умеет обращаться. Как же в таком случае справился с предохранителем? Не знаю! Справился, раз убил. Куда дел оружие потом? Потерял! Где? Не помню!

Во время следственного эксперимента Ворона вполне добросовестно изобразил все, от начала до конца: разговор, выстрелы, как Кулек упал, как он, Ворона, побежал прочь с протяжным матерным криком. Нашлось трое свидетелей, которые подтвердили, что в правой руке он держал нечто, похожее на пистолет. Куда именно побежал? Не помню. Сначала просто носился по переулкам и дворам, по дороге пару раз вырвало, потом, неизвестно как, очутился в какой-то незнакомой квартире, там помылся в душе, вмазался ЛСД, отрубился, очнулся, еще раз вмазался, поспал, пошел домой, там уже была милиция.

Чуть позже удалось найти эту гостеприимную квартиру с душем и ЛСД. Она оказалась наркопритоном. Произвели тщательный обыск, допросили всех, кто мог говорить. Пистолета не нашли. Ворона не вынес мук совести и абстиненции, нарочно спровоцировал драку с самым безумным из соседей по камере и подставил собственное горло под маленькую, острую, как бритва, «фомку».

Майор Арсеньев почти забыл эту историю, но сохранился неприятный осадок из-за пистолета. Понятно, что по Москве гуляет бессчетное количество «стволов», купить оружие любой фирмы, любого калибра не проблема. Были бы деньги и желание. Но исчезнувший «ИЖ-77» может попасть в чьи-то шальные руки бесплатно. В магазине осталось пять патронов. И захочется выстрелить. Арсеньев не сомневался, что именно так произошло с Вороной. Не мог он купить оружие, он и не собирался его покупать. Значит, оно попало к нему случайно и неожиданно. А не попало бы, Кулек бы жил. Вот так. Кто следующий? Впрочем, теперь, кажется, ясно кто. Или нет?

— Ну и рожа у тебя, майор! Смотри, не подавись курицей! — донесся до него насмешливый голос Птичкина. — Кто звонил? Кто тебе так аппетит испортил?

Саня молча пожал плечами, показывая, что ничего особенного не произошло, догрыз крылышко, вытер лицо и руки влажной одеколонной салфеткой, которые всегда носил с собой, глотнул «спрайта», закурил.

У дома Кравцовой дежурила съемочная группа криминальных новостей и торчало несколько журналистов. Их всех свалили на лейтенанта. Он, как попка, повторял одно и то же: «Без комментариев... не могу сказать ничего конкретного... в интересах следствия...»

В квартире было полно народу. Приехали прокурор и следователь, в углу гостиной на диване застыли, как изваяния, понятые, надутая от важности и смущения молодая пара из соседней квартиры. Уже начали работать трассологи. Вместо районного следователя приехал городской «важняк», пожилая полная дама Лиховцева Зинаида Ивановна. Судя по крепкому бронзовому загару и пышной парикмахерской укладке, она уже успела побывать в отпуске, и настроение у нее было самое благодушное. Арсеньев знал ее еще по университету. Она читала на юрфаке спецкурс «Тактика следственных действий», всегда узнавала своих бывших студентов, помнила, кто как сдавал зачеты и даже как вел себя на лекциях.

— А, Шура! Дай-ка на тебя посмотрю. Ты у нас уже майор? Молодец. Выглядишь неважно. Не спал, что ли?

— Да, Зинаида Ивановна, не спал. — Арсеньев прикусил язык, он чуть не назвал ее Зюзя. Эту кличку придумали ей студенты, и она прилепилась намертво. Лиховцева слегка картавила, некоторые согласные произносила с присвистом. Впрочем, если бы он и оговорился, она бы не обиделась. Зюзя была умная и не злая. Арсеньев обрадовался, что работать предстоит именно с ней. Она тут же попросила его заняться самым нехлопотным делом — просмотром видеокассет. Птичкин заявил, что желает в этом участвовать.

Кассет в квартире оказалось сравнительно немного. Штук семьдесят с фильмами, в основном классика американская, французская, итальянская, набор мировых бестселлеров последних пяти лет, старое советское кино — «Бриллиантовая рука», «Неуловимые», «Белое солнце пустыни», «С легким паром!». Десяток коробок с записью телепередач с Рязанцевым в главных и второстепенных ролях и еще полдюжины с любительской съемкой. Они стояли отдельно. Камера запечатлела сцены счастливого отдыха Рязанцева и Кравцовой на европейских курортах. Горные лыжи, море, пляжи, рестораны.

— Ну вот, я надеялся, будет порнушка, — разочарованно вздохнул Птичкин, — оказывается, ничего интересного. Смотри-ка, немцы в бассейне все голые, мужики и бабы. Вот это я понимаю, демократия. Только наши прикрывают срам. Совки, они всегда совки, даже с деньгами в свободном мире. Кравцова, вон и лифчик не сняла. Все-таки дикий мы народ.

Арсеньев ничего не ответил. Он упорно боролся со сном, зевота сводила челюсти. Покойницкий доктор Гера Масюнин был прав. Не стоило набивать себе желудок курицей. Когда нельзя поспать, лучше не есть.

На кассетах, кроме курортного отдыха шикарной парочки, были засняты какие-то веселые застолья, вечеринки, шашлыки и барбекю в загородных ресторанах и на дачах. Мелькали незнакомые и знакомые лица: Вика Кравцова, Рязанцев, Бриттен, тележурналисты, актеры, политики, бизнесмены. Птичкин увлеченно тыкал пальцем, нажимал паузу, выкрикивал имена и радовался, как ребенок. Арсеньев подумал, что, если бы он чаще смотрел телевизор, узнал бы каждого второго.

Изредка в кадр попадала Лисова Светлана Анатольевна, то с подносом, то со стопкой грязных тарелок, красная, лохматая, в фартуке с петухами, она мелькала мимо объектива, и если замечала его, то сердито отворачивалась.

Арсеньев смотрел краем глаза, прислушивался к тому, что происходило вокруг. До него долетали короткие замечания трассологов и следователя, из которых он узнал, что денег в доме не обнаружено, только мелочь, закатившаяся за тумбу в прихожей. Трудно представить, что у Кравцовой не имелось никаких «заначек», ни долларов, ни рублей. Значит, убийца все-таки взял деньги, правда, неизвестно сколько.

На туалетном столике в шкатулке остались драгоценности. Бриллианты, изумруды, сапфиры, золото. Стало быть, на них убийца не позарился. Из этого много всего интересного можно заключить об его личности, но у Арсеньева не осталось сил думать.

В бумагах и в компьютере покойной никакой существенной информации при первоначальном беглом просмотре не обнаружили. Дневников она не вела, личных писем не получала, а если и получала, то не хранила. Имелись ежедневники с лаконичным перечнем дел, звонков, встреч. Все это, безусловно, требовало более тщательной обработки, но, по мнению следователя, значительных открытий не сулило.

В компьютере содержались в основном тексты статей о Рязанцеве, его партии и его думской фракции, интервью с Рязанцевым, переданные по электронной почте и сохраненные на жестком диске.

Птичкин заскучал, отправился на кухню курить, Арсеньев, зевая, продолжал наблюдать очередную вечеринку. В гостиной появилась Зюзя с небольшой пачкой записных книжек и ежедневников и плюхнула все это Арсеньеву на колени.

— Вот тебе подарочек, Шура, чтобы жизнь не казалась медом. Ознакомься на досуге, может, чего нароешь.

— Хорошо, Зинаида Ивановна, — кивнул Арсеньев, не отрываясь от экрана.

Там была в самом разгаре вечеринка в загородном доме. Кравцова весело болтала с Бриттеном по-английски. Они сидели на диване у камина. Оба смеялись. Рука Бриттена как бы ненароком поглаживала голое колено Вики. Камера задержалась на этой руке, потом скользнула по

173

комнате и уперлась в Рязанцева. Он сидел один, на ковре, прислонившись спиной к бревенчатой стене, и на лице его читалась такая тоска, что Арсеньев нажал паузу. Ему захотелось вглядеться внимательней.

Безусловно, Евгений Николаевич догадывался о романе Вики и Бриттена, ревновал и мучился. Но догадывался и невидимый оператор. Налюбовавшись тоской Рязанцева, он вернулся к Вике и Бриттену. Его рука теперь лежала на ее плече и опять как бы ненароком поглаживала, поигрывала пальцами. Головы их были совсем близко, щеки соприкасались. Они рассматривали какой-то журнал. Смех звучал хрипло, приглушенно. Камера вернулась к Рязанцеву, поймала его резкое движение. Он встал и вышел из комнаты с искаженным лицом. Оператор оставил его в покое, занявшись новым персонажем. Арсеньев почти не удивился, узнав в нем господина Ловуда, представителя американского посольства, с которым познакомился всего несколько часов назад.

Ловуд довольно бестактно вклинился между Викой и Бриттеном, прошептал что-то Вике на ухо. Она улыбнулась, кивнула, соскользнула с дивана, расправила короткую юбку, вышла из кадра.

Арсеньев сначала нажал паузу, а потом уж понял зачем. Как только Вика исчезла, лица Томаса Бриттена и Стивена Ловуда изменились необычайно. Они стали серьезны и злы. Они смотрели друг на друга как два волка, как злейшие враги. Арсеньев пустил пленку дальше и поймал фрагмент их диалога, тихого и такого лаконичного, что Саня с его бедноватым английским понял каждое слово.

— Томас, мне все-таки кажется, мы могли бы договориться.

— Нет, Стив. Я очень сожалею.

— Тебе не нужны деньги?

— Нужны.

— Тогда в чем дело?

— Дело в том, что я их зарабатываю несколько иначе. Нет так, как ты.

— Томас, ты абсолютно уверен, что поступаешь правильно и не будешь жалеть об этом?

— Стив, ты мне угрожаешь?

Ответа Арсеньев не услышал. Глаза Бриттена уперлись прямо в объектив, камера поспешно ретировалась, заскользила по комнате, крупно, нервно подрагивая в руках оператора. Через минуту пленка кончилась. Саня вздрогнул, словно проснувшись после короткого тяжелого сна, огляделся, часто моргая. Из спальни до него донесся монотонный голос трассолога:

— Гильза от патрона калибра 9х17 иностранного производства...

Он вскочил, кинулся в спальню. Огромная кровать была сдвинута вбок, у окна стоял трассолог с маленькой, темно поблескивающей гильзой в руке.

— Нашли все-таки? — спросил Арсеньев.

— Ага. Одну нашли. Закатилась глубоко под кровать, застряла между ковром и плинтусом.

— Дай посмотреть!

— Да чего там смотреть? Обычная, пистолетная. Баллистики разберутся, — он протянул гильзу.

Арсеньев взял ее осторожно, двумя пальцами, поднес к свету, поискал глазами чемоданчик трассолога, выбрал из нескольких луп самую сильную, долго, напряженно вглядывался в донышко и наконец сумел разобрать латинские буквы на крошечном клейме: «Максейф».

———

ГЛАВА ДВЕНАДЦАТАЯ

У Маши в голове вместо последних инструкций провожавшего ее Билла Макмерфи упорно звучали строчки из песни Шевчука «Родина, еду я на родину...». В дробном нервном ритме этих строк она шла по рифленой пластиковой трубе от самолета к зданию аэропорта, маршировала в сонной толпе, впившись ногтями в мягкую кожу своей сумочки, сжав зубы и глядя только под ноги, никуда больше.

Труба кончилась. В стеклянной стене, перед широкой лестницей, она поймала свое отражение. Стриженая светлая голова на тонкой шее. Слегка оттопыренные уши. Огромные, испуганные глаза. Рядом, прямо за спиной, маячила мощная фигура соседа, толстого сонного хулигана.

«Ой, мамочки, что ж у меня так сердце колотится? Ничего личного. Никаких сантиментов. Это чужая страна. «Пусть твердят, уродина, а она мне нравится, хоть и не красавица...»

Между прочим, папа, бывший полковник КГБ Григорьев Андрей Евгеньевич, вероломный перебежчик, предатель родины, честно предупредил, что всякие могут возникнуть чувства, и даже если плакать захочется — ничего страшного. Вполне нормальная реакция. Можно сделать вид, будто соринка в глаз попала.

Толпа повалила вниз по лестнице, стремясь быстрей занять очереди к будкам пограничного контроля. Кто-то больно пихнул Машу в плечо и чуть не выбил сумку. Лапа с портретом Франклина промелькнула у самого лица, и высокий сиплый, уже совершенно трезвый голос произнес в ухо:

— Не спи, не спи...

Она не спала, она жутко нервничала, но не потому, что боялась засыпаться. Это в принципе невозможно было сейчас. Потом, через неделю, через месяц — да. Но не здесь и не сейчас. Макмерфи предупредил, что риск будет возрастать с каждым днем, с каждым следующим шагом. Об этом говорил и отец. Однако Макмерфи не брал в расчет, что она родилась здесь. Он искренне верил, что не существует в мире места прекрасней, чем благословенная Америка, и невозможно, оставаясь в здравом рассудке, сохранить какие-то чувства к России, которая тебе ничего не дала, кроме боли и унижения.

До первого шага по рифленой трубе от самолета к аэропорту Маша была полностью солидарна с Макмерфи, а все предупреждения отца о скрытой ностальгии, о генетической памяти считала милым сентиментальным бредом. Она любила Америку и была совершенно равнодушна к России. Она не сомневалась в своем спокойном здоровом прагматизме. Неровный стук сердца, сухость во рту, дрожь в коленках следовало объяснить волнением перед началом сложной, опасной операции, первой серьезной операции в ее жизни. Это вполне естественно. Все остальное — сентиментальный бред.

Очередь к пограничной будке двигалась быстро. Граждан России было значительно больше, чем иностранцев. Даже католическая монахиня оказалась россиянкой. Маша поискала глазами хулигана с наколкой и обнаружила его в углу у сортира с сигаретой в зубах. Она так и не поняла, какую из очередей он занял, и не решила, было ли его грубое «Не спи!» дружеским предостережением, либо он просто так ее пихнул, чтобы пошевеливалась и не мешала движению толпы.

— Мисс Григ, вы к нам впервые? — приветливо спросил по-английски молодой конопатый пограничник, листая ее паспорт и разглядывая ее лицо в сложной системе зеркал.

На фотографии у нее были длинные волосы, короткая стрижка сильно изменила ее облик, поэтому он смотрел чуть дольше.

— Да, — широко улыбнулась Маша.

— Добро пожаловать в Россию, мисс Григ, — он шлепнул печать, вернул паспорт.

В толпе встречающих она почти сразу заметила Ловуда, хотя изменился он довольно сильно. Отрастил пузо, постарел, как-то погрубел и раздался вширь. Лицо стало тяжелым, нос вырос, глаза ввалились и потускнели. Семь лет назад никакого пуза у него не было, вместо очков он упорно носил линзы, хотя от них слезились глаза. Маша помнила, как он этими своими слезящимися глазами жалобно косился на хорошеньких студенток.

— Мисс Григ? — равнодушно уточнил он в ответ на ее приветствие. — Вы выглядите старше, чем я думал.

— Спасибо, — улыбнулась Маша, — вы тоже.

— Ладно, это просто от усталости. Отоспитесь, посвежеете. Честно говоря, я тоже дико устал. Москва изматывает. Безумный ритм жизни, выхлопные газы, да еще жара. Слушайте, это что, весь ваш багаж? — он кивнул на клетчатый чемодан на колесиках, который Маша тщетно пыталась протащить между двумя чужими багажными телегами, наполненными до отказа.

— Да. Вот еще ноутбук и маленькая сумка.

Она надеялась, что Ловуд возьмет у нее хотя бы сумку с компьютером, которая висела на плече. Но он не собирался ей помогать. Вместо него какой-то длинный парень в мокрой боксерской майке легко раскидал телеги, ухватился за ручку Машиного чемодана и спросил:

— Такси не желаете?

— Нет, спасибо.

Чем ближе они подбирались к выходу, тем

гуще становилась толпа таксистов, настойчиво предлагавших свои услуги.

— Весьма криминальный бизнес, — объяснил Ловуд, — цены чудовищные. Вообще, учтите, здесь все значительно дороже, чем в Нью-Йорке. Качество товаров и услуг совершенно не соответствует ценам. Подгнившие, экологически грязные фрукты, отвратительный хлеб, который плесневеет на второй день, на рынках торгуют колбасой, которую производят в подпольных цехах из тухлого мяса, в антисанитарных условиях. Все поддельное, фальшивое, от парфюмерии до автомобилей. Кстати, прежде чем сесть за руль, советую сначала поездить на такси пару дней и привыкнуть к здешним специфическим правилам дорожного движения. Вы бывали в Египте?

— Да, — кивнула Маша, — а при чем здесь Египет?

Она почти не слушала его сердитого ворчания. Она жадно разглядывала толпу, ловила обрывки разговоров и все не могла успокоиться. Отец предупредил ее, что это совсем другая страна, что для России сейчас десять лет как целый век, но все казалось таким страшно знакомым, что кружилась голова.

— Здесь, как в Египте, хамство на дорогах. Это еще мягко сказано — хамство. Дорожная милиция откровенно вымогает взятки, светофоры вечно ломаются, со спецсигналом носятся не только те, кому положено, но и бандиты, и родственники бандитов, никто никого не пропускает, вас подсекут, даже если это опасно для жизни. А зимой вообще кошмар, гололед, сугробы, вечная грязь. Все, мы пришли.

Ловуд пискнул пультом, отключая сигнализацию, открыл багажник серебристого с перламутровым отливом «Форда» и предоставил Маше самой запихнуть туда свой чемодан и сумку с компьютером. В салоне было так чисто, что Маше захотелось вытереть ноги, прежде чем ступить на пушистый голубой коврик под сиденьем. Перед ветровым стеклом болталась ароматическая пластинка в форме елочки.

— Стивен, вам что, здесь совсем не нравится? — спросила Маша, когда он включил мотор.

— Нравится. Просто я недавно провел пару часов в морге Боткинской больницы и до сих пор не могу прийти в себя.

— Вы хорошо знали Томаса Бриттена?

— Мы вместе учились в колледже. И, как назло, именно я оказался дежурным в посольстве. Мне пришлось поехать на опознание. Приятного мало, сами понимаете. Да, вот вам мобильный телефон. У вас МТС, в записную книжку я внес несколько номеров. Свой служебный и мобильный, один из мобильных Рязанцева, еще кое-какие посольские. Врач, дежурный, гараж, служба безопасности. Ваша машина вас уже ждет, в посольском гараже. Я взял для вас маленькую «Мицубиси», отличный автомобиль, типично женский, цвет какао с молоком. Вот ключи и документы. Машину можете забрать в любой момент. Учтите, ни гаража, ни охраняемой стоянки у вас нет, поэтому не забывайте включать сигнализацию, снимать музыку и дворники.

— Спасибо.

— Да, поскольку я приготовил все для вас еще до несчастья, там в записной книжке остались телефоны Томаса и Виктории. Можете их стереть.

— Есть какие-нибудь предварительные версии?

— Не знаю, со мной никто ими не делился. Там работает ФСБ.

— А милиция?

— Был один майор, но скорее всего он просто камуфляжный персонаж, так, знаете, для приличия.

Ловуд замолчал, и надолго. Маша не пыталась продолжить разговор. Она смотрела в окно. Смеркалось. Она старалась не замечать того особого оттенка ранних русских сумерек, который до сих пор плавал где-то у нее в крови.

Четырнадцать лет назад были такие же сумерки и начало мая. Вдоль Ленинградского шоссе мелькали клочья леса. Над верхушками сосен у близкого горизонта стелилось длинное лохматое облако, подсвеченное снизу невидимым закатным солнцем. И сейчас точно такое облако, темно-синее, со светло-розовым брюхом, плавно повторяло очерк темной кромки леса. Тогда она знала совершенно точно, что больше не увидит ничего этого, и не чувствовала даже легкой грусти. У нее ныли все внутренности, у нее чесалась под гипсом рука. За две недели до отлета она попыталась сделать несколько шагов, от палаты до сортира, без костылей, грохнулась, подмяв под себя несчастную правую руку, и опять ее вправляли, гипсовали.

Четырнадцать лет назад лирический пейзаж за окном застилала грязно-кровавая пелена, которая исчезла с глаз много позже, после курса интенсивной психотерапии в частной клинике в Нью-Йорке. Четырнадцать лет назад ее сопровождала молчаливая сиделка из «Красного креста», которая на руках переносила ее из машины в инвалидное кресло, и бойкая пожилая чиновница из Минздрава. Нет, никаких рощиц, светлобрюхих облаков Маша тогда вовсе не видела. По дороге в аэропорт она тупо повторяла про себя, что никогда, никогда в жизни не вернется в эту страну.

* * *

«Вот будет у меня миллион долларов, и меня сразу все полюбят, я стану талантливым, красивым, вообще, каким захочу, таким и стану. Не потребуется никаких оправданий. С миллионом я буду вполне самодостаточен, и для себя, и для других», — думал Андрей Евгеньевич Григорьев, разворачивая свой серенький старый «Форд» у бензоколонки, по дороге к аэропорту.

Жена Клара после недельной отлучки возвращалась из Москвы в Вашингтон. Григорьев ехал ее встречать. Был вечер 21 октября 1983 года. Лил дождь, такой сильный, что асфальт под колесами кипел, словно раскаленное масло на сковородке. В салоне было уютно, тепло, из динамика звучал старый диксиленд. Американский журналист Билл Макмерфи умудрился достать для своего друга советского дипломата Андрея Григорьева очередную кассету с редкой записью «Сладкой Эммы Баррет». Все было здорово, красиво и сладко, как в голливудском кино пятидесятых. Или как в советском кино того же периода. Какая разница?

Стилизованное под пятидесятые здание бензоколонки с мигающей ретро-рекламой шоколада «Хершис» целиком, во всех разноцветных подробностях, отражалось в черном кипящем зеркале асфальтовой площадки. Капли дождя приплясывали и светились зеленым, красным, золотым огнем. С неба над Вашингтоном сыпался танцующий в ритме диксиленда дождь из фруктовых леденцов. На крытой стоянке у кафетерия Григорьев увидел всего одну машину, белый новенький фургон, дом на колесах. В таких путешествуют по стране небогатые американские семьи.

Советский дипломат Андрей Григорьев припарковал свой «Форд» у колонки с дизелем, протянул десять долларов черной девочке в синем форменном комбинезоне, рассеянно взглянул на часы и зашел в кафетерий. До прилета Клары оставалось еще полтора часа. Куча времени, чтобы выпить кофе, съесть кусок пиццы или жареную сосиску с салатом, выкурить пару сигарет. Перед ним мягко открылись раздвижные стеклянные двери. Он занял свободный столик в углу и сел таким образом, чтобы через зеркало за стойкой видеть всю стоянку.

За соседним столиком сидела семья, вероятно, хозяева фургона. Мама, папа, двое детишек, девочка лет десяти и мальчик не старше четырех. Все в потертых джинсах, кроссовках и хлопчатобумажных свитерах. Заказывая себе порцию пиццы с тунцом и большой овощной салат, Григорьев нечаянно взглянул на девочку и тихо охнул про себя.

Прямые белокурые волосы, небрежно стянутые в хвост на затылке, голубые ясные глаза, высокий выпуклый лоб под прозрачной челкой. Она задумчиво смотрела в окно, на дождь, и жевала гамбургер. Она была страшно похожа на его десятилетнюю дочь Машу.

Вспыхнули фары. На площадку въехала черная «Хонда» и примостилась рядом с серым «Фордом», у соседней колонки. Григорьев заставил себя отвернуться от девочки и взглянул в зеркало над стойкой.

Из «Хонды» появились сначала ноги в твердых новеньких джинсах, в красных сапожках на скошенных каблуках, с острыми носами, потом голова в рыжей шляпе с изогнутыми полями и витыми тесемками под подбородком, наконец мощный корпус в клетчатой ковбойке и кожаном черном жилете.

Билл Макмерфи решил устроить маленький маскарад, вырядился как настоящий провинциальный янки, бравый ковбой, желающий поразить столичную публику своим воинственным патриотизмом. Фальшивый журналист, сотрудник русского сектора ЦРУ, выглядел как ходячий плакат: «Да здравствует великая и свободная Америка!» Левый нагрудный карман жилетки украшал маленький звездно-полосатый флажок.

Обычно Макмерфи одевался совсем иначе, предпочитал дорогие неброские, чуть поношенные вещи: фланелевые брюки, гладкие джемперы из натуральной шерсти с замшевыми заплатами на локтях, английскую спортивную обувь, мягкую, легкую, на натуральном каучуке. В сапожках на каблуках ему было явно неудобно ходить, он даже прихрамывал слегка, пока шел к двери кафетерия.

— О, Эндрю, привет, рад тебя видеть, — произнес он, усаживаясь напротив и небрежно швыряя шляпу на соседний стул, — с тобой все в порядке? У тебя такое лицо, как будто в твою пиццу вместо тунца и сыра положили собачье дерьмо.

— Я в порядке, Билл. Просто у тебя потрясающие ботинки, я всю жизнь о таких мечтал, и меня мучает зависть.

— А, ты оценил мой камуфляж? — Макмерфи тихо рассмеялся и подмигнул: — У Джозефа в школе ставят большое шоу, разные сцены из истории Америки. Родители тоже участвуют. Видишь, мне пришлось играть ковбоя с Дикого Запада времен Великой депрессии. Сегодня была первая репетиция в костюмах. Я не успел переодеться.

— Тебе идет, — кисло улыбнулся Григорьев. — Сколько твоему Джозефу? Двенадцать?

— Одиннадцать. Как твоей Маше.

Григорьев уставился в окно, старательно прожевал кусок пиццы и запил большим глотком колы. В стекле смутно отражалось лицо беловолосой американской девочки. Она сковырнула орех с башенки сливочного мороженого и отправила в рот.

Официантка поставила перед Макмерфи тарелку с куриными крылышками. Он дождался, пока она отойдет, и, понизив голос, произнес:

— Я знаю, Эндрю, ты очень скучаешь по дочери, ты не видел ее больше трех лет, и боишься, что с каждым днем она все дальше, и если вам доведется однажды встретиться, вы окажетесь совершенно чужими людьми. Я прав?

— Допустим, — кивнул Григорьев, — и что из этого следует?

— Пока ничего. — Билл повертел поджаренное крылышко, задумчиво оглядел его со всех сторон и принялся быстро, жадно обгрызать. — Всю неделю пытался худеть, сидел на молочноовощной диете, сбросил всего лишь фунт. Напрасно мучился. Теперь постоянно хочу курицы, жареного бекона и жирных свиных отбивных, не могу остановиться, — объяснил он с набитым ртом, — слишком много красного перца, но в принципе неплохо приготовлено. Я тебя слушаю, Эндрю. Можешь говорить, здесь чисто.

— Из Восточной Германии в Бейрут возвращается небольшая объединенная группа мусульманских боевиков, — вяло сообщил Григорьев, продолжая глядеть на отражение девочки в стекле.

— Ну и что? Они без конца мотаются туда-сюда.

— Мотаются, — кивнул Григорьев, — правда, пока только туда. Но все еще впереди.

— Ох, Эндрю, не дают тебе покоя лавры Кассандры, — Макмерфи тяжело вздохнул и закатил глаза, — давай-ка по делу, времени мало.

— Никакими лаврами бедную троянскую царевну никто не венчал, ее считали сумасшедшей, — криво усмехнулся Григорьев, — она плохо кончила. Сначала досталась Агамемнону в качестве трофея, потом погибла, совсем молоденькая, очень красивая. Ладно, Билл, попробую, как ты говоришь, по делу. Отряд небольшой, около пятидесяти человек. В основном мальчишки, от восемнадцати до двадцати трех. Фанатики. Самоубийцы. Проходили курс обучения сначала на русском Кавказе, в районе Сочи, потом в лагерях Штази. Спроси самого себя,

Билл, почему они возвращаются в Бейрут именно сейчас?

— Погоди, погоди, а что там сейчас? — Макмерфи отложил куриное крылышко и нервно защелкал жирными пальцами. — Я не могу, голова лопается, напомни.

— Там сейчас война, Билли.

— Не издевайся. Это я знаю. Давай конкретней.

— Несколько дней назад там высадился десант миротворческих сил. Под Бейрутом разбит лагерь. В основном американцы, есть еще французы. Около трехсот американских солдат и офицеров, Билли. Это с одной стороны. А с другой — полсотни арабских мальчишек. Но не просто мальчишек, а фанатиков, отлично обученных, вооруженных до зубов и готовых умереть во имя Аллаха.

Макмерфи отодвинул тарелку, вытер руки салфеткой, выдернул зубочистку из картонного стаканчика и принялся энергично ковырять в зубах.

— Если не веришь мне, можешь получить более точную информацию от своих осведомителей в ГРУ и Штази. Время уходит, а там триста американцев. Здесь их ждут жены, дети, родители. По большому счету, это не мое дело. Смотри, Билли, не проткни себе десну.

— Ты хочешь сказать, что на лагерь миротворческих сил в Бейруте готовится нападение? — донесся до него взволнованный голос Макмерфи.

— Я только излагаю факты, выводы делать вам, — равнодушно пожал плечами Григорьев.

Семья за соседним столиком собралась уходить. Григорьев проводил взглядом белокурую девочку, посмотрел на часы, кивнул официантке, расплатился. Прощаясь, он не стал напоминать Макмерфи недавнюю историю с корейским самолетом.

Дождь кончился. Андрей Евгеньевич сел в машину, включил музыку, выехал со стоянки. До аэропорта оставалось не больше двадцати минут пути. Было приятно мчаться в умной послушной машине на хорошей скорости по идеальной автотрассе, дышать в такт спокойному струящемуся блюзу, чувствовать себя здоровым, сытым, нестарым, чисто вымытым, гладко выбритым, добротно и красиво одетым. Ничего советского. Гениальные, чуть поношенные джинсы фирмы «Левайс», толстый мягкий блузон цвета индиго, под ним белоснежная футболка. Свежий грейпфрутовый аромат мужской туалетной воды «Армани», ментоловый вкус жвачки во рту. Восхитительная игра огней на стоянке у аэропорта. Сверкающий, как зеркало, пол под ногами, изобилие ларьков, закусочных «фаст-фуд», магазинчиков, запахи, звуки, улыбки незнакомых людей, с которыми случайно встречаешься глазами в доброжелательной спокойной толпе. Несколько волшебных музыкальных аккордов, всего лишь позывные перед очередной информацией о прилетах и отлетах. Чистейший, отделанный небесной бело-голубой плиткой общественный сортир, в котором пахнет, как в парфюмерной лавке. Кокетливая надпись «Фенк ю вери мач!» на каждом отрывном квадратике туалетной бумаги. Собственное лицо в зеркале, вполне уместное, вполне американское лицо. Ну-ка, кто-нибудь на счет раз угадает в тебе затравленного нечистоплотного зверька под названием «совок»? Ни за что. Ты здесь свой. Ничего советского.

Однако надо быть очень советским человеком, чтобы принимать все это так близко к сердцу и получать от всего этого такой серьезный, такой острый кайф.

«Вот будет у меня миллион долларов, и я выкуплю Машку. Я надаю таких взяток, кому следует, что ни одна сволочь не посмеет помешать!» — на этой веселой фантастической волне он подлетел к своей жене Кларе, чмокнул мягкую круглую щеку, взъерошил остриженные волосы, подхватил чемодан, быстро весело затараторил по-английски, назвал жену «ханни» — медовая, как здесь принято называть жен.

— Отлично выглядишь, ханни, похудела, стрижка тебе идет. Ты что, осветлила волосы? Решила стать блондинкой?

— Надо же, не ожидала, что ты заметишь, — ответила она по-русски своим громким низким голосом. — Тебе правда нравится?

Когда сели в машину, он как бы между прочим передал ей привет от Билла и рассказал о случайной встрече в кафетерии на бензоколонке как о забавном эпизоде, не стоящем особенного внимания.

— Представь себе Макмерфи в ковбойском костюме, в красных остроносых сапожках. Я вылупился на него, как идиот, не сразу узнал. Оказывается, у его сына в школе готовят шоу на историко-патриотическую тему, с участием родителей, и это был театральный костюм.

— Он что, тоже ехал в аэропорт? — резонно спросила Клара.

— А? Нет. Вроде бы нет. Я, честно говоря, не поинтересовался, куда он ехал.

В зеркале поблескивали ее небольшие умные глаза. Что-то неуловимое, неприятное мелькнуло во взгляде, но тут же исчезло. Возможно, это просто была игра света и тени. Она накрасила ресницы. Раньше она никогда не делала этого.

Дома, пока она разбирала чемодан, он отправился в душ. Сквозь шум воды он не расслышал, как открылась дверь, и вздрогнул, увидев Клару на маленьком плетеном стульчике возле раковины. Она сидела, уже в халате, и ваткой снимала макияж.

— У меня для тебя сюрприз, — произнесла она, не разжимая губ, — выйди и посмотри, там, на холодильнике.

Обмотавшись полотенцем, он прошлепал босиком в кухню. На холодильнике лежала странная игрушка, легкая пластмассовая ракета размером с небольшую морковку. Половинка красная, половинка белая. Григорьев удивленно повертел ее в руках и заметил глазок с увеличительным стеклом. Что-то вроде волшебного фонаря. Повернувшись к свету, он посмотрел внутрь. Внутри была Маша. Цветной снимок на слайде. Маша в белой блузке и красном галстуке. Очень высокое качество пленки. Видны даже золотистые пуговицы на погончиках парадной пионерской блузки и крошечная розовая лихорадка в уголке рта.

— Это она полгода назад, — крикнула Клара из ванной, — в день рожденья Ленина, 22 апреля, их принимали в пионеры! Там еще письмо. Ты нашел?

— Да! — крикнул в ответ Григорьев и взял в руки незапечатанный конверт. Внутри оказался тетрадный листок в линейку, исписанный аккуратным детским почерком.

«Здравствуй, папа!

У меня все хорошо. На зимних каникулах была в лагере, заняла второе место по прыжкам в высоту среди девочек. Каталась на лыжах и на коньках. Как ты поживаешь? Как твое здоровье? Мы очень давно не виделись, и я не знаю, что еще написать. Учусь хорошо, без троек. За прошлое лето выросла на четыре сантиметра. Пытаюсь читать «Тома Сойера». Мы проходим его по внеклассному чтению, но в хрестоматии адаптированный вариант. Я читаю просто книжку, в натуральном виде, то есть в подлиннике. Ну, что еще? Клара Никитична говорит, чтобы я написала тебе подробнее о своей жиз-

194

ни, с кем дружу, чем занимаюсь на досуге. Но про друзей в письме не расскажешь, слишком все сложно. А на досуге я сплю, потому что у меня каждый день шесть уроков плюс спортивная гимнастика три раза в неделю в Доме пионеров плюс еще кружок «Юный математик» по понедельникам и средам. В субботу у меня гитара. Мама считает, что я обязательно должна играть на гитаре. Когда приедешь в Москву, пожалуйста, позвони бабушке Зине, скажи, что приехал и где мы можем встретиться.

До свиданья. Твоя дочь Маша».

Григорьев трижды перечитал письмо и не заметил, что Клара успела выйти из ванной.

— Хорошая девочка, — произнесла она с мягкой улыбкой, — знаешь, такая спокойная, рассудительная, пожалуй, немного взрослая для своих десяти лет. Я, конечно, не звонила им домой, просто подошла к школе к концу шестого урока, встретила ее, попросила написать письмо и передать какую-нибудь фотографию.

Григорьев сложил листок, машинально похлопал себя по бокам в поисках карманов. Но на нем было только банное полотенце, узел ослаб, оно соскользнуло на пол. Он стоял под внимательным взглядом Клары, голый и беспомощный, как призывник перед медкомиссией.

— Есть еще одна новость, — сказала она, продолжая улыбаться, — в Управлении ходят упорные слухи, что в Лондоне освобождается место заместителя резидента, твоя кандидатура одна из главных. — Она подошла совсем близко, провела теплой ладонью по его животу и пристально посмотрела в глаза.

«Заместитель резидента в Лондоне работал на англичан», — отрешенно подумал Григорьев.

Клара скинула халат, заскользила губами по его шее и, добравшись до уха, прошептала:

— Скоро полетишь в Москву и увидишь дочь. Ну, может, наконец, поцелуешь меня и скажешь спасибо?

На ее полном запястье тихо пискнули часы. Настала полночь. Пошел отсчет первых минут следующих суток, 22 октября 1983 года.

23 октября 1983 года в результате нападения самоубийц-террористов на лагерь миротворческих сил в Бейруте (Ливан) погибло 242 американских и 62 французских военнослужащих.

———————

ГЛАВА ТРИНАДЦАТАЯ

Теперь оставалось главное — доехать до дома и не заснуть за рулем. Саня Арсеньев потерял счет времени, он не спал третьи сутки. От Управления до дома было не больше двадцати минут езды, мысленно он уже отмокал в горячей ванной, но на перекрестке у выезда на Садовое кольцо застрял в пробке.

— Вот тут мне и конец, — пробормотал он, включая радио на полную громкость и закуривая, наверное, пятидесятую сигарету за эти проклятые трое суток.

Из приемника лился гнусавый голос модного эстрадного певца, которого Арсеньев терпеть не мог, и как звать, не знал, однако в данной ситуации такая музыка оказалась самой подходящей. Под нее точно не уснешь. Для большей бодрости Саня принялся во всю глотку подпевать. Голос у него было хриплый и еще более противный, чем у певца. Слов он не знал, мелодию перевирал не-

щадно, однако увлекся, забыл про сон и даже перестал нервничать из-за пробки, которая позволяла двигаться со скоростью три метра в пятнадцать минут.

Чучело, чучело, ты меня измучило,
Как я хочу тебя, дай мне только ночь,
Чертова кукла, чертова дочь!
Чу-учело, чучело, ка-ак я хочу тебя! А-а! —

орал Арсеньев, проползая очередные сорок сантиметров пути.

Припев повторялся непрерывно, и Саня успел
заучить его наизусть. Песня кончилась, начались
новости вперемежку с рекламой. Саня все пел.
Дурацкий текст привязался надолго. Он будет
звучать в голове и болтаться на языке, пока не
сменится какой-нибудь другой глупостью, например стишком из рекламного ролика. Господи,
сколько всякого мусора копошится у среднего
человека в мозгах! Нашелся бы гений, который
изобрел бы что-то вроде мозгового пылесоса для
очистки от медиашлаков...

Окно у водительского места было открыто.
Почти вплотную к «Опелю» встала шикарная новенькая «Тойота», синий «металлик», грохот тяжелого рока внутри. Затемненное стекло опуще-
но до середины. Сквозь широкую щель видно, как
подпрыгивает и дергается в ритме рока половина головы водителя, белобрысого парнишки, не
старше двадцати пяти. Низкий лоб, белые брови,

глубоко посаженные глаза, длинный хрящеватый нос. Голова то показывалась почти целиком, то уходила вниз, оставляя только щетинистую плоскую макушку. Ряд Арсеньева продвинулся еще на метр. Соседний остался стоять. Арсеньев, сам не зная почему, не захотел терять «Тойоту» из вида, ехать не стал, пропустил вперед девушку в красной «Шкоде», которая давно рвалась влезть перед ним.

Профиль в «Тойоте» вдруг стал казаться все более знакомым. Чтобы не мучиться напрасно, Арсеньев легонько стукнул в затемненное стекло. Белобрысая голова повернулась, запавшие глаза уставились на Саню.

— Спички нет? — спросил он первое, что пришло в голову.

— Зачем? Ты же и так куришь! — перекрикивая рок, удивленно заметил парень.

— В зубе поковырять, — объяснил Арсеньев, все еще не понимая, что на него нашло.

Голова исчезла, и через минуту из окна вылезла рука с пучком зубочисток.

— Спасибо, друг! — Арсеньев взял зубочистки и изловчился пожать эту руку, она оказалась вялой, влажной и быстренько ускользнула, втянулась назад. Затемненное стекло поехало вверх. Ряд «Тойоты» тронулся. Девушка в красной «Шкоде», потратившая столько усилий, чтобы втиснуться в неподвижный ряд перед Арсеньевым, не выдержала разочарования и нервно засигналила. Арсеньев попытался выгнать из головы песенку про чучело, приглушил звук приемника, автоматически отпечатал в памяти номер ускользающей «Тойоты».

Если бы не разговор с Масюниным и не клеймо американской оружейной фирмы «Максейф», белобрысый промелькнул бы мимо и исчез навеки. Впрочем, он и так исчез. Скатертью дорога. Можно было спокойно выкинуть из головы номер красивой новенькой «Тойоты».

В тот момент, когда лицо водителя появилось в окне целиком, Арсеньев понял причину своего смутного беспокойства. Лицо парнишки было очень типичным, запоминающимся. Но конкретно его, этого человека, Арсеньев видел впервые в жизни. Просто он был похож на кого-то, кто проходил по делу Вороны. Оставалось только вспомнить, на кого именно.

Саня принялся перебирать в памяти, как карточную колоду, портреты свидетелей. Кто-то из наркопритона? Нет. Искомое лицо ассоциировалось с трезвостью, со здоровьем и отвращением к наркотикам. Кто-нибудь из случайных свидетелей во дворе? Уже теплее, но тоже нет, ибо там был один старик и две женщины. Коллеги убитого, уличные ларешники? Нет, потому что ни у кого из них не было и не могло быть такой шикарной машины. Между тем новенькая «Тойота» почему-то являлась неотъемлемой частью образа.

Позади отчаянно засигналили. Саня дернулся, нажал на газ. Пока он размышлял, между ним и девушкой в красной «Шкоде» образовалась прогалина метров в пятнадцать. Пробка не терпит пустот. Именно об этом, кроме всего прочего, он беседовал во время одного из допросов с профессиональным водителем, слесарем автосервиса, перегонщиком автомобилей из-за границы, Воронковым Павлом Михайловичем, родным братом Вороны. Вот кого так напоминал парнишка в «Тойоте»!

Павлик Воронков, 1978 года рождения, младший сынок, последняя надежда несчастных родителей, вполне законопослушный юноша, не пьет, наркотиков сторонится, работает в автосервисе. Месяц назад при обысках и допросах вел себя вроде бы вполне адекватно, очень переживал из-за брата, дрожал, плакал, о пистолете, разумеется, ничего не знал и никогда его не видел. Но Арсеньева не покидало чувство, что Павлик врет. Как только речь заходила о пистолете, на острых скулах вспыхивали алые пятна, худые пальцы принимались нервно, быстро теребить что-нибудь — язычок молнии на куртке, зажигалку.

Арсеньев благополучно доехал до дома и прежде, чем влезть в горячую ванную, включил свой компьютер, отыскал там все, что имелось о Воронкове П.М.

«Мы с тобой, Павлик, непременно встретимся и поговорим. Вдруг ты все-таки вспомнишь что-нибудь интересное о пистолете «ИЖ-77»? Ты работаешь в автосервисе, а сейчас еще и перегоняешь машины. Через твои влажные ручки проходят десятки иномарок, принадлежащих разным бизнесменам, полубандитам, бандитам на три четверти, а также в квадрате и кубе. Именно в автосервисах иногда сидят люди, которые берут на себя посреднические услуги при выполнении «мокрых» заказов. Твой братец иногда притаскивался к тебе на работу. Крутился там, клянчил денег. Всякое могло случиться. Жизнь вообще полна случайностей, грубых и нежных, глупых и умных. Доверять им не стоит, а воспользоваться — не грех. Чучело, чучело, ты меня измучило... А-а-а!»

Грохот воды был похож на тяжелый рок, маленькая ванная комната, отделанная апельсиновой плиткой, крутилась и подпрыгивала, желтый плоский плафон дергался, как голова неизвестного парнишки, похожего на Павлика Воронкова, в ритме бешеной музыки. Два пышных белых махровых халата на вешалке, прибитой к внутренней стороне двери, приплясывали, сцепившись рукавами, как влюбленная парочка на дискотеке. Дверь дрожала и пела «Чучело, чучело...» сердитым женским голосом.

— Чучело, ты вылезать собираешься?! — Бывшая жена Марина барабанила в дверь и обзывала Арсеньева всякими неприятными словами. После развода им приходилось жить под одной крышей, все никак не могли разменять квартиру.

— Мне нужна ванная! Ты уже полтора часа мокнешь!

— Да, прости, сейчас выхожу! — крикнул Арсеньев, вытащил затычку и окончательно проснулся.

* * *

Угораздило же Стивена Ловуда снять квартиру в Пыхово-Церковном переулке, в двух шагах от Оружейного, где Маша жила все свое детство! Сейчас только не хватало узнавать знакомые с детства улицы, все эти Брестские и Миусские. Она старалась не глядеть в окно, занялась своим новым мобильным телефоном, просматривала функции, долго выбирала мелодию. Выбрала нежные звуки, похожие на кошачье мяуканье.

Ловуд молчал. Вдоль окон плыли московские окраины. Совсем стемнело, можно было расслабиться и спокойно прокрутить в голове последний разговор с Макмерфи.

Всего за час до отлета они сидели в маленьком тихом баре в аэропорту Кеннеди и болтали о всякой ерунде: о погоде в Москве, о Машиной новой стрижке.

— Я бы хотел, чтобы ты поближе познакомилась со Стивеном Ловудом, — вдруг заявил Макмерфи.

— В каком смысле? — брезгливо скривилась Маша.

— Не дергайся. Не в том, в котором ты подумала. Хотя, если понадобится пару раз сделать томные глазки и подхихикнуть его двусмысленным шуткам, ничего с тобой не случится. Ты должна ответить на несколько вполне конкретных вопросов относительно Стивена Ловуда, причем ответить мне лично, никому больше. Поняла?

— Почти.

— Никто, даже твой отец, не должен знать об этом.

— Он знает, что Ловуд будет меня встречать.

— К сожалению, да. Но это не страшно. Главное, в будущем не заострять его внимания на этом человеке.

— Я что, вообще не должна упоминать Ловуда в разговорах с отцом? Мы будем постоянно перезваниваться, общаться через электронную почту. Вы же знаете, как тонко он чувствует не только вранье, но даже умолчание!

— Ты можешь назвать Ловуда в перечне имен, среди других. Просто не надо выделять его, понимаешь? Да все ты отлично понимаешь. Слушай главное. Ты должна выяснить, существует ли связь между Ловудом и генералом ФСБ Кумариным Всеволодом Сергеевичем.

— С кем? — Маше показалось, что она ослышалась.

— С Ку-ма-ри-ным, — медленно, по слогам, повторил Макмерфи, — фотографии его ты уже видела, живьем, кажется, никогда. Можешь посмотреть еще раз. С собой, как ты понимаешь, дать не могу, но ты запомнишь. У тебя отличная память на лица, — он протянул Маше небольшую стопку снимков, цветных и черно-белых.

Пока Маша их разглядывала, он продолжал говорить:

— Ты попытаешься понять, что именно их связывает, какие между ними отношения, как давно они знакомы. Будет совсем хорошо, если тебе удастся понаблюдать за их общением в небольшой компании или, например, вы втроем поужинаете в каком-нибудь загородном ресторане. Правда, Ловуд страшный жмот. Насчет Кумарина не знаю, но если ты захочешь поужинать с Ловудом, платить придется тебе. Он угощает кого-либо только по оперативной необходимости и на казенные деньги.

— Кумарин был шефом моего отца, — тревожно заметила Маша и вернула снимки.

— Именно поэтому не надо ничего рассказывать папе. Он станет нервничать, преувеличивать, истолкует что-то превратно. В общем, мы договорились?

— Не совсем. Если мне придется встретиться с Кумариным, вдруг он меня узнает?

— А почему он должен тебя узнать? Разве он бывал у твоего в отца в гостях? Разве ты его когда-нибудь видела живьем?

— Нет... — Почему-то у Маши стало на миг холодно в животе. Но только на миг и, наверное, от яблочного сока со льдом.

— Вот и он тебя — нет. Ему могли попасться на глаза только фотографии, причем детские, и очень давно.

— Я тоже видела только фотографии, — язвительно заметила Маша, — а он, между прочим, профессионал, и у него тоже отличная память на лица.

— Только детские, и очень давно, — ласково повторил Макмерфи и потрепал ее по щеке.

— Что-то здесь не так. Я пока не понимаю, что именно, но чувствую. Получается, Рязанцев отходит на второй план?

— Ничего подобного, — Макмерфи энергично замотал головой, — Концерн ждет от тебя подробных отчетов обо всем, что творится вокруг Рязанцева. Мы вложили много денег в этого человека, и нам надо, чтобы кто-то постоянно был рядом и держал руку на его пульсе. Раньше эту работу выполнял Томас Бриттен. Теперь будешь выполнять ты.

— Но все-таки Ловуд и Кумарин — основная часть моего задания, верно?

— Для меня это самое главное. Для меня лично. Но не для Концерна. Хотя одно с другим очень тесно переплетено и связано.

— Почему в таком случае вы говорите об этом в последний момент и так туманно?

— Я сказал тогда, когда счел нужным. И ничего не туманно. Ты сама все усложняешь.

— Нет. Это вы усложняете. И я не понимаю, зачем.

— Прекрати! Я не стал говорить тебе раньше потому, что ты могла бы не удержаться, что-нибудь ляпнуть отцу. Одно дело — телефон и электронная почта, и совсем другое личный контакт, глаза в глаза. Он ведь все из тебя вытянул в «Ореховой Кларе»?

— Вы что, слушали нас?

— Делать мне нечего! Я просто очень хорошо знаю вас обоих.

— Кумарин сейчас возглавляет Фонд Международных гуманитарных инициатив. Ловуд — помощник атташе по культуре. Они вполне могут быть знакомы просто так, по долгу службы, — тихо заметила Маша, — а контакты другого рода вряд ли будут прямыми и заметными со стороны. Вы разве не знаете, что обычно это происходит через связников, сэ-эр? — она сощурилась и презрительно скривила губы.

— Обычно да. Но только не у Кумарина. Он человек оригинальный, у него свои методы. И не надо гримасничать. Это тебе не идет.

— Вы подозреваете Ловуда? Думаете, он работает на русских? — спросила Маша, слегка успокоившись.

— На то ты и психолог, чтобы наблюдать за людьми и выявить контакты самого разного рода, — медленно, чуть слышно отчеканил Макмерфи. — Я не требую от тебя ничего конкретного, никаких доказательств.

— Конечно, — кивнула Маша, — если Ловуд скажет Кумарину, кто я, это будет лучшим доказательством. Других и не нужно.

Макмерфи никак не отреагировал, он только чуть опустил веки, но все равно было заметно, как забегали глаза. Он накрыл Машину руку своей теплой сухой ладонью и заговорил мягко, медленно:

— Меня интересуют твои наблюдения, впечатления, оценки. Считай, что будешь заниматься рутинной проверкой Стивена Ловуда. Такой проверке регулярно подвергаемся все мы. Ты, я, твой отец, десятки сотрудников. Контролируются наши банковские счета, налоговые декларации, соответствие уровня жизни уровню фиксированных доходов, личная жизнь со всеми интимными подробностями. Мы проходим медицинские осмотры, у нас берут кровь на наркотики, алкоголь и никотин, нас подвергают психологическому тестированию. Ты должна протестировать Ловуда, но так, чтобы он этого не почувствовал.

Маша убрала руку из-под его ладони. Несколько минут она молча ковыряла ложкой остатки клубничного пирожного. Макмерфи тоже молчал, цедил мелкими глотками остывший жидкий кофе. Он нервничал. Она это видела, но не потому, что была психологом, а потому, что знала его много лет и очень хорошо к нему относилась. Он нервничал, и еще ему было немного стыдно. Наконец, не поднимая глаз, Маша спросила:

— Ваши подозрения как-то связаны с убийством Бриттена и Кравцовой?

— Я тебе ничего не сказал о подозрениях. Считай, что их нет. И связи с убийством никакой нет.

— Вот сейчас вы мне врете, Билл, — неожиданно для себя выпалила она с дурацкой улыбкой, испугалась, покраснела, но все-таки продолжила: — Это работает против вас. Чем больше темных пятен, тем трудней мне будет добывать для вас информацию.

— Я не вру, — он покачал головой, спокойно и грустно, — когда мне надо соврать, я делаю это так, что никто не замечает, даже ты. Сейчас я просто не говорю тебе того, в чем сам не уверен. Не хочу грузить тебя. А то, что ты краснеешь, плохо. Очень плохо. Непрофессионально. Ясно?

— Нет.

— Ну ладно, хватит! — Он вдруг раздраженно повысил голос: — В твоем задании все чисто. Его продумывали и формулировали не самые глупые люди. Никто не собирается тебя подставлять. Темные пятна могут появиться позже, из-за твоих ошибок либо случайно. Но случайность в конечном счете — это тоже твоя ошибка, только растянувшаяся во времени и пространстве. Да, риск будет, но не сразу. Он вырастет постепенно, чем больше пройдет времени, чем шире станет круг твоего общения, чем больше ты будешь знать, тем выше степень риска. То есть ты сама его сделаешь огромным или совсем маленьким. Ты начнешь там жить и действовать, выстраивать отношения с людьми, и каждым своим шагом, каждым словом ты можешь увеличить или уменьшить степень риска. Кумарин тебе не опасен, он не узнает тебя. Ты просто должна быть уверена, что ты Мери Григ, родилась в Нью-Йорке, хорошо говоришь по-русски потому, что у тебя была русская няня, родители погибли в автокатастрофе, ну и так далее. А главное, ты все время должна помнить, что тебе от них ничего не нужно и совершенно нечего скрывать. Ни от Кумарина, ни от Ловуда, вообще ни от кого. Поняла? Повтори про себя сорок раз!

Маша почти не слушала его. То, что он говорил, было, конечно, мудро, и даже красиво, и по-своему верно. Это отлично прозвучало бы на каком-нибудь теоретическом занятии, особенно в качестве вступительной речи. Это мог говорить преподаватель студентке-первокурснице в школьном коридоре, а не офицер ЦРУ своему коллеге в аэропорту Кеннеди за полчаса до отлета в Москву.

— Ну, ты успокоилась? — Он взъерошил ей волосы. — Теперь все?

— Нет, не все. Помощник атташе по культуре — слишком важная персона, чтобы тащиться по жаре в аэропорт и встречать такую пигалицу, как я.

— Привыкай, привыкай, ты не пигалица, твоя поездка оплачена Концерном. Сразу после защиты диссертации ты станешь штатным сотрудником «Парадиза». Ты уже элита, в тебя вложены серьезные деньги. Господин Джозеф Хоган, владелец Концерна, в телефонном разговоре с Евгением Рязанцевым подчеркнул, что выпускница Гарварда Мери Григ — его протеже, и высказал свою личную заинтересованность в том, чтобы твое сотрудничество с пресс-центром партии оказалось максимально успешным.

— Вот как? — слегка удивилась Маша. — Когда же они успели побеседовать о моей скромной персоне?

— Неделю назад. Сегодня он еще раз позвонил Рязанцеву, выразил свои соболезнования и напомнил, как ты слушала его лекции, как вы танцевали рок-н-ролл. Рязанцеву сейчас плохо, одиноко. Люди из близкого окружения его тяготят. Роман с Кравцовой развивался у них на глазах, и о том, что она ему изменяла с Бриттеном, им известно, теперь во всяком случае. Это больно ранит его мужское самолюбие. А ты — человек со стороны, но с тобой связаны определенные воспоминания, пусть незначительные, мимолетные, однако весьма приятные. Не сомневаюсь, он сам захочет, чтобы ты была рядом.

— Погодите, Билл, — поморщилась Маша, — я не поняла, значит, первый звонок был неделю назад? То есть все было решено еще до смерти Томаса?

— Ну, Маша, ты должна догадываться, что такие решения принимаются не в один день.

— А что было не так с Томасом? — спросила она почти шепотом, трусливо надеясь, что Макмерфи не расслышит этого нахального вопроса.

— Что не так? Томас Бриттен спал с Викторией Кравцовой. — Макмерфи криво усмехнулся и добавил комически страшным шепотом, приблизившись к Машиному уху: — По собственной инициативе, без всяких наших санкций.

Он отстранился, помолчал несколько минут,

оглядывая Машу с головы до ног, и заговорил о том, что ей надо купить во фри-шопе какие-нибудь новые духи, сменить запах, поскольку ее любимая «Шанель Аллюр» пахнет взрослой женщиной, дамой с богатым прошлым, и стоит выбрать нечто более невинное. Маша слушала и энергично кивала, словно старалась вытряхнуть из головы неприятный и совершенно риторический вопрос: не потому ли этих двоих, Кравцову и Бриттена, нашли мертвыми в одной постели, что они спали несанкционированно?

На прощанье, перед пограничным контролем, Макмерфи поцеловал ее в щеку. Так было принято. Несмотря на разницу в возрасте и чине, она могла назвать его Билл. Когда они переходили с английского на русский, что случалось довольно часто, он называл ее Машка и на «ты». Он знал ее с четырнадцати лет. Он помог отцу вывезти ее из России, навещал ее в разных клиниках, в которых ей пришлось лечить искалеченную руку, очищать кровь от психотропной отравы, приводить в порядок нервы, заново учиться писать, ходить, спать без ночных кошмаров. Он нашел для нее отличного подросткового психотерапевта. Он никогда не забывал дарить ей подарки на день рожденья, недорогие, ни к чему не обязывающие, но всегда милые и продуманные.

В разведшколе он читал лекции по истории коррупции в высших эшелонах власти в странах Восточной Европы и вел практические занятия по методике вербовки. Однажды, перед зачетом по стрельбе, застал ее в тире в слезах и соплях. Она неплохо стреляла с двух рук, но ее правая все еще предательски дрожала и отказывалась сливаться с пистолетом в единое целое. Он научил ее справляться с дрожью не физическим усилием, а силой воли и воображения. Даже у отца не получалось помочь ей в этом, а Макмерфи сумел.

Он умел учить и объяснять, умел развеселить, когда страшно, утешить, когда грустно, взбодрить, когда кажется, что все плохо и больше нет сил.

Сейчас он подставлял ее, использовал в своих профессиональных интересах. Ему необходимо было вычислить «крота». Заложит ее Ловуд — значит, он «крот». Не заложит — значит, можно снять с него подозрения.

Она знала, что когда-нибудь такое произойдет. Отец предупреждал ее: нельзя обольщаться, теплые простые отношения всего лишь удобная форма общения, не более. Ничего за этим не стоит, никаких обязательств, помимо профессиональных, никаких живых чувств, даже простой жалости, нет. Пустота. Вакуум.

Она была к этому готова, но только теоретически.

На Ленинградском проспекте образовалась небольшая пробка. Закатное солнце ослепительно било в лобовое стекло. Маша с удивлением обнаружила, что Стивен Ловуд плохо знает Моск-

213

ву. Он не свернул у Белорусской и попилил впе-ред, по Тверской к центру. Пропустил поворот у Маяковки. Маша даже пробормотала по-русски: «Вот здесь надо направо!» — и тут же испугалась, закашлялась. К счастью, Ловуд не услышал. Всю дорогу он молчал, словно забыл о ней. Она сиде-ла на заднем сиденье и видела его складчатый толстый затылок. Ворот сорочки потемнел от пота, хотя в машине не было жарко.

«Он что, совсем свихнулся?» — подумала Маша, когда они очутились в начале Тверской, у Манежной площади.

Она решила впредь вообще не смотреть в окно, оставила в покое телефон, закрыла глаза и неза-метно задремала.

Она знала, что ехать придется долго, и уже сквозь дрему все удивлялась, почему он так бес-толково плутает, ведь он самолично снимал для нее квартиру в Пыхово-Церковном переулке, значит, уже бывал там. А если все-таки заблу-дился, почему не остановится, не спросит у кого-нибудь, не посмотрит карту?

———————

ГЛАВА ЧЕТЫРНАДЦАТАЯ

По просьбе Андрея Евгеньевича Григорьева в фотолаборатории посольства извлекли из пластмассовой ракеты маленький слайд, темнопрозрачный кружок пленки размером с двухкопеечную монету, отпечатали с него несколько фотографий разных размеров, потом вставили назад.

Самый большой снимок Григорьев поместил в красивую деревянную рамку под стекло и поставил на стол в своем рабочем кабинете. Снимок поменьше носил в бумажнике, вместе с письмом.

К осени 1983-го взаимная паранойя двух сверхдержав дошла до смертельного абсурда. С советской стороны вовсю разворачивалась операция РЯН (Ракетно-ядерное нападение), созданная по инициативе Юрия Андропова еще в 1980-м и проводимая совместно КГБ и ГРУ. Над территорией США летали спутники «Космос», фотографировали военные объекты. Крыши всех дипломатических и торговых зданий за рубежом были утыканы антеннами для перехвата радиопереговоров противника. Всем резидентам в западных странах рассылались панические инструкции и приказы. Центр жаждал данных о пунктах эвакуации правительственных служащих и членов их семей, выявления специальных гражданских бомбоубежищ, станций переливания крови. Руководство интересовалось ценами на донорскую кровь, передвижением правительственных машин и освещением окон в учреждениях, личными привычками служащих и членов их семей, состоянием скотобоен, поскольку перед войной забивают скот и заготавливают консервы.

В марте 1983 года президент Рейган объявил Советский Союз «империей зла, средоточием зла в современном мире» и призвал мир отгородиться от красного монстра баллистическим ракетным щитом. Была создана программа «Звездные войны». Она сопровождалась пропагандистской истерикой с обеих сторон и дикой гонкой вооружения. Суша и море шпиговались ракетными базами, отовсюду торчали ядерные боеголовки, без конца проводились учения, в которых звучали боевые приказы на применение ядерного оружия.

Полковник Григорьев был до предела загружен работой. Центр требовал аналитических справок о ходе бесконечных пропагандистских кампаний в американских СМИ. 25 октября 1983 года военно-воздушный и морской десант США высадился на острове Гренада.

Крошечный остров в Карибском море, всего триста сорок квадратных километров суши с населением в сто тысяч человек, вдруг стал представлять серьезную угрозу мировой демократии. Массированная атака вооруженных сил США объяснялась борьбой за поруганные права человека и спасением жизни нескольких сотен американских граждан, находившихся на «Острове Пряностей».

Пропагандистская истерика США ни в чем не уступала советской пропагандистской истерике. Те же методы и приемы. «Коварные преступники пытались продать Гренаду коммунистам. Американские солдаты, рискуя жизнью, спасают маленький беззащитный остров от советско-кубинской милитаризации, которая делает уязвимой доставку нефти в США из стран Ближнего Востока».

По своим исконным целям и по жирным наслоениям лжи эта операция мало чем отличалась от афганской войны, которую продолжал вести Советский Союз. Правда, закончилась несравненно быстрей и стоила меньшей крови обеим сторонам.

23 ноября после начала размещения американских ракет в Европе представители СССР демонстративно покинули переговоры по ограничению вооружений в Женеве. На следующий день Председатель Верховного Совета СССР Андропов официально объявил об очередном увеличении числа ракет с ядерными боеголовка-

ми, размещенных на советских подводных лодках и нацеленных на США. Полковник Григорьев должен был за ночь подготовить докладную записку о реакции на эти два события в журналистских кругах.

Информацию для железного Ю.В., для восьмидесятилетнего, смертельно больного старца, процеживали трижды, как куриный бульон для младенца. Резидент просматривал сырые материалы, возвращал сотрудникам со своими пометками. Отдельные строки, небольшие куски текста, были выделены цветными маркерами. Красный отчеркивал самое важное, синий обозначал откровенные наглые выпады против СССР и стран Варшавского Договора, желтый — грязные намеки, зеленый — возмутительную клевету, оранжевый — коварную полуправду.

Утром 27 ноября Григорьев зашел к резиденту, чтобы забрать очередную порцию своих материалов с его пометками. Он собирался тут же отправиться к себе, но резидент кивнул на кресло, приглашая к разговору. После нескольких общих слов о погоде и здоровье он сообщил Григорьеву о предстоящей поездке в Москву, причем с такой счастливой улыбкой, что невозможно было заподозрить неладное. Он вообще был очень обаятельным человеком, и хотя Григорьев постоянно напоминал себе, что не стоит обольщаться, все равно обольщался.

— Вам должны выписать солидную денежную премию, — сказал резидент и подмигнул, —

а что, неплохой подарок к Новому году. И еще, строго между нами, вас могут забрать в Лондон. Для меня это плохо, для вас, наверное, хорошо.

— Для меня тоже плохо, — искренне признался Григорьев, — у меня американский английский. Британцы снобы, для них американская речь звучит примерно так же, как для коренных москвичей и ленинградцев провинциальный южно-русский говор.

— Ничего, у советских собственная гордость, — рассмеялся резидент, — у нас все высшее руководство смягчает «Г» и вообще делает кучу ошибок в устной речи. При Леониде Ильиче некоторые кандидаты в члены ЦК даже с логопедом занимались, искусственно коверкали свое чистое произношение, чтобы говорить, как генсек. Старику это нравилось.

— В Африке есть племена, где считается красивым, когда зубы черные треугольные, — задумчиво заметил Григорьев, — подпиливают, хотя больно, красят смесью золы и смолы, хотя вредно для эмали. Нет, если серьезно, я не хочу в Лондон. Впрочем, это не мне решать.

— Правда, не хотите? Честное слово? Или пытаетесь подольститься к начальству?

— Не пытаюсь, Всеволод Сергеевич. Вы слишком умный, я тоже. Какая лесть? Зачем?

Резидент опять засмеялся. У него был приятный смех, мягкий, низкий, натуральный, без визгливых ноток, которые выдают тайную психопатию, без шикарных басистых раскатов, свойственных театральным истерикам. Резидент действительно не был ни психопатом, ни параноиком, ни истериком. Добравшись по служебной лестнице КГБ до фантастических карьерных высот, руководитель вашингтонской резидентуры Всеволод Сергеевич Кумарин умудрился остаться нормальным человеком, и за одно это ему следовало бы поставить памятник при жизни.

— Ну, и как же нам быть, Андрей Евгеньевич? — спросил он, честно и прямо глядя Григорьеву в глаза. — Здесь вам цены нет. У вас лучшая агентурная сеть, вы пользуетесь влиянием в журналистских кругах. Вы ведете великолепную игру с Биллом Макмерфи, и он работает на нас, сам того не подозревая.

— Вы преувеличиваете, Всеволод Сергеевич, — хмыкнул Григорьев, — я всего лишь «утка», подставной агент, не более.

— Не скромничайте. — Кумарин сдвинул брови и произнес с пародийным грузинским акцентом: — «Агентов иметь не замухрышек, а друзей — высший класс разведки. Идти в лоб — близорукая тактика. Никогда не вербовать иностранца таким образом, чтобы были ущемлены его патриотические чувства. Не надо вербовать иностранца против своего отечества. Если агент будет завербован с ущемлением патриотических чувств — это будет ненадежный агент».

Григорьев оценил по достоинству блестящую память и артистизм резидента. Поучительное высказывание о разведке принадлежало Сталину. Усатый произнес это в декабре 1952 года, при обсуждении проекта Постановления ЦК КПСС «О главном разведывательном управлении МГБ СССР». Григорьев помнил этот текст, не наизусть, конечно, но помнил. Он был напечатан в предисловии к одному из специальных учебных пособий для контрразведчиков.

Андропов любил цитировать Сталина. Глава вашингтонской резидентуры три дня назад вернулся из Москвы и, вероятно, подцепил яркую цитату на очередном закрытом совещании у железного Ю.В.

«Коммунистов, косо смотрящих на разведку, на работу ЧК, боящихся запачкаться, надо бросать головой в колодец», — с мягкой улыбкой и все с тем же акцентом добавил резидент.

— О, так можно остаться без питьевой воды, — проворчал Григорьев.

— Ну да, ну да, — рассеянно кивнул Кумарин, — слушайте, Андрей Евгеньевич, а ведь Макмерфи хитрый сукин сын. Он умный и опытный контрразведчик, не хуже нас с вами. Неужели за все это время он ни разу не пытался вас вербовать всерьез?

— Так он меня уже давно завербовал, вполне серьезно. Я за свое предательство деньги получаю. В бухгалтерии есть вся документация.

— Ну да, ну да. Я имею в виду другое. Вы общаетесь второй год, видитесь не реже раза в неделю. Та дешевая и бездарная «деза», которая идет к нему через вас, давно должна была насторожить Макмерфи. Как же вам удается лавировать, Андрей Евгеньевич?

— Вы сами понимаете, Всеволод Сергеевич, в разведке не бывает бескорыстной дружбы и безответной любви, — Григорьев подмигнул и рассмеялся, — конечно, мне иногда приходится отвечать Биллу взаимностью и подкармливать его реальной информацией, чтобы не оголодал и не разочаровался во мне. На самом деле, я действительно давно завербован ЦРУ.

— Я могу это расценивать как чистосердечное признание? — обаятельно улыбнулся резидент.

— Нет, — вздохнул Григорьев, — как плохую шутку.

Зазвонил телефон. Резидент взял трубку, покосившись на Григорьева, подвинул ему несколько пластиковых папок, резко крутанулся в кресле и углубился в разговор.

В папках лежали вырезки из американских газет, подготовленные пару дней назад самим Григорьевым и снабженные пометками резидента. Обычно Андрей Евгеньевич просто забирал папки и уносил их к себе, но сейчас почему-то резидент не отпустил его. Казалось, он так увлекся телефонным разговором, что просто забыл о Григорьеве.

Хотелось пить. От собственной неудачной шутки все еще было солоно и сухо во рту, как будто он наелся соленой рыбы всухомятку. Хотелось не только пить, но даже и зубы почистить. «Кретин! — повторял про себя Григорьев, тревожно бегая глазами по радужным газетным строчкам. — Жалкий идиот! Ты решил, что он подумает: раз ты позволяешь себе отпускать такие рискованные шуточки, значит, ты чист, как ангел? Ты хотел подстраховаться? Или у тебя опять острый приступ психопатии?»

Он попытался сосредоточиться на тексте. В конце концов, работа — лучшее лекарство, даже если она сводится к перечитыванию высокопарного пропагандистского бреда, от которого тошнит.

«Черт бы их всех побрал!» — проворчал Григорьев и тут же прикусил язык. Между двумя пластиковыми папками тихо зашуршал тонкий листок бумаги. Текст был написан от руки, по-английски, крупным косым почерком, с таким энергичным нажимом, что тонкая бумага прорвалась в нескольких местах.

С первой строчки Григорьев понял, что перед ним послание лично резиденту от офицера ЦРУ с предложением о сотрудничестве. Автор обозначал себя кличкой «Белл», то есть колокол, намекал, что его положение дает возможность получать ценнейшую информацию из первых рук. Свою инициативу он объяснял, во-первых, давней симпатией к России, во-вторых, некоторыми личными обстоятельствами.

Григорьев пробежал текст от начала до конца за пару секунд. Резидент все еще разговаривал по телефону, сидел, отвернувшись, уютно ссутулившись, изредка вставляя короткие чуть слышные реплики в ответ на длинный монолог невидимого собеседника. Если не считать человека на другом конце провода, они были вдвоем в кабинете, отгороженном от мира толстыми стенами без окон, слоями звукоизоляции.

«Этот мистер Белл любит Хемингуэя и как-то связан с Латинской Америкой», — решил Григорьев и тут же одернул себя. Логическая цепочка получалась слишком громоздкой. Не обязательно, что человек выбрал себе кличку «Колокол» по ассоциации с романом Хемингуэя «По ком звонит колокол». Латинская Америка здесь совершенно ни при чем.

Кумарин наконец попрощался и положил трубку. Григорьев отчаянно выругался про себя. Прямо перед резидентом стоял большой спортивный кубок. Зеркально гладкий серебряный бок отчетливо отражал почти весь кабинет, и прежде всего самого Григорьева. Следовало заметить это раньше.

Андрей Евгеньевич открыто взял письмо в руки.

— «И потому не спрашивай, по ком звонит колокол. Он звонит по тебе», — пробормотал он как бы про себя, но достаточно громко, чтобы слышал Кумарин.

— Ознакомились? Ну, и как вам это нравится? — Резидент резко крутанулся в кресле. — Сегодня утром мне передал это охранник посольства в запечатанном конверте. Кроме меня и вас пока никто не читал. Если бы удалось быстро проверить, не «утка» ли это, не провокация... Сначала проверить, а потом уж докладывать в Москву. Что думаете, Андрей Евгеньевич?

— Думаю, быстро это выяснить не удастся.

— Сам знаю, — поморщился резидент, — беда в том, что если идти обычным путем, начальство начнет пороть горячку, требовать моментальных результатов, придется подключать много народу. А у нас, как вам известно, работает «крот», давно и успешно. Если к Новому году я его не вычислю, меня снимут. Если он опередит нас и успеет уйти к американцам, меня снимут с большим позорным скандалом. Так-то, Андрей Евгеньевич.

«Кажется, я прохожу очередной этап проверки, — неуверенно поздравил себя Григорьев, — впрочем, это только начало».

— Вдруг за письмом стоит серьезный перспективный агент? — продолжал рассуждать вслух резидент. — «Крот» мгновенно сдаст его.

— Или агент поможет нам вычислить «крота», — мягко улыбнулся Григорьев.

— Мне бы ваш оптимизм, Андрей Евгеньевич, — вздохнул Кумарин, — ну ладно, давайте попробуем поиграть с этим «Колокольчиком». По-хорошему, мне бы вас послать на первую встречу. Однако нельзя. Если он окажется «уткой», вы засветитесь как офицер КГБ, вас в двадцать четыре часа вышлют из страны.

Еще минут пятнадцать они обсуждали кандидатуры из числа штатных сотрудников КГБ при посольстве. Григорьев почти расслабился. Потом резидент опять заговорил о предстоящей поездке в Москву, обещал похлопотать, чтобы Андрея Евгеньевича не переводили в Лондон.

— Кстати, тут мне рассказали историю, весьма поучительную, — произнес он уже на пороге кабинета, после прощального рукопожатия, с легким смешком, — один наш дипломат улетал из Франкфурта, вез в ручной клади двадцать плиток шоколада. Когда проходил пограничников, датчики среагировали на фольгу. Его спросили, что там у него, а он решил пошутить и ответил, что у него там бомба. Моментально руки заломили за спину, уложили на пол, устроили личный досмотр по полной программе, задержали рейс, потом потребовали возместить убытки. У него, разумеется, таких денег не было, платило посольство, в общем, мало никому не показалось, особенно этому дипломату. Так что с шутками надо осторожней, Андрей Евгеньевич. Особенно при нашей чертовой работе. Хорошо, когда у начальства все в порядке с юмором. А если нет?

— Если нет, тогда беда, — грустно улыбнулся Григорьев.

Пока он шел по коридору к себе в кабинет, лицо его пылало. Впервые за последние полтора года ему, непьющему, захотелось напиться до беспамятства. Впервые у него, железно здорового человека, отчетливо закололо сердце, заныла половина головы. Он вспомнил, как пару недель назад свалился в комнате дешифровальщиков иезуитски спокойный, вкрадчивый полковник

Бредень, главный советник резидента по кадрам. Сидел, пил чай, обсуждал какие-то рутинные вопросы и вдруг грохнулся без сознания со стула на пол. Оказалось — инсульт. Результат сильнейшего нервного перенапряжения. А месяц назад выбросился с балкона, с двенадцатого этажа, майор Грибанов, помощник атташе по науке и технике. Двухметровый крепкий детина, медлительный улыбчивый увалень, не пил, не курил, имел красавицу жену, должен был получить чин подполковника. Просто встал ночью, вышел на балкон, перелез через перила...

— Нет уж, дудки! — пробормотал Григорьев.

Оказавшись в кабинете, он кинулся к маленькому холодильнику, содрал зубами железную крышку с бутылки минеральной воды, стал жадно пить прямо из горлышка. В зеркале он видел свое багровое злое лицо. Острый кадык ходил туда-сюда при каждом глотке. Жилы на шее взбухли. Глаза налились темной кровью.

Позади него, прямо напротив зеркала, стояла на столе фотография белокурой девочки в белой пионерской блузке и красном галстуке.

— Ничего, Машка, прорвемся! — пробормотал Андрей Евгеньевич и тут же закашлялся, вода попала в дыхательное горло, из глаз брызнули слезы, которые потом еще минут тридцать мешали ему ясно видеть и ориентироваться в пространстве.

———

ГЛАВА ПЯТНАДЦАТАЯ

Майор Арсеньев в трусах и шлепанцах сидел на корточках у открытого холодильника и задумчиво глядел на белую кастрюльку, а также на две котлеты, лежавшие на тарелке и аккуратно обтянутые прозрачной пленкой. В кастрюльке был борщ. Домашние говяжьи котлеты даже сквозь пленку пахли чесноком и укропом.

Больше всего на свете ему хотелось сейчас этого борща, со сметаной, с куском черного хлеба. Котлет тоже хотелось, но не так сильно. Однако это было невозможно. Борщ и котлеты стояли на чужой территории. Холодильник был строго поделен. Две полки принадлежали майору, две — его бывшей жене Марине. На полках майора валялись три голые сморщенные сосиски недельной давности, маленький заплесневелый кубик сыра и короткий хвостик, оставшийся от батона сырокопченой колбасы.

Майор осторожно приподнял крышку кастрюльки и понюхал борщ. Он понятия не имел, где его бывшая жена и когда она вернется. Марина могла явиться прямо сейчас, могла и через сутки. Но в любом случае количество борща было строго ограничено. Ровно половина кастрюльки, то есть как раз на одну полную тарелку. Марина приготовила его для себя, и только для себя. Нет, если бы майор умял ее борщ, никакой катастрофы не случилось. Она бы обозвала его тряпкой и дармоедом, а потом сварила себе еще какого-нибудь вкусного супу, например куриной лапши. И ничего страшного. За пять лет совместной жизни она еще не так его обзывала. Дело, конечно, не в словах. Просто когда ты развелся с женщиной и продолжаешь жить с ней под одной крышей потому, что трудно быстро разменять квартиру, то жрать ее борщ и котлеты нехорошо.

Саня тихо опустил крышку, достал свой сыр, срезал плесень, настрогал, сколько было возможно, колбасы. Оставшийся крохотный хвостик обгрыз, сосиски долго внимательно нюхал и выкинул. С чашкой чая и тарелкой с бутербродами (хлеб все-таки пришлось позаимствовать у Марины) майор отправился в свою комнату и включил телевизор.

Заканчивались вечерние новости. За ними следовал гигантский рекламный блок, Арсеньев принялся бродить по каналам, тут же наткнулся на свою недавнюю беду. Модный певец, голый по пояс, прыгал с микрофоном во рту, размахивал жидкими длинными волосенками и повторял: «Чучело! Чучело!»

На соседнем канале известная актриса, нежная красавица, рассказывала, как ее жизнь преобразилась от использования крема из плаценты. На следующем под звуки фуги Баха лохматая немытая цыганка с испитым лицом крутила свечкой над голым животом какого-то мужчины.

— Потомственная ворожея Ада владеет тайнами древней цыганской магии, которые передаются из поколения в поколение по женской линии, — пел за кадром сладкий рекламный голос.

Арсеньев вернулся к новостям, которые все никак не заканчивались, и решил больше никуда не переключаться.

К концу прогноза погоды Саня успел смести все бутерброды, но не наелся и утешил себя тем, что перед сном много есть вредно.

Под новый рекламный блок он задумался о котлете. Это было совсем глупо, как-то даже унизительно. Но, с другой стороны, их две, они достаточно большие, к тому же быстро портятся.

От окончательного падения его спас шум в прихожей. Явилась Марина. Судя по приглушенным голосам и тихому смеху, она пришла не одна, а с приятелем.

— Подожди, он, кажется, дома, — донесся до Арсеньева нежный голосок бывшей жены.

— Ну, так давай с ним поздороваемся, — ответил мужской шепот.

— Совсем не обязательно. Мы не общаемся.

Саня плотней прикрыл дверь, увеличил звук телевизора и принялся дальше бродить по каналам. Очередная кнопка перенесла его в телестудию, разрисованную великанскими багровыми розами. Посередине одного из цветков, в маленьком креслице, восседала круглая, как яблоко, женщина лет пятидесяти с лиловыми кудряшками.

— Я всегда одерживаю победы на любовном фронте, потому что, покоряя сердце очередного мужчины, не стесняюсь в средствах, — сообщила она простуженным басом.

Арсеньев уже хотел сбежать на следующий канал, но тут камера скользнула по публике и он увидел знакомую резиновую физиономию Феликса Нечаева. Помощник покойной Кравцовой сидел в первом ряду и тянул руку. На нем был зеленый пиджак без воротника и лимонная водолазка. Ведущая предоставила ему слово.

— Настоящая женщина должна покоряться мужчине, служить ему, как рабыня, — сообщил Феликс, скорчив важную надменную морду, — подсознательно каждая женщина стремится именно к этому. Когда она накладывает макияж, подводит глаза, красит губы, в каждом ее движении заложен древний ритуальный символ принесения себя в жертву могущественному и властному фаллическому божеству.

— Очень интересно. И что же это за божество такое? — тараща глаза и кокетливо поправляя локон, спросила ведущая.

— Разумеется, мужчина, — оскалился Феликс, — у самок орангутанга в брачный период губы наливаются кровью, это сигнализирует самцу, что самка готова к спариванью. У женщины накрашенные губы тоже обозначают готовность номер один. Она хочет отдаться своему божеству.

Последовал огромный рекламный блок. Саня занялся записными книжками и ежедневниками Виктории Кравцовой, которые давно ждали его, разложенные на маленьком секретере.

Их было совсем немного. Содержали они в основном телефонные номера, короткие пометки о назначенных встречах, иногда попадались планы совещаний с перечнем имен и поручений, списки дел.

Кравцова пыталась втиснуть в один день кучу каких-то переговоров, встреч, презентаций, визит к зубному врачу, срочную покупку туфель, подготовку пресс-конференции, саму пресс-конференцию, премьеру в Доме кино и деловой ужин напоследок. Интересно, удавалось ей это или нет? Судя по крестикам и галочкам, поставленным напротив каждого пункта, скорее удавалось, чем нет.

«Салон — 300 долларов (пиллинг, массаж, маска — 150, парикмах. 100, руки-ноги 50); костюм 700, туфли 400, нижн. бел. 250...» и так далее.

В начале месяца она составляла что-то вроде личной бухгалтерской сметы, в конце подводила баланс. Правда, считала она только расходы, о доходах в ежедневнике не говорилось.

Мелькали еще какие-то цифры, в основном трех- и четырехзначные, похожие на денежные подсчеты, без всяких комментариев. Безымянные столбцы цифр соседствовали с упоминаниями об очередных эфирах и крупных публикациях Рязанцева и, вероятно, касались платной рекламы и левых журналистских гонораров.

Иногда попадались названия каких-то лекарств, несколько диет, то ли выписанных из журналов, то ли продиктованных кем-то из знакомых, наброски речей для Рязанцева (сами речи она писала на компьютере), перечни желательных и нежелательных вопросов для ток-шоу, интервью и пресс-конференций. А в общем, ничего интересного.

Имена и фамилии Кравцова предпочитала сокращать, иногда до одной буквы. По частоте мельканий на первом месте была заглавная «Ж», выведенная жирно и крупно, обведенная в кружок и, как догадался Арсеньев, обозначавшая «Женю», то есть Рязанцева. Встречались еще «Ф», «В», «Т». Скорее всего, это были Феликс Нечаев, ее заместитель, Вадим Серебряков, компьютерщик пресс-центра, Татьяна Лысенко, старший редактор.

Ничего похожего на фамилию Хавченко не попалось ни разу, ни в полном, ни в сокращенном варианте. Между прочим, для ФСБ Григорий Хавченко, глава пресс-центра партии «Свобода выбора», оставался одним из главных фигурантов, они серьезно разрабатывали эту линию. Было известно о вражде и соперничестве между двумя пресс-центрами, партийным и думским. В кулуарных разговорах Кравцова называла Хавченко вором и уголовником, обвиняла его в том, что он положил к себе в карман больше половины денег, полученных на последнюю предвыборную компанию. Правда, это были всего лишь разговоры, кулуарный треп.

В своих записях Вика как будто нарочно обходила стороной две темы: входящие деньги и Хавченко. На бумаге она вообще была крайне осторожна. Видимо, не исключала, что кто-то посторонний мог заглянуть в ее ежедневники.

Впрочем, иногда она позволяла себе некоторые эмоциональные вольности в виде огромных, обведенных несколько раз, подчеркнутых тремя чертами восклицаний: «Идиот!», «Дура!», «Туфта!», «Нет!».

К кому и к чему относились эти немые крики души, понять было невозможно. О Кравцовой говорили разное, но никто не называл ее вспыльчивой и грубой. Наоборот, многих удивляла ее железная выдержка. Никогда она не повышала голоса, не срывалась. Неужели для разрядки ей хватало этих безобидных вспышек в ежедневнике?

Последний письменный возглас был датирован двадцать восьмым апреля. Он оказался самым длинным и содержательным: «Придурки!! Всех уволю к черту!!!»

Арсеньеву стало жаль, что нет никаких комментариев. Любопытно узнать, какой именно конфликт случился между Кравцовой и ее подчиненными накануне убийства. Судя по величине и жирности букв, по обилию восклицательных знаков, она очень разозлилась.

На всякий случай Арсеньев еще раз просмотрел предыдущую страницу, но там не нашел ничего существенного.

«Съемка 10.30, позв. на Эхо, анонс, Обязат. напомнить Ж. побриться! Очищ. от шлаков и токсинов, двухнедельная программа: 4 таб. 3 р.д. за час до еды, мучное искл., маникюр срочно!»

Саня автоматически отметил про себя, что маникюр она сделать успела. Интересно, начала ли очищаться от шлаков и токсинов? Тут же, совсем некстати, он вспомнил «классные феньки» Геры Масюнина с пластырем и губной помадой.

«А может, кто-то решил ей отомстить? — неуверенно предположил Саня. — Личная неприязнь вполне реальный мотив, если верить Масюнину, убийца действительно псих, и тогда этот мотив становится еще реальней».

На нескольких страницах промелькнули названия марок машин и цены. Саня удивился. У Кравцовой была отличная бирюзовая «Хонда», совсем новенькая, девяносто восьмого года. Неужели она хотела поменять ее на «Фольксваген» или «Опель»? А может, собиралась покупать вторую машину? Зачем?

Впрочем, учитывая ее характер, образ жизни и круг общения, этот вопрос можно было спокойно отбросить прочь. Зачем пять шуб при мокрой московской зиме? Зачем сорок пар обуви, двадцать три вечерних платья, целая комната, забитая немыслимым количеством барахла, дюжина наручных часов, двадцать сумочек, три огромных ящика в комоде, забитые косметикой? Чтобы всем этим воспользоваться, не хватит и ста лет жизни.

Во время обыска в квартире Кравцовой кто-нибудь то и дело охал и присвистывал, пытался угадать цену на очередную шмотку или безделушку. Иногда Саня, слыша название фирмы, подавал ленивые реплики, сколько примерно это может стоить.

Зюзя, проникшись уважением к его скромным познаниям в этой области, попросила его определить примерную стоимость вещей, которые показались ей особенно шикарными.

Саня с некоторым удивлением обнаружил, что шубы сшиты из мелких лоскутков и вовсе не в Италии. По-настоящему дорогой и качественной можно назвать только одну, последнюю, норковую, купленную совсем недавно, на весенней распродаже с огромной скидкой. На ней еще висел ярлык и сохранился товарный чек.

Из дюжины часов только одни действительно «Картье», остальные дешевая подделка. Настоящие, серьезные драгоценности смешаны в шкатулках с безвкусной бижутерией в одну кучу. Швы на роскошных вечерних туалетах подозрительно неаккуратны, слишком много блесток, перьев, пуха, люрекса, бисера. То, что кажется шелком и кашемиром, на самом деле полиэстр и вискоза.

Обувь больше впечатляла своим количеством, чем качеством. Подделка под крокодиловую и страусовую кожу, много стразов, красного лака, золоченых каблуков-шпилек, бантиков, цветочков. Не то чтобы совсем дешевка, но все-таки подделка.

Конечно, имелись у Кравцовой по-настоящему эксклюзивные вещи. Но мало. Значительно меньше, чем ей хотелось. Основную часть ее гардероба составляли горы ярких, броских, почти вульгарных шмоток, с претензией на роскошь, иногда даже с поддельными фирменными бирками «Кристиан Диор», «Шанель», «Эскада», пришитыми вручную.

— Неужели сама пришивала? — поражалась Зюзя, слушая его комментарии.

— Вполне возможно, — пожимал плечами Саня, — бирки продаются на окраинных вещевых рынках.

— Но зачем, зачем? — восклицала Зюзя. — Она ведь не дурочка и отнюдь не бедная. Слушай, Шура, а это? Только не говори, что тоже подделка! — Зинаида Ивановна показывала ему очередную кофточку, украшенную стразами, отделанную нежным страусовым пухом.

— Это вообще дешевка с какого-нибудь рынка. Впрочем, я не специалист.

— Еще какой специалист! Откуда в тебе это, Шура? От кого угодно, но от тебя совершенно не ожидала, — качала седой головой следователь Лиховцева.

Всего года три назад он сам от себя этого не ожидал. В принципе каждый оперативник должен иметь набор камуфляжа, чтобы при необходимости легко и незаметно вписаться в круг людей, которые оценивают собеседника по ярлычку на изнанке одежды, по марке часов, ботинок, галстука и по прочим деталям туалета. По-хорошему, на это стоило бы выдавать определенные суммы, пусть даже строго подотчетные. Глупо, когда не удается раскрутить важного свидетеля только потому, что ты неправильно одет и он тебя за это не уважает.

Впрочем, рассуждать о суммах, надбавках и маленьких милицейских окладах еще более глупо, а главное, бесполезно и унизительно. Не нравится — уходи в частные охранные структуры или становись скотиной, «крышуй» бандитов, бери взятки и садись в тюрьму. Твой выбор, только твой. Невозможно постоянно ныть и жаловаться.

Арсеньев долго не мог постичь эту науку, искренне не понимал, чем отличается «Роллекс» за пятьдесят тысяч долларов от «Сейки» за сто долларов на запястье нового знакомца? Ведь не будешь без конца расстегивать ремешок часов и всем показывать клеймо на тыльной стороне корпуса? Что ты чувствуешь, когда на руке у тебя тикает небольшая загородная вилла (от 50 тысяч и выше), на ногах поблескивает недельный тур, скажем в Испанию (от тысячи до трех), на шее болтаются слегка подержанные «Жигули» (от пятисот до тысячи)?

Но постепенно он научился отличать часы-виллу от просто часов по особому отливу циферблата, по блеску стеклышка и прочим едва уловимым признакам. Кое-как разобрался с одеждой и обувью. А главное, понял, зачем это нужно.

Если ты принадлежишь к касте людей, которые по статистике занимают первое место среди жертв заказных убийств и похищений с целью выкупа; если бронированный джип, видеокамера у ворот, вооруженная охрана, личный адвокат и прочие прелести становятся необходимы тебе как зубная щетка по утрам и вечерам, значит, тебе страшно. Ты знаешь, что тебя хотят убить и сам всегда хочешь убить кого-нибудь. Мир для тебя становится хаосом, подлым, опасным и непредсказуемым. Здоровое чувство бесценности жизни, как собственной, так и чужой, данное каждому человеку от рождения, быстро атрофируется, и на смену ему приходит нездоровое чувство цены. Цены чисто конкретной, выраженной в долларах, подтвержденной товарным чеком, ярлыком, клеймом, наклейкой. Ты обвешиваешь себя всякими эксклюзивными талисманами и оберегами, увеличивая до бесконечности количество нулей, которые все равно, как ты ни тужься, останутся нулями.

Сане все чаще приходилось иметь дело не с алкашами и наркоманами вроде Вороны, не с уличными воришками, хулиганами и попрошайками, а с представителями этой самой «нулевой касты», с людьми солидными, хорошо одетыми.

Год назад на распродаже в одном шикарном бутике, в центре Москвы, он купил себе костюм. Изначальная цена блуждала где-то в районе тысячи, и за одно только это Саня испытывал к костюму смешанное чувство почтения и отвращения, словно он был живым существом, наглым талантливым мошенником.

Ткань напоминала мешковину по структуре и цвету, на этикетке был обозначен какой-то умопомрачительный состав: лен, шелк, кашемир. На распродаже пиджак и брюки стоили четыреста долларов. Консультировала при покупке Марина, к тому времени уже бывшая, но все-таки немножко жена. Часа два прокопавшись в углу бутика, у многослойных вешалок с невыразительным для Арсеньева тряпьем, она извлекла это чудо и заявила, что от такого прикида знающие люди будут писать кипятком. Арсеньев к прошлому лету накопил пятьсот долларов, чтобы привести в порядок стареющую машину и съездить в отпуск, порыбачить на озере Селигер. Но отсутствие приличного костюма мешало работать, а тут такое счастье — распродажа, смехотворная цена.

Однако костюм оказался прожорливой гадиной. Он требовал других ботинок, других рубашек. Пришлось еще раз отправиться на распродажу и расстаться с квартальной премией.

Что касается дополнительных деталей туалета, необходимых для камуфляжа, за неимением денег Саня нашел оригинальное решение. От дедушки, военного переводчика, у него остались наручные часы и зажигалка. Часы были швейцарской фирмы, образца 1939 года, неизвестно, сколько они стоили изначально. В 1945-м, во время встречи на Эльбе, дед поменялся с английским офицером. У деда были советские стальные «ходики» производства завода «Слава», с серпом и молотом на циферблате, они так понравились англичанину, что он не пожалел своих швейцарских, с серебряным корпусом и золотыми стрелками.

Сане часы достались уже мертвыми, с треснутым стеклышком. Пару лет назад знакомый часовщик, проходивший свидетелем по какому-то делу, реанимировал механизм, заменил стеклышко кружком чистейшего хрусталя, подновил стершееся фирменное клеймо и от себя лично прикрепил к ушкам вполне эксклюзивный кожаный ремешок.

Зажигалка «Зиппо» была подарена деду американским офицером просто на память, все на той же Эльбе. Настоящая «Варга герл», с изображением девушки в развевающемся платье, которая прикуривает на ветру. В отличие от часов, зажигалка не нуждалась в каком-то особенном ремонте. Арсеньев сам ее почистил, вставил новый фитиль, кремень, заправлял бензином. Она работала безотказно.

Эти две вещицы, часы и зажигалка, не только играли роль камуфляжных деталей, они приносили удачу, грели душу, но не из-за своей эксклюзивности. В них жила память о дедушке, семейная история и много всего хорошего, теплого, безвозвратно ушедшего. Хотя, конечно, было приятно в приличном обществе сверкнуть хрустальным циферблатом, крутануть колесико «Зиппы», поймать заинтересованные взгляды знающих людей. Правда, старенький «Опель-Кадет» существенно портил имидж, но в особо ответственных случаях можно было выклянчить у начальства служебную машину, «Мерседес» или даже джип «Чероки», с камуфляжными номерами, с шофером или без него.

Работа Вики Кравцовой тоже требовала камуфляжа. Бесконечные презентации, премьеры, переговоры, тусовки, и каждый раз надо явиться в чем-то новом, шикарном, сногсшибательном, чтобы выглядеть не хуже других. Денег вроде было много, но все равно Вике их хронически не хватало.

Правда, Арсеньев вдруг стал подозревать, что камуфляжа больше требовала не работа, а душа руководителя пресс-центра.

Количество и качество вещей выдавало лютую ненасытность, какое-то болезненное шмоточное обжорство. Вика Кравцова покупала, покупала и все не могла остановиться. Арсеньеву тут же вспомнилась фраза ее заместителя Феликса Нечаева о том, что она хотела стать «вамп», но мешало бедненькое провинциальное прошлое.

Понятно, зачем ей вдруг понадобилась вторая машина. Ей хотелось, чтобы всего было много, очень много. Пусть не такая дорогая и шикарная, но две. Обязательно две. Однако купить себе «Опель» или «Фольксваген» Вика так и не успела.

Цены она выписывала в середине марта. Рядом было несколько имен и телефонных номеров.

«Сергей Иванович (только японки); Юра (авторынок, зв. после 20-го); Паша (от дяди Кости, Гамбург, любые, деш.)».

— Паша-Паша-Павлик Воронков, — пропел Арсеньев себе под нос, спохватился, что пропустит прямой эфир Рязанцева, и переключил телевизор на нужный канал.

———————

ГЛАВА ШЕСТНАДЦАТАЯ

Проснувшись, Маша обнаружила, что они все еще едут, вернее, стоят в пробке на Новослободской. Рядом возвышалась разрушенная церковь из вишневого кирпича, с корявой березой на крыше, киностудия «Союзмультфильм». Если здесь пешком свернуть с шумной загазованной Новослободской, справа будет собачья площадка, слева ржавые кубики гаражей.

Сколько раз за эти годы она мысленно проходила сквозь цепочки дворов и переулков, зимой с разбегу скользила по черным коротким лентам голого льда, рассматривала под лупой снежинки на варежке, весной перепрыгивала лужи, колотила портфелем по водосточным трубам и слушала жестяной грохот разбитых сосулек.

Ловуд свернул в Оружейный. Там на месте старых милых развалюшек возвышался роскошный фасад новостройки, лимонный, с тонкими белыми прожилками балконных бордюров, увенчанный зеленой крышей с круглой башенкой. Сверкающее, как сказочный дворец, постсоциалистическое счастье, от полутора до двух тысяч долларов за квадратный метр.

Чуть дальше был дом, в котором Маша родилась и прожила первые тринадцать лет своей жизни. Господи, каким убогим, каким грязным и облезлым он стал, этот элитарный кэгэбешный кооператив, построенный в 1967-м. Маша задержала дыхание, зажмурилась и решилась открыть глаза только после очередного поворота.

Но дальше ее ждали Миусы.

В Доме пионеров она занималась спортивной гимнастикой, плавала в бассейне. В троллейбусном парке у сквера вместе с одноклассниками Гошей и Севой носилась по пустым гулким троллейбусам, с рычанием рулила в кабине водителя.

На небольшой площади перед Дворцом пионеров высилась скульптурная группа, изображавшая героев писателя Фадеева. Маша оглянулась и посмотрела на этих целеустремленных уродов с искренней благодарностью. Они оказались единственной деталью городского пейзажа, при виде которой не сжалось, не прыгнуло сердце.

Несмотря на позднее время, вокруг скульптур катались на роликах дети. В одной из девочек она узнала себя, двенадцатилетнюю, с длинными, до пояса, волосами, в узеньких красных джинсах, которые привез отчим из Парижа, в белом свитере с высоким горлом. Она понимала, что это всего лишь галлюцинация. Не было среди катавшихся детей девочки в красных джинсах и белом свитере. Но Маша отчетливо видела ее, оставшуюся здесь навсегда собственную маленькую цветную тень.

Она опять закрыла глаза. Она вдруг обнаружила, что с того момента, как ступила в железную трубу, ведущую от самолета к зданию аэропорта, думает по-русски. Об этом отец тоже предупреждал. Он говорил, что за этим надо внимательно следить. Как только начинаешь думать по-русски, в твоей английской речи предательски проступает легкий акцент. Ты сам не замечаешь, а со стороны очень даже слышно.

Сквер был еще прозрачным, полусонным. Холодно чернела низкая чугунная ограда, над ней дрожали бледные мокрые липы и тополя, подсвеченные сизыми фонарями и зеленым блеском мелкой новорожденной листвы.

Когда все это осталось позади, Маша перевела дыхание.

Как бы научиться существовать компьютерно-животным способом, без всяких сложных эмоций, без сантиментов, с логическими схемами в обоих полушариях мозга и со здоровыми инстинктами в гипофизе?

В зеркальце она встретилась глазами с Ловудом и заставила себя улыбнуться ему. Он улыбнулся в ответ, но довольно кисло. Надо было хоть немного расшевелить его, поболтать, придумать какой-нибудь предлог для следующей встречи, однако в голову ничего не лезло. Нельзя молчать всю дорогу, необходимо ему понравиться, внушить симпатию и доверие, иначе как же его, хмыря болотного, психологически тестировать?

— Мистер Ловуд, это правда, что у Бриттена был роман с Кравцовой? — спросила она, зевая и потягиваясь.

— Почему вас это интересует?

В зеркале она заметила, как задергалось у него веко.

«А он, оказывается, жутко нервничает, — с удивлением отметила про себя Маша, — к чему бы это?»

— Про любовь всегда интересно. Тем более про российско-американскую любовь. Конечно, прямого отношения к теме моей диссертации это не имеет, но в хозяйстве все пригодится. Клянусь, я никому не скажу, — произнесла она самым игривым, самым пошлейшим тоном, на какой была способна, и еще глупо подхихикнула для убедительности.

По его лицу стало видно, что он немного расслабился.

— Потом как-нибудь я расскажу вам про любовь, мисс Григ. Про эту не обещаю, а про какую-нибудь другую — непременно. А сейчас мы уже приехали.

Маша узнала двор, он почти не изменился. В детстве она приходила сюда качаться на качелях. Здесь были отличные качели. Не маленькие, для трехлетних малышей, как в других дворах, а настоящие, высокие, с металлическими прутьями, с крепким деревянным сиденьем. Иногда к ним даже выстраивалась очередь и случались небольшие драки.

В кирпичном семиэтажном доме когда-то жили двое бывших одноклассников. Мелькнула мысль, что кто-нибудь может узнать ее, она даже чуть не поделилась этими дурацкими опасениями с Ловудом, но вовремя спохватилась и грубо выругала себя. Она, конечно, ужасно устала. Долгий перелет, разница во времени, беспощадная и совершенно неожиданная атака всяких детских воспоминаний. Но все равно это не оправдание. Надо держать себя в руках в любом состоянии и надо сию же минуту прекратить думать по-русски.

На скамейке у подъезда сидели три старухи, дышали воздухом перед сном, громко обсуждали маленькие пенсии и дикие цены. Платки, темные пальто, суровые морщинистые рты, широко расставленные колени. Те же старухи, которые сидели здесь во времена Машиного детства. То есть, конечно, уже совсем другие, но очень похожи. Они, как египетские сфинксы, эти дворовые бабки на лавочках, никогда не меняются, никуда не исчезают. Может, они бессмертны?

Ловуд даже не сделал попытки помочь ей с чемоданом, только открыл багажник. На левое плечо она повесила сумку с ноутбуком, в правую руку взяла чемодан, и тут же рука предательски заныла. Осталась еще небольшая сумка.

— Вы не могли бы взять мой компьютер? — спросила она Ловуда.

Он как будто не услышал. Он стоял с ключами от машины в руке и озирался по сторонам, словно потерял что-то в этом дворе.

«Хмырь болотный, свинья!» — заметила про себя Маша.

— Стивен, помогите мне, пожалуйста! — попросила она громко и жалобно.

— А? Да, конечно, — он отвлекся от созерцания двора и взял у нее чемодан.

Когда они подошли к подъезду, Маша поздоровалась со старухами, они не ответили, но вперились в нее так внимательно, словно пытались узнать.

— Здесь не принято здороваться с незнакомыми людьми, — тихо сказал Ловуд по-английски, — так, погодите, я, кажется, забыл код.

Он отпустил ручку чемодана, принялся рыться в карманах. Бабки замолчали и внимательно наблюдали. Чемодан покосился и тяжело грохнулся. Ловуд не успел подхватить его, и чемодан перевалился на нижнюю ступеньку крыльца. Маша кинулась ловить его.

Как раз в этот момент послышалось нежное мяуканье. Она не сразу сообразила, что это звонит ее новый телефон.

— Кто это может быть? — проворчала она, роясь в сумке в поисках маленького аппарата, одновременно помогая Ловуду справиться с чемоданом.

— Я слушаю! — раздраженно выкрикнула она в трубку по-русски.

— Как ты долетела? — голос отца звучал совсем близко, словно он звонил с соседней улицы.

— Спасибо, нормально! — рявкнула она, переходя на английский: — Ты почему не спишь? У тебя там сейчас шесть утра!

— Я спал, но проснулся и захотел услышать твой голос. Ты что, не можешь говорить? Где ты?

— Стою на ступеньках и пытаюсь поймать свой чемодан, — сердито доложила Маша, — спи дальше, у меня все о'кей, я сама тебе позвоню, не волнуйся.

— Ну как же о'кей, если ты сама ловишь чемодан? Тебя что, не встретили?

— Встретили, успокойся.

— Кто? Ловуд?

— Да.

— Не сердись, пожалуйста, не забывай, что я старый и бестолковый. Где тебя поселили?

Ловуд между тем растерянно листал свою записную книжку в поисках кода. Бабки с любопытством наблюдали за происходящим.

— Я не сержусь. Успокойся. Потом все расскажу, сейчас не могу. — Она успела заметить несколько цифр, нацарапанных рядом с дверью, отстранила Ловуда и принялась нажимать кнопки.

— Да, все, я понял, прости. Я только хотел сказать, что завтра в Москве обещают дождь и резкое похолодание, а ты не взяла ничего теплого. Обещай, что прямо сегодня купишь себе какую-нибудь куртку, и пожалуйста, не пей здесь сы-

250

рую воду из-под крана, там сплошная хлорка. Кипяченую тоже лучше не пей.

— Не буду.

— Что не будешь? Покупать куртку или пить сырую воду?

— Я все сделаю, как ты хочешь, но я не могу сейчас говорить. Я перезвоню позже.

Дверь открылась. Маша улыбнулась и подмигнула Ловуду, встретив его недоуменный, напряженный взгляд.

Однокомнатная квартира, почти пустая, вся отливала кровавой краснотой. Багровые обои с черными жирными тюльпанами. Багровый палас на полу. Кухня и прихожая оклеены блестящей морщинистой клеенкой, имитирующей голую кирпичную стену. Даже плитка в ванной и туалете была вишневой, с черным траурным ободком. Шторы на окнах темно-лиловые, почти черные, кружевные. Мебель полированная, облезлая, но блестящая. На стене лаковый цветной портрет Высоцкого с гитарой, повязанной красной лентой, и календарь за 1988 год с полуголой японкой.

— Ну как, вам здесь нравится? — спросил Ловуд, окидывая взглядом кровавые стены и невольно косясь на ее мобильный телефон.

Маша видела: ему не терпится узнать, кто ей звонил. Она давно приучила себя не называть вслух имени телефонного собеседника, если во время разговора рядом кто-то посторонний. Это получалось у нее машинально. Ей ничего не стоило бы сейчас ответить на простой вопрос: кто вам звонил? Она бы ответила: «Мой бой-френд, ужасный зануда». Но Ловуд не спрашивал.

— Как вам сказать? Интерьер немного странный. Кажется, что сидишь у кого-то в желудке. А так ничего. Жить можно. — Маша открыла чемодан, достала косметичку, отправилась в ванную, принялась раскладывать зубную пасту, щетку, шампунь.

— Ну, извините, — Ловуд улыбнулся и развел руками, — как в желудке, говорите? Да, действительно. Все такое красное. К сожалению, ничего лучшего я найти не сумел. Квартиры в центре стоят очень дорого, а селить вас на окраине — обрекать на хронические опоздания и недосып. Чтобы добраться до центра, пришлось бы вставать каждый день на час раньше. — Он стоял в дверном проеме ванной и смотрел на нее с ненавистью.

— Что вы, Стивен, спасибо вам большое, все замечательно, — она улыбнулась, слегка тронула его за плечо, — можно, я пройду?

— Да, конечно. Простите. Здесь так тесно.

По-хорошему ему пора было выматываться. Он и так потратил кучу времени, вез ее от аэропорта часа три, хотя мог бы доехать за час. Он ведь чрезвычайно занят, он должен бережней относиться к своему времени. Тайм из мани, мистер Ловуд, вы разве забыли? Что же он здесь торчит, не уходит? Почему так долго ехал? Почему так напряженно прислушивался к ее телефонному разговору, а потом не задал простого вопроса: кто звонил? Может, она просто накручивает все эти сложности после инструктажа Макмерфи в аэропорту?

— Стивен, спасибо вам большое, все замечательно. Я хочу принять душ и поспать немного. Вы не знаете, где здесь лежат полотенца?

— Кажется, они в шкафу, на полке. Хозяйка мне все показывала, но я не запомнил. Разберетесь сами, здесь не слишком много вещей и мебели. Да, вот телефон хозяйки, если будут какие-то вопросы. Она милая женщина, квартира для нее — основной источник дохода, очень заинтересована в клиентах, особенно в иностранцах, и сделает все, чтобы вам здесь было удобно.

— Спасибо, — Маша достала из чемодана халат, шлепанцы, — вы, вероятно, спешите, я и так отняла у вас кучу времени.

— Что вы, Мери, не стоит благодарности. — Улыбка дрожала на его лице, глаза оставались злыми и напряженными. — Вы действительно очень хотите спать?

— Честно говоря, да. Перелет был тяжелым, к тому же разница во времени.

— Я планировал сегодня угостить вас ужином, заказал столик в ресторане, здесь совсем недалеко.

«А вот это еще интересней», — насторожилась Маша и отчетливо вспомнила слова Макмерфи: если пойдешь в ресторан с Ловудом, платить придется тебе, он страшный жмот, он угощает кого-то только по оперативной необходимости и на казенные деньги.

— Ох, Стивен, спасибо, но я не ожидала, вы не предупредили, — она сделала глупые испуганные глазки, — я ужасно выгляжу, боюсь, засну за столом и упаду лицом в салат.

— На это существует крепкий кофе и салфетки, — он улыбнулся, широко и радостно, как в рекламе зубной пасты, — кофе, чтобы не заснуть, салфетка, если все-таки заснете, чтобы вытереть лицо, испачканное салатом.

«Когда же он успел заказать столик? Как мог заранее рассчитать время, если вез меня из аэропорта часа три?» — подумала Маша, вежливо посмеявшись его шутке, и тут же спросила противным, кокетливо-ноющим голоском:

— А нельзя перенести ужин на завтра?

— Ну, вообще-то столик заказан на сегодня, на одиннадцать вечера. Знаете, давайте мы сделаем так. Вы сейчас примете душ, я подожду. Может, после душа вы почувствуете себя лучше, и мы все-таки поужинаем сегодня.

— Хорошо, я не возражаю, — кивнула Маша и скрылась в ванной.

Шторки для душа не было. И сам душ оказался отвратительным, ржавым, дырявым. Он брызгал во все стороны, только не туда, куда нужно.

«А почему, собственно, Ловуда должно волновать, кто мне звонил? Его попросили подготовить все к моему приезду, снять квартиру, встретить, и только. Ни о каких ресторанах речи вообще не было, — размышляла Маша, сидя на корточках в чужой облезлой ванной и пытаясь поймать острые мелкие брызги душа. — Почему он не уходит? Что ему от меня надо? А если действительно что-то надо, почему не скажет об этом прямо, без фокусов? Мы же вроде как на одной стороне».

Как ни старалась она поливаться из душа-фонтана аккуратно, а все-таки лужа на полу получилась порядочная, вытереть ее было нечем. Маша открыла шкаф под раковиной. Фанерная дверца тут же отвалилась. Внутри нашлась тряпка, отвердевшая и вонючая. Маша, морщась, поддела ее носком тапочки и бросила на лужу. Вообще, все в этом чужом доме было ужасно: запахи, краски, звуки. Через отдушину под потолком сочились визгливые голоса. В соседней квартире скандалили. Слышно было каждое слово.

— Сколько ты еще собираешься жрать на мои деньги? Ни копейки в дом не приносишь, свет за собой не гасишь, сковородку мою сожгла тефлоновую, вот покупай мне теперь такую же!

— Заткнись! Достала меня, старая дура! Я тебе куплю сковородку, куплю, чтобы по башке твоей лысой бить!

— У меня не лысая башка! Сама ты лысая, авантюристка!

— Сама авантюристка!

Крики были кислыми, как вонь от тряпки. К мыльнице прилип обмылок, покрытый волосами и засохшей пеной. Полотенце ветхое, серое, заштопанное. Как, мистер Макмерфи, не желаете получить психологический портрет женщины, которая сделала свой дом кроваво-красным, штопает старые полотенца и оставляет их долгожданному квартиранту-иностранцу вместе с волосатым обмылком?

Даже зеркало здесь было злым. Когда Маша стерла с него капельки пара, она увидела себя в самом неприглядном варианте. Бледно-зеленое лицо, голубоватые пересохшие губы, красные глаза, припухшие веки, под глазами темные круги. Очень симпатичный трупик. Если и дальше придется жить в таком ритме, домой в Нью-Йорк она прилетит в багажном отделении, в красном, как эта квартирка, гробу с черными кружевами. Голая лампочка под потолком давала прямой свет, жесткий и беспощадный. Новая стрижка вдруг показалась дурацкой, уродской, жаль стало своих волос. Как ни пыталась она уговорить себя, что это удобно, не надо ни кондиционера, ни фена, все равно настроение испортилось окончательно. Совершенно расхотелось такой быть и на себя, такую, смотреть. Хоть парик надевай.

— Слушайте, вы и так получили аванс, хотя ничего не делали и никаких денег не заработали, — донесся до нее раздраженный голос Ловуда.

Маша замерла у дверной щели.

— Какие издержки? Какой ущерб? Я вам, кажется, объяснял, так нельзя заниматься бизнесом, вы нарветесь на неприятности, и очень скоро. Что? Вы совсем рехнулись? Нет, никаких денег вы от меня не дождетесь. Вы шантажировать меня собрались? Ха-ха, это уже не смешно! Если еще раз замечу ваш синий «Ауди», пеняйте на себя!

Он говорил по-русски, очень быстро и почти без акцента. Он сильно волновался, голос его сначала стал хриплым, потом совсем сел. Закончив разговор, он тяжело закашлялся.

«Господи, да ведь он просто уходил от хвоста! — Маша даже шлепнула себя по губам. — Ну, ты даешь, офицер Григ! Не заметила, ничего не поняла! Да, Григорьева, тебе точно предстоит возвращаться в родимый Нью-Йорк в алом гробу с черными кружевами».

Накинув халат, она вышла из ванной. Ловуд стоял и смотрел в открытое окно. Не просто стоял, а слегка перевесился через подоконник, словно искал что-то в темном дворе. Услышав ее шаги, он вздрогнул, резко развернулся и спросил с принужденной улыбкой:

— Ну как? Мы едем ужинать?

— С одной стороны, конечно, мне бы хотелось, — сдерживая зевок, промямлила Маша, — но с другой стороны, я правда валюсь от усталости, к тому же я стараюсь не есть так поздно. Простите, Стивен, мне очень неловко, но нельзя ли перенести ужин на завтра?

«Если он скажет нет, я поужинаю с ним сегодня, — решила Маша, — ему, вероятно, надо что-то вытянуть из меня, и я должна знать, что именно он хочет услышать. Если он согласится перенести на завтра, значит, ему не просто надо, а не-обходимо позарез получить от меня какую-то информацию».

— Ну хорошо, — кивнул он, — давайте по-ужинаем завтра. Но только пораньше, часов в семь. Я заеду за вами. Договорились?

Когда дверь за ним закрылась, Маша кинулась на кухню. Свет там был погашен, окно выходило не во двор, а в переулок. Моросил дождь. Заметно похолодало. Ярко горели фонари. С третьего этажа все было отлично видно.

На противоположной стороне, вдоль кромки тротуара стояло несколько машин. Из двора вы-ехал серебристый «Форд» Ловуда. Не успел он доехать до ближайшего поворота, как одна из машин тронулась за ним. В ярком фонарном све-те Маша увидела, что это темно-синий старый «Ауди», и даже умудрилась разглядеть номер.

———————

ГЛАВА СЕМНАДЦАТАЯ

Зимой 1983-го президент Рейган подписал очередную секретную директиву по национальной безопасности, в которой была поставлена задача произвести фундаментальные изменения советской системы, способствовать консолидации внутренних оппозиционных сил путем расширения демократии и публичной дипломатии. Американский бюджет собирался отвалить 85 миллионов долларов на подготовку будущих руководящих кадров и создание прозападно ориентированных партий и движений в странах социализма.

Разведывательной работой по США занимался Первый отдел Первого главного управления КГБ. В декабре 1983-го именно этому отделу было поручено довольно странное для внешней разведки задание — подготовить прогноз колебаний цен на мировом рынке золота. К выполнению было приказано привлечь самый ограниченный круг людей, в который входил вашингтонский резидент Всеволод Сергеевич Кумарин.

За несколько дней до отлета Григорьева в Москву резидент вызвал его к себе.

— Поздравляю. Вместо денежной премии вас решено наградить очередной благодарностью в личном деле. Для вас, человека благородного и бескорыстного, это должно быть приятно. Есть еще одна радостная новость. Лондон отменяется.

— Спасибо, Всеволод Сергеевич, — улыбнулся Григорьев.

— Не за что, Андрей Евгеньевич.

В кабинете повисло молчание. Резидент сидел в своем крутящемся кресле за идеально чистым столом и смотрел в одну точку. Лицо его отяжелело, как будто оплавилось. Сошел верхний слой светского жизнерадостного лоска. Глаза, обычно слегка сощуренные в ироничной улыбке, были широко открыты. Взгляд мертво застыл, уголки губ оттянулись книзу. Перед Григорьевым на несколько мгновений возник настоящий Кумарин, налитый страхом и тоской, не верящий ничему и никому, даже самому себе, глубоко несчастный оттого, что слишком умен для иллюзий.

— Вы помните майора Демченко из отдела научно-технической разведки? — спросил он, глухо кашлянув. — Да сядьте, не маячьте у двери.

— Конечно, помню, — Григорьев опустился в кресло, — кажется, он сейчас в отпуске в Москве. Что-нибудь случилось?

— Неделю назад в ресторане «Узбекистан», на глазах десятков свидетелей, Демченко убил свою любовницу. Шарахнул по голове бутылкой от шампанского. Пьян был. Она несовершеннолетняя. Всего шестнадцать. Что скажете?

— О, Господи! — только и мог сказать Григорьев.

— Но этого мало, — Кумарин потер переносицу, провел ладонью по лицу и опять стал ироничным светским львом, благовоспитанным сытым дипломатом, — этого мало, Андрей Евгеньевич. При обыске в московской квартире Демченко был обнаружен миниатюрный аппарат «Минокс», а также тайник, в котором хранилось десять тысяч рублей и семь тысяч долларов.

— Идиот, — прошептал Григорьев и покачал головой.

— Кто? Он или я? — с нервной усмешкой спросил резидент. — Знаете, я подозревал нескольких человек. В том числе вас, Андрей Евгеньевич, и Бреденя, в общем, лучших, самых крепких, умных, хитрых. Но Демченко!.. Зачем он им? Тупой, наглый, пьющий. Сколько таких, как он? Вы сказали — идиот, разумеется, имея в виду его, а не меня. А вам не кажется, что тупость бывает заразной, как грипп? Таких, как Демченко, страшно много. Не обязательно алкоголь. Может быть, фанатизм, слепая вера в дохлые утопические идеи. Тоже род наркомании, верно? Как вы думаете, почему, чтобы получить водительские права, надо пройти медкомиссию, иметь справку от психиатра?

— Потому, что больной человек за рулем опасен для себя и окружающих, — автоматически отчеканил Григорьев прежде, чем удивиться вопросу.

— А больной человек, управляющий гигантской ядерной державой? Насколько опасен для окружающих он? Ладно, можете не отвечать. Вы меня отлично поняли. Вот тут два документа, — резидент вытащил из ящика и небрежно толкнул через стол стандартный плотный конверт с грифом «Сов. секретно», — просмотрите прямо сейчас, при мне.

Григорьев, слегка оглушенный, красный, как помидор, низко опустил голову и углубился в чтение.

Первым документом была директива по национальной безопасности США, «NSDD-75». Сумма в восемьдесят пять миллионов, предусмотренная американским бюджетом на развал системы социализма, обозначалась цифрами и прописью. Григорьев макушкой чувствовал взгляд резидента.

— Как вы думаете, кто стоит за определением «агенты влияния»? — тихо спросил Кумарин. — Кому достанутся эти американские миллионы?

— Ну, если бы возможно было вычислить заранее имена, звания, должности этих людей... — медленно процедил Григорьев, не поднимая головы.

— То что? — повысил голос резидент.

— Не знаю. Вероятно, это стало бы самой серьезной победой в истории разведки.

— Чьей победой? — Резидент внезапно рассмеялся. — Восемьдесят пять миллионов — хорошие деньги, верно? Или победа, по-вашему, дороже денег? Впрочем, не буду вас отвлекать, читайте дальше.

Дальше шел другой документ, с таблицами, графиками, столбцами цифр. Григорьев не сразу сообразил, что перед ним подробный анализ динамики цен на золото на мировом рынке и прогноз на следующий, 1984 год.

— Можете не вникать в подробности, — разрешил резидент, наблюдая, как шевелятся брови Григорьева, как напряженно морщится лоб, — лучше подумайте, с какой стати эти расчеты были поручены не специалистам, не статистикам из счетной палаты, не Госбанку СССР и даже не Внешторгу. Почему мы? Кому и зачем понадобилось, чтобы золотом занималась внешняя разведка?

— Вероятно, какой-то эксперимент, — осторожно предположил Григорьев.

Резидент расхохотался, на этот раз весьма театрально, как будто исполнял арию Мефистофеля.

— Эксперимент... Нет, отлично сказано, честное слово, отлично. Вы молодец, Андрей Евгеньевич. Ну, а это, по-вашему, тоже эксперимент? — Кумарин хлопнул ящиком, извлек прозрачную пластиковую папку.

«...В области внешней политики — завершение войны в Афганистане полной и безусловной военной победой, уничтожение польской «Солидарности», во внутренней политике — волевое смещение Брежнева, подавление диссидентского движения, религиозных сект и духовных общин, прекращение всех форм эмиграции, уничтожение подпольной экономики и др. проявлений антисоветских и капиталистических настроений. Для этого необходимо провести серию показательных процессов со смертными приговорами и публичным исполнением».

Григорьев вспотел, хотя в кабинете работал кондиционер и было прохладно. Он отлично знал этот текст.

Незадолго до смерти Брежнева американская пресса опубликовала совершенно секретный документ — проект постановления Политбюро ЦК КПСС, а по сути — долгосрочный план государственной политики СССР. Его авторство приписывалось Андропову. Сообщалось, что было отпечатано всего 4 экземпляра. Канал утечки остался неизвестным. Официальное опровержение ТАСС назвало это публикацию «фальсификацией ЦРУ».

На самом деле это не было фальшивкой. Железный Ю.В. собирался действовать именно так. Больше года назад, ранней осенью 1982-го, Григорьев лично передал Макмерфи текст секретного документа, который случайно попался ему на глаза в кабинете полковника Бреденя.

В принципе документов такого рода, всяких постановлений, проектов постановлений, директив, резолюций, приходило в посольство великое множество. Если что-то просачивалось в американскую прессу, то мало впечатляло, поскольку выглядело частью рутинной идеологической склоки, было скучно по форме и мутно по содержанию. Но этот текст оказался бомбой. Все знали, что Брежнев дышит на ладан, ждали перемен, гадали, кто придет на его место. Проект постановления Политбюро ЦК содержал в себе ответы на многие острейшие вопросы.

— Да, я отлично помню эту фальшивку, — громко произнес Григорьев, все еще скользя глазами по тексту и дергая себя за нос. Дурацкая привычка. Он боролся с ней многие годы, после того как прочитал в одном из пособий по психологии вербовки, что сей жест выдает либо вранье, либо внутреннюю слабость. Так и хотелось самого себя шлепнуть по рукам.

— Конечно, помните. И отлично знаете, что документ подлинный, — улыбнулся резидент.

Григорьев оставил в покое свой нос и принялся разглядывать руки. На большом пальце был длинный заусенец. Он подцепил кожицу ногтями, дернул. Ранка тут же стала кровоточить.

— Публичных казней у нас пока нет, но все впереди, — продолжал Кумарин, — знаете, когда восьмидесятилетний фанатик правит огромной страной из больничной палаты и слепо верит, что обязан переделать мир, это здорово бодрит, заставляет думать и действовать. Хочется ведь уцелеть. Жить хочется, и не в дерьме, на воле. Ну, что вы на меня так смотрите? Мы с вами прекрасно понимаем друг друга. Мы профессионалы, элита. Мы оба уже не просто предчувствуем, а знаем совершенно точно, что скоро все рухнет. Не останется никакой идеологии. Будут только деньги. С одной стороны, вот эти американские миллионы, предназначенные для скорейшего развала империи, — он протянул руку через стол и помахал директивой «NSDD-75», — с другой — золотые обломки империи, бесхозные, никем, кроме нас, не охраняемые, — в его левой руке зашуршали листки аналитической справки по динамике цен на золото на мировом рынке.

Кумарин замолчал, и бумажный шорох затих. Как всегда в этом кабинете, тишина была совершенно особенной, мертвой, могильной.

— Простите, — хрипло произнес Григорьев, — у вас нет перекиси водорода или спирта? Я нечаянно сорвал заусенец, кровит зараза, боюсь запачкать ваш красивый ковер.

— Могу предложить только водку, — Кумарин встал, открыл бар, — давайте уж и выпьем заодно, раз пошел такой хороший разговор, как же не выпить?

Опять повисла тишина. Григорьев приложил к ранке платок, пропитанный водкой. Кумарин взял у него бутылку, разлил по граненым стоп-

266

кам. Выпили молча, не чокаясь и не закусывая, словно за упокой чьей-то неведомой души.

— Разговор этот давно назрел, и никуда от него не деться, — мягко, почти ласково произнес резидент, — борьба внутри нашей структуры всегда была острей, чем борьба с внешним врагом, на самом деле границы между своими и чужими давно размыты, и сложно понять, кто на чьей стороне. Все очень относительно.

— Ну а как же долг? — вяло возразил Григорьев.

Резидент опять разразился мефистофельским хохотом.

— Перед кем долг? Перед государством, в котором в конце двадцатого века две трети населения не могут принять горячий душ и пользуются ямой вместо сортира? Перед старыми полуграмотными пердунами? Егеря в Завидово гонят прямо на их дула кабанов и лосей. Водолазы нацепляют рыбу на их крючки, когда они изволят рыбачить. Они жрут, пьют, навешивают на себя ордена, как елочные игрушки, тупо и жестоко интригуют, но они вымирают. Человек смертен, от этого никуда не денешься. А спецслужбы вечны. Они — всего лишь механизм реализации государственной власти. Они станут служить той группе, у которой в данный момент будет больше власти и больше денег. Вопрос в том, чтобы вовремя просчитать, у кого. Это вроде экзамена. Документы, которые я дал вам прочитать, — шпаргалки. Больше всего денег будет у того, кто догадался сейчас, по-тихому, через нас, а не через Госбанк и Внешторг, сбыть за рубеж солидную партию золота из золотого запаса СССР. И еще у тех, кто возьмет у американцев их миллионы, чтобы помочь добить гадину.

Григорьев не любил водку. Даже в небольших количествах она вызывала у него сильную изжогу, особенно на пустой желудок. Если он пил, то предпочитал хороший коньяк или красное сухое вино. Между тем Кумарин успел еще раз наполнить рюмки.

«Вот он, главный этап проверки. Он загоняет меня в тупик», — отрешенно думал Андрей Евгеньевич, морщась и шаря глазами по столу в поисках хоть какой-нибудь закуски. Но ничего съедобного не было. Кумарин в третий раз налил.

— Пару месяцев назад вы сказали, что вынуждены иногда отвечать Макмерфи взаимностью, — проговорил резидент и поднял свою стопку, призывая Григорьева в третий раз выпить вместе с ним, — я проанализировал степень этой взаимности. Признаюсь, если бы не история с идиотом Демченко, я вынужден был бы сдать вас руководству в качестве раскрытого мною «крота». Да пейте же, что вы смотрите, как будто там не водка, а цианит?

«Сухарик, крекер, что-нибудь закусить!» — в отчаянии подумал Григорьев, сгорая от изжоги и страха под спокойным внимательным взглядом резидента. Следовало немедленно взять себя в руки, иначе конец.

— Ну, что же вы застыли? — с легкой усмешкой подбодрил его Кумарин.

Андрей Евгеньевич не стал пить. Он демонстративно отставил стопку.

— Всеволод Сергеевич, — вздохнул он и укоризненно покачал головой, — если бы вы на секунду усомнились в моей честности, вы бы не вели со мной этот разговор. Вы бы дали мне улететь в Москву, снабдив руководство всей имеющейся на меня информацией. Но поскольку мы здесь сейчас сидим, пьем и беседуем на странные темы, серьезного компромата у вас на меня нет. Его и не может быть. Работа, которую я веду с Макмерфи больше полутора лет, одобрена вами и центром. Я добросовестно играю порученную мне роль. Для Макмерфи я завербованный агент, поэтому из меня не удастся сделать «крота», даже если меня сдаст кто-нибудь с той стороны, например этот ваш Колокол.

Лицо Кумарина оставалось спокойным. Когда Григорьев упомянул Колокола, оно стало нарочито спокойным.

— Вы справедливо заметили, — продолжал Григорьев, — что в нашей работе все весьма относительно, границы между своими и чужими постепенно стираются. Когда французы выгнали из страны сорок пять наших дипломатов, работавших в посольстве СССР в Париже, помните, какая началась паника? Искали предателя, предлагали внедрить в широкую практику аппарат «Полиграф», подвергнуть проверке на «детекторе лжи» в обязательном порядке всех поголовно, от уборщиц до высшего руководства. А что оказалось? Французы вычислили сотрудников КГБ совершенно самостоятельно, быстро, бесплатно. Чистые дипломаты в советском посольстве не имеют машин, пользуются по вызову автомобилями из посольского парка. А сотрудники КГБ разъезжают на собственном автотранспорте. И квартиры у них лучше, и материальный уровень выше, настолько, что это сразу бросается в глаза. Чистому дипломату на представительские расходы выдаются копейки, сотрудников КГБ не ограничивают в средствах.

— Да, все верно, — машинально кивнул Кумарин, как будто выходя из странного оцепенения, — все логично и ясно. Но вы уверены, что кому-то нужны эта логика и эта ясность? Лучше найти иные причины провалов, более лестные и пристойные. Признаваться в собственной тупости и жадности стыдно, идеологически вредно. А выявлять врагов, предателей, разоблачать коварные замыслы противника — это долг скромных героев невидимого фронта, тяжелая, но почетная обязанность. Впрочем, вы это сами отлично понимаете. В начале разговора я сказал вам, что Лондон отменяется. Но не потому, что мне удалось отстоять вас и оставить здесь. Скажу честно, я попытался, но натолкнулся на стену.

Боюсь, дело плохо. Как только вы вернетесь в Москву, вас отправят в один из наших закрытых санаториев и начнут проверять. Возможно, вам удастся выкрутиться, но вы станете невыездным на неопределенный срок.

— Почему? Что-нибудь случилось? — спросил Григорьев с дурацкой растерянной улыбкой.

— Не знаю, — пожал плечами резидент, — причин может быть множество. Например, кто-то решил, что информация, которую вы поставляете Макмерфи, по своему количеству и качеству резко превышает нормы, обусловленные необходимостью. Каковы нормы, никто не знает, но это не важно. Вас больше не выпустят и будут серьезно проверять. Вы хотите этого?

— Какая разница, хочу я или нет?

— Если бы не было разницы, я не вел бы с вами все эти долгие странные разговоры, не показывал бы вам сверхсекретные документы, — проговорил Кумарин и раздраженно поморщился, — вы хорошо помните, о чем в них шла речь?

— Да, конечно.

— Ну, тогда вас не слишком удивит мое предложение. Я предлагаю вам уйти к американцам. Ваш уход будет обставлен как положено. Вас назовут предателем, заочно приговорят к смертной казни. Что делать? Иначе никто не поверит. Вы уйдете, разумеется, не пустой. Вы сдадите им нескольких наших агентов-нелегалов. Не волнуйтесь, в этом смысле все будет чисто. Для подобных случаев имеется балласт, от которого надо избавляться.

— Для подобных случаев? — тихо перебил Григорьев. — Вы хотите сказать...

— Да, я хочу сказать, что вы не первый и не последний. Существует Управление Глубокого Погружения. Основная задача на сегодня — создание по всему меру агентурной сети нового типа. Профессионалы должны обслуживать не прогнившее государство, коего скоро не станет, а конкретных людей, таких же профессионалов. Принцип работы — никакой идеологии, минимум бюрократии, максимум практической пользы. Чтобы внести окончательную ясность, скажу: вы нужны мне внутри ЦРУ. В качестве разоблаченного агента или невыездного неудачника вы меня не интересуете, и никакой поддержки со своей стороны я вам не обещаю. Более того, я буду вынужден вас утопить. Итак, вы готовы ответить? Или у вас есть еще вопросы?

— Есть. Зачем я вам нужен внутри ЦРУ?

— О, вы мне там очень, очень пригодитесь. Например, когда американцы будут распределять эти свои миллионы, они непременно посоветуются с вами. Когда за рубеж на частные банковские счета хлынет советское золото, им потребуются ваши комментарии.

— Предателям никогда не доверяют полностью, — быстро, хрипло заметил Григорьев.

— А что такое предательство? — усмехнулся резидент. — Мы с вами выросли на нем, мы им пропитаны, мы им провоняли насквозь. Мы вербовали, шантажировали, подсматривали и подслушивали, всасывали в себя из внешнего мира всякую мерзость — доносы, жадность, зависть, тщательно переваривали и обильно отрыгивали назад, во внешний мир. Именно предателям в наших кругах доверяют, у них учатся. Вспомните хотя бы Кима Филби. Ну ладно, это уже лирика. Нет ни времени, ни сил. Степень доверия к вам Макмерфи и его коллег зависит от вашего профессионализма. Еще вопросы?

— Если я уйду, у вас будут большие неприятности.

— Ничего, как-нибудь. — Кумарин растянул губы в противной лягушачьей улыбке и немного посверлил Григорьева насмешливым взглядом. — Вы все-таки продолжаете лукавить, Андрей Евгеньевич. Вы, вероятно, хотите спросить о своей дочери? Думаю, ее судьба волнует вас куда больше, чем мои неприятности.

Григорьев не хотел. Ему было страшно поминать Машу в этом кабинете. Ему казалось, что можно сделать вид, будто ему давно дела нет до своей прежней семьи и ребенка он просто забыл. С отцами ведь такое случается, верно?

— Если вас изолируют, а потом, не дай Бог, расстреляют, — задумчиво продолжал Кумарин, — у вас будет значительно меньше шансов увидеть Машу, чем если вы согласитесь на мое предложение.

— Если соглашусь, она останется в Союзе в качестве заложницы, — пробормотал Григорьев.

— В Союзе? Да вовсе не обязательно. Это зависит от ее матери, от нее самой. Если вдруг она пожелает навестить папу, переселиться к папе насовсем, а мама не станет возражать, мы поможем, нам без разницы, где она будет жить, — резидент ободряюще подмигнул, — мир только кажется таким огромным, на самом деле он маленький и совсем прозрачный.

———————

ГЛАВА ВОСЕМНАДЦАТАЯ

Холодильник был выключен и пуст. Следовало выйти под дождь, купить себе что-нибудь на ужин и на завтрак, и еще приобрести множество всяких мелочей: шторку для душа, плечики для одежды, моющие средства, туалетную бумагу, бумажные полотенца. Со дна чемодана Маша вытянула маленький японский зонтик.

Одеваясь, она вспомнила, что папа говорил по телефону про похолодание и теплую куртку. У нее действительно с собой была лишь легкая ветровка. Натянув ее на самый толстый свитер, застегнув до подбородка молнию, она отправилась на улицу.

Бабки ушли спать. У качелей Маша заметила девушку с гигантским мраморным догом, подошла и спросила, где находится ближайший супермаркет, который сейчас еще открыт. Оказалось, довольно далеко, на другой стороне Тверской, на Большой Грузинской улице, называется «Дипломат», работает до двенадцати, а чуть дальше, на площади — круглосуточная Тишинка.

«Тишинка? Очень интересно. Там же был грязный блошиный рынок!» — удивилась про себя Маша.

Несмотря на холод и дождь, она все-таки не удержалась, пошла через Оружейный и Маяковку, чтобы еще раз взглянуть на дом, в котором родилась и прожила до тринадцати лет. Обошла его с тыльной стороны, постояла во дворе, задрав голову, взглянула на окно на девятом этаже, окно ее комнаты. Оно оказалось открытым, ярко освещенным, кто-то сидел на подоконнике, курил и смотрел вниз, на Машу.

Самая знакомая, самая исхоженная, выученная наизусть, как таблица умножения, часть Тверской-Ямской от Маяковки до Большой Грузинской изменилась, но не очень. Фасады домов стали чище, но лица прохожих как-то грязней. Не осталось ни булочных, ни аптек, ни гастрономов. Сплошные бутики, банки, магазины эксклюзивной мебели. Все стеклянное, ярко освещенное, холодное и пустое.

На Большой Грузинской сохранилась реликвия, старая булочная. Там когда-то продавалась засахаренная разноцветная помадка и маленькие сдобные крендельки, густо обсыпанные корицей. Напротив была валютная «Березка». Отчим, народный артист, иногда там отоваривался. Особенно хороша была вобла, прозрачная, обезглавленная, раздутая от нежно-розовой икры.

При советской власти у дверей стояла мощная охрана в милицейской форме, чтобы не дай Бог не заглянул внутрь обычный человек. Сейчас бывшая «Березка» по старой памяти называлась «Дипломат», и зайти мог кто угодно. Правда, оказалось, что работал супермаркет только до одиннадцати и уже закрывался. Пришлось пройти дальше, к Тишинке. Там и правда вместо старого рынка отгрохали нечто огромное, угластое, помпезное, с охраняемой стоянкой и автоматическими стеклянными дверями.

Оказавшись в супермаркете, Маша как будто на полчаса вернулась домой, в Нью-Йорк. Набрала полные пакеты еды и всякой хозяйственной дребедени, расплатилась карточкой «Америкен-экспресс», вывезла на улицу тележку с двумя тяжелыми пакетами и рассеянно оглядела стоянку, не понимая, куда мог деться ее сиреневый спортивный «Форд». Но тут же опомнилась и догадалась, что просто спит на ходу, с открытыми глазами.

Пакеты пришлось нести в руках. Дождь стал сильней, держать одновременно пакеты и зонтик было невозможно. Правая рука опять заныла, не только от тяжести, но и от переживаний. Ничего похожего на такси мимо не проезжало, к тому же Маша забыла снять в супермаркете в банкомате наличные с карточки, у нее не было ни рубля.

«Успокойся, добредешь, не растаешь, не так уж далеко, не так уж тяжело, и рука пройдет, тебе сто раз объясняли: это нервное».

У одних сердце колет, у других дыхание сводит, у третьих болит желудок. У Маши ныла правая рука, сломанная очень давно, в 1986 году, при прыжке с третьего этажа. Тогда перелом как-то неудачно вправили, потом опять ломали, кость не хотела срастаться, в мягких тканях остался осколок, рука посинела, вспухла. Наверное, всю жизнь будет болеть при нервных перегрузках и тяжелых воспоминаниях.

Метельной ноябрьской ночью 1985 года «скорая» доставила Машу в Москву, в какую-то районную детскую больницу. Сначала было два диагноза: перелом руки и переохлаждение. Позже появился третий, связанный с попыткой суицида. Подростковый психиатр явилась к ней уже на следующее утро. Толстая тетка ужасно напоминала Франкенштейниху. На голове, под зеленым медицинским колпаком, угадывалась волосяная башенка, похожая на крысу, глаза над марлевой маской были мутные, непроницаемые. Каждую фразу, обращенную к ребенку, она начинала с надменного «Та-ак!», растянутого и длинного, как червяк.

— Та-ак, Маша Григорьева, рассказывай, что с тобой случилось?

— Меня ночью вытащили из постели и заперли в холодной комнате, босиком, в одной ночной рубашке, — начала Маша, стараясь не встречаться взглядом с мутноглазой теткой.

— Вот просто взяли и заперли? Ни за что?

— Я читала под одеялом.

— Как это под одеялом? В темноте?

— Нет. У меня был фонарик.

— Та-ак. А почему же ты читала? Не могла уснуть? У тебя бессонница?

— Нет никакой бессонницы, — слегка рассердилась Маша, — просто я привыкла читать перед сном, и все.

— Та-ак. Ну ладно. Давай подробно, с самого начала. Ты читала под одеялом. Что было дальше?

— Воспитательница отняла у меня книгу, фонарик, потащила на третий этаж и заперла в холодной комнате. — Неожиданно для себя Маша замолчала и всхлипнула.

Рассказывать этой Франкенштейн-2 о том, как влажная лапа лысого парня нырнула к ней под рубашку, оказалось совершенно невозможным делом, просто язык не поворачивался, и, чтобы сменить тему, она попросила:

— Вы не могли бы связаться с моей мамой? Мне надо поговорить с ней, хотя бы по телефону.

Вместо ответа повисла странная тишина. Психиатр уставилась на Машу, тонкие подрисованные брови поползли вверх и поднимались все выше, пока не исчезли под ободком зеленой шапочки.

— Та-ак, деточка, — произнесла она наконец, совсем новым голосом, тихим, ласковым и фальшивым, — скажи мне, пожалуйста, как тебя зовут?

— Маша Григорьева.

— Сколько тебе лет?

— Тринадцать.

— Ты помнишь свой домашний адрес и телефон?

Маша продиктовала, удивилась, что тетка не записывает, только кивает, и тут же пояснила:

— Мама сейчас не дома, она в больнице, хотя не исключено, что ее уже выписали. Если дома никто не подходит, надо позвонить моей бабушке, Зинаиде Алексеевне, правда не стоит ей сразу рассказывать про мой перелом, у нее больное сердце... — Маша опять запнулась, застыла с открытым ртом, потому что тетка вдруг вскочила и, не сказав ни слова, пулей вылетела из палаты.

Вскоре из коридора донесся ее голос, уже не фальшивый, а вполне естественный, скандальный и злой:

— Как это — скрывают? Почему? Надо было предупредить, что она ничего не знает! Вы меня ставите в идиотское положение! Вы это нарочно, что ли, делаете? Как так можно, не понимаю!

Через несколько минут явилась целая делегация врачей, и вместо Франкенштейн-2 с Машей беседовал очень приятный пожилой доктор. У него были нормальные человеческие глаза, в которые можно смотреть, и в голосе ничего фальшивого, и никаких педагогических «та-ак». Пожалуй, ему, этому доктору, Маша сумела бы рассказать о лысом ублюдке. Она была убеждена, что рассказать необходимо. Он не просто хулиган-наркоман, который случайно оказался ночью в лесной школе. Он специально для этого залез в школу и заранее готовился. Иначе как у него оказались с собой ножницы и лейкопластырь?

Нельзя позволить преступнику разгуливать на свободе. Он может напасть еще на какую-нибудь девочку. Маше повезло, а вдруг другой девочке не повезет? Однако доктор заговорил первым, и вскоре Маша забыла про лысого.

Доктор говорил тихо и долго. Маша не верила и молча мотала головой. Это мотание окончательно убедило врачей положить ее на обследование в психиатрическое отделение. Там она немного оправилась от шока, испугалась, попыталась рассказать о преступнике первой же врачихе, уже не столько для того, чтобы его нашли и посадили в тюрьму, сколько ради самой себя, чтобы не считали сумасшедшей, которая просто так выпрыгнула с третьего этажа.

Врачиха не возражала, участливо заглядывала в глаза, согласно кивала, а потом Маша услышала слова «галлюцинации», «посттравматический психоз». Ее стали кормить таблетками. От них сводило судорогой все тело и в голове стоял мутный мерзкий туман, отдаленно напоминающий вонючее дыхание лысого ублюдка в ледяной комнате со старыми плакатами.

Маша хитрила, прятала таблетки за щеку, потом выплевывала. Ее на этом застукали и стали делать уколы. От них Маша слабела. Наверное, поэтому так долго не заживала сломанная рука, не срасталась кость.

Бабушка Зина задействовала все свои связи, чтобы перевести Машу из психиатрии в неврологию. Забрать ее к себе она не могла. Она была на инвалидности, заботливое государство не считало возможным доверить ей психически больного ребенка, склонного к суициду, да и сама она побаивалась взять на себя такую ответственность.

За месяц, проведенный в больнице, Маша очень изменилась, стала слабой и странной, отказывалась от еды, почти не разговаривала, целыми днями лежала, глядя в потолок. При появлении медсестры со шприцем уже не сопротивлялась, как вначале, но упрямо мотала головой, пока не засыпала под действием очередной инъекции.

Наконец, нашлась какая-то добрая душа в Минздраве, которая согласилась принять в качестве скромного новогоднего подарка единственную драгоценность бабушки Зины — старинную платиновую брошку с сапфирами.

В начале января Машу перевезли в другую больницу, в санаторно-неврологическое отделение. Там гадостью не кололи, поили бромом, кормили витаминами, проводили сеансы лечебной гимнастики и психотерапии и даже кое-как учили по школьной программе. Маша довольно скоро пришла в себя, стала есть, разговаривать, читать, заниматься математикой и английским, правда, только устно. Писать она не могла. После перелома подвижность правой кисти была ограничена, а левой пока не получалось. Ходить могла только опираясь на костыли. Большие дозы аминазина и галоперидола вызвали мышечную слабость и какие-то сложные нарушения в нервных окончаниях.

В феврале бабушка Зина умерла от очередного инфаркта. В марте больницу посетили представители международной благотворительной организации. Они одарили больницу разным медицинским добром, от одноразовых шприцов до аппаратов ультразвуковой диагностики. Вместе с больничным руководством они ходили по палатам и раздавали детям наборы фломастеров, игрушки, конфеты.

В больнице лежало несколько сирот, и на них зарубежные гости обратили особое внимание. Когда дошла очередь до Маши Григорьевой и был подробно обсужден ее анамнез, один из гостей, французский хирург, выразил удивление, почему до сих пор девочке не восстановили подвижность правой кисти, ведь существуют новые методики и нельзя терять время. И почему не проводится положенный курс терапии для устранения тяжелых последствий неудачного лечения психотропными препаратами. Главный врач печально признался, что о возможности такого дорогостоящего лечения ему в его рядовой больнице пока остается только мечтать.

— У нас есть специальные фонды и программы, — сказал француз, — мы вывозим в Западную Европу сотни больных детей из стран третьего мира, оплачиваем лечение.

— Но Советский Союз — это не страна третьего мира! — возмутилась заведующая отделением. Она была секретарем парторганизации больницы. — Никто вам не позволит вывозить наших детей за рубеж!

— Мы могли бы на свои деньги отправить девочку во Францию, вылечить и вернуть ее на родину полностью здоровой, — мягко заметил хирург, — что же в этом плохого?

Главный врач покосился на заведующую, потом на новенькие часы «Сейка», сверкавшие на его волосатом запястье. Гости, кроме общественных даров, преподносили еще и частные. Надо же случиться, что главному врачу достались именно такие часы, о которых он грезил во сне и наяву всю свою сознательную жизнь.

Исполнение мечты делает человека мягче, добрей. Главный врач вообще не был черствым и злым, он переживал за больных детей и желал им только добра, но все-таки оставался реалистом, а потому вынужден был сказать французскому хирургу:

— Боюсь, это невозможно.

В 1986-м лечение простой советской сироты в странах Западной Европы было, правда, делом невозможным.

— Ну хорошо. Если не во Францию, то в Финляндию, — подала голос другая участница деле-

284

гации, детский травматолог из Хельсинского государственного госпиталя.

— А что, правда, в Финляндию можно попробовать! — обрадовалась молоденькая переводчица, которая сопровождала делегацию и успела проникнуться сочувствием к тринадцатилетней сироте Маше Григорьевой.

На оформление документов ушло больше двух месяцев. Сколько денег ушло на взятки всяким чиновникам в РОНО, Минздраве и прочих учреждениях, известно только трем людям: Всеволоду Сергеевичу Кумарину, Андрею Евгеньевичу Григорьеву и Уилльяму Макмерфи. Первый выяснял, кому и сколько давать, второй снимал необходимые суммы со своего счета, третий взял на себя посредничество в переводе этих сумм на личные счета членов международной благотворительной организации.

Через много лет, ужиная с отцом в ресторане «Русский самовар» на Манхэттене, в очередной раз погружаясь в воспоминания о перелете из Москвы в Хельсинки, из Хельсинки в Нью-Йорк, Маша спросила Андрея Евгеньевича:

— Папа, скажи честно, сколько тебе это стоило?

— Не твое дело! — сердито ответил Григорьев. — Лучше объясни мне наконец, какого черта ты выпрыгнула из окна третьего этажа?

В тот вечер они праздновали Машин день рождения. Ей исполнилось двадцать семь. Она давно рассказала отцу все. Холодная комната с плакатами, метель, ночная рубашка, сыгравшая роль парашюта, ветки яблони в пушистом снегу, обе Франкенштейнихи с крысами на головах, добрый доктор, который сообщил о гибели мамы, аминазин, синяя, вспухшая, как подушка, рука. Все это было переговорено, пережито заново, уже вместе, пережевано, оплакано, осмеяно, забыто. И только про лысого она рассказать не могла. Казалось, если произнести вслух фразу «он сунул свою лапу мне под рубашку», на коже, в тех местах, где побывала эта лапа, проступят пятна, вонючие, зудящие, неизлечимые.

— Ну, давай, колись, наконец, — подбадривал папа, — хватит мне голову морочить, я тебя слишком хорошо знаю и не могу поверить, будто ты сиганула в окошко, чтобы что-то доказать этой дуре Франкенштейн.

В ресторане «Русский самовар» взрослая Маша Григорьева, доктор психологии, офицер ЦРУ, впервые решилась заговорить о лысом, который пытался изнасиловать ее, тринадцатилетнюю. Она не заметила, что перешла с русского на английский. Так было проще формулировать. Когда она закончила, отец легонько хлопнул ладонью по столу и произнес:

— Да, именно что-то в этом роде я и предполагал. Забудь об этом. Ты взрослый, сильный человек. Надеюсь, сейчас ты понимаешь, какая это ерунда? В итоге ничего не случилось, верно? Ты ускользнула, он остался в дураках.

...«Вот и успокойся! — повторяла Маша, бредя под дождем по Большой Грузинской к подземному переходу и пытаясь приспособить пакет то на согнутом локте правой руки, чтобы не оттягивало кисть, то взять оба в левую руку, — лучше подумай, что надо от тебя Стивену Ловуду, зачем он так упорно приглашает тебя в ресторан? Кто здесь за ним открыто, нагло следит, шантажирует его, и почему он, дипломат, помощник атташе, не может с этим справиться?»

В подземном переходе через Тверскую так же, как пятнадцать лет назад, воняло мочой. Дрожал мертвенный люминесцентный свет. Прислонившись к стене, стоял высокий плечистый нищий, одетый в длинную, подпоясанную веревкой монашескую рясу. Пегая густая борода торчала, как веник, длинные волосы закрывали лицо, ярко белела круглая плешь на макушке. На груди висел фанерный ящик с приклеенным бумажным ликом Иверской Божьей матери.

— Подайте на ремонт храма Божьего, — затянул он громким звучным голосом, увидев Машу.

Кроме них двоих, никого в переходе не было. Маша при всем желании не могла ему подать, обе руки заняты, и неизвестно, остались ли в маленькой сумке какие-нибудь центы. Да и зачем ему центы?

— Девушка, а девушка, ты бы рублик бросила, а? Совесть есть у тебя? На святое дело жалеешь? — сказал он громко и грозно, когда она приблизилась. — Да ты глухая, что ли?

Маша скользнула взглядом по испитому нестарому лицу, встретилась с тяжелыми опухшими глазами, прибавила шаг, но тут ручка одного из пакетов лопнула. Перехватив второй пакет на локоть, Маша успела придержать лопнувший, но из него все-таки вывалились на грязный пол перехода упаковка йогуртов и бутылка воды.

— Вот, тебя Бог наказал! — злорадно заявил нищий. — Дай хотя бы пожрать чего-нибудь, если денег жалко и выпить нет, тебе же тащить будет легче.

Маша кое-как связала порванную ручку, достала из пакета упаковку мягкого сыра и пачку галет.

— Возьмите.

— Спаси Господи, — снисходительно кивнул нищий. — Лучше бы, конечно, колбаски или там ветчины, ну да ладно. Слушай, а выпить точно нет?

— Ну вы и нахал, дяденька, — засмеялась Маша.

— На том стоим, — улыбнулся нищий, показывая весь свой щербатый черный рот.

На ступеньке валялась банановая корка, Маша поскользнулась и едва не упала. Правая рука ныла нестерпимо. Прошла вечность, прежде чем Маша оказалась в Пыхово-Церковном переулке. Мокрая насквозь, с тяжеленными пакетами, она стояла у подъезда и тихо всхлипывала, сама не понимая, плачет или смеется. Лампочка не горела, и разобрать нацарапанные цифры в темноте не удавалось. Ловуд так и не нашел код в своей записной книжке. А спросить она забыла.

В подъезд ее впустила хихикающая компания подростков. Оказавшись в красной мрачной конуре, она быстро переоделась во все сухое, включила холодильник, разложила продукты, поставила чайник, отправилась в ванную, чтобы повесить шторку. Но вешать оказалось некуда. Ни палки, ни струны, ничего.

Напоследок ее ждал еще один сюрприз. Не раскладывалась тахта. Под квадратными поролоновыми подушками скрывалась сложная, ржавая конструкция с рычагами и пружинами, придуманная явно нездоровым человеком. Белье, подушка и одеяло оказались внутри тахты, в занозистом выдвижном ящике, который не выдвигался. Маша провозилась минут двадцать, наконец улеглась.

Белье было влажным, подушка напоминала комок сырого теста, одеяло кололось сквозь ветхий пододеяльник. Постель пахла плесенью и нафталином.

— Это был плохой день, — пробормотала она, дрожа от озноба и усталости, — очень плохой и очень долгий день. Но он кончился. Спасибо ему за это.

* * *

До выхода Евгения Николаевича Рязанцева в прямой эфир оставалось десять минут. Все они были отданы рекламному блоку. Марина и ее вежливый приятель отужинали и закрылись в комнате. Сквозь тонкую стенку слышалось их нежное воркование, Марина все время хихикала, приятель, вероятно, шутил шепотом. Когда раздался выразительный скрип старой деревянной тахты, бывшей супружеской постели, Саня опять увеличил звук, но от рекламы тошнило, он решил ждать Рязанцева на другом канале и остановил свой выбор на каком-то свирепом боевике перестроечных времен. В телевизоре орали и стреляли. Это звучало все-таки приятней, чем рекламные трели, и надежно заглушало ритмичный скрип тахты за стенкой.

Однако уже минуты через три стрельба кончилась. Телевизор затих, боевик кончался, и финальная сцена оказалась немой. Главный герой молча стоял над трупом главной героини. По его мужественному лицу катилась скупая глицериновая слеза. Потом, в гробовой тишине, пошли титры.

Как будто назло, это совпало с бурным финалом в соседней комнате. Скрипучая тахта была вплотную придвинута к тонкой стенке, которая пропускала каждый звук. Саня с удивлением обнаружил, как сами собой сжимаются у него кулаки. Он схватил пульт, вернулся к рекламному блоку перед эфиром Рязанцева, слегка успокоился и подумал, что личная неприязнь, действительно, вполне полноценный мотив для убийства, и вообще пора, наконец, в один прекрасный вечер привести сюда какую-нибудь молоденькую симпатичную приятельницу, поскрипеть тахтой у Марины под ухом.

И тут на экране, наконец, возникло интеллигентное усталое лицо Рязанцева.

— Добрый вечер, Евгений Николаевич, — начал телеведущий с теплой грустной улыбкой, — вот странная штука получается, мы произносим приветствия и не задумываемся над их смыслом. Не может быть этот вечер добрым, ни для нас, ни для вас. Произошло убийство, очередное политическое заказное убийство, из разряда тех, что у нас почему-то всегда остаются нераскрытыми. Я понимаю, как вам сейчас тяжело, и благодарю вас, что вы нашли время и силы приехать к нам на эфир. Скажите, лично у вас есть какие-нибудь версии? Кто и зачем мог это сделать?

— Кто и зачем мог убить Вику Кравцову? — тихо, хрипло произнес Рязанцев, словно размышляя вслух. — У кого поднялась рука на молодую талантливую женщину, на одну из самых ярких личностей из всех, с кем мне приходилось общаться? Я мог бы назвать достаточное число лиц, заинтересованных в том, чтобы убрать руководителя моей пресс-службы. Но я не стану этого делать. Тем, кто хоть немного знаком с сегодняшней политической реальностью, и так ясно, кому это могло понадобиться. Мотивы, на мой взгляд, тоже вполне понятны: запугать, показать, кто на самом деле в нашей стране хозяин, внести раскол в ряды фракции, посеять смуту и собрать свой грязный урожай.

Майор позавидовал железной выдержке

партийного лидера. Он классно играл. Он знал, что каждое его слово, каждый жест будут потом сто раз разжеваны, прокомментированы прессой. Он должен говорить не просто с выражением, но с особенным выражением, он должен говорить достойно, важно, умно, и чтобы никто не догадался, как ему плохо сейчас и что сказать ему совершенно нечего.

— Я хочу обратиться к тому или к тем, кто сделал это, к заказчикам и исполнителям. Я уверен, эти люди сейчас видят и слышат меня. Знайте, я использую все свои силы, все свое влияние, чтобы вы предстали перед судом, — глаза Рязанцева, не моргая, смотрели в камеру, — всякому беспределу, всякому злу рано или поздно приходит конец. Не может такая огромная и прекрасная страна, как наша, существовать по законам бандитского беспредела. Я верю, что время, когда убийства оставались нераскрытыми, а убийцы спокойно жили среди нас, кончится очень скоро. Вы, которые сделали это, знайте: вам придется заплатить, и весьма дорого заплатить за жизнь Виктории Кравцовой.

— Евгений Николаевич, у нас уже очень много звонков, — мягко перебил его ведущий. — Давайте послушаем наших телезрителей.

Сначала какая-то дама представилась пенсионеркой, пылко призналась Рязанцеву в любви и со слезами в голосе выразила свое сочувствие. Потом суровый тенор с сильным кавказским акцентом поинтересовался, в чем лидер фракции

«Свободный выбор» видит пути спасения русского народа.

Рязанцев отвечал красиво, но туманно, настолько туманно, что Арсеньев ничего не понял. А возможно, прослушал, поскольку в коридоре, прямо у его двери, раздался приглушенный мягкий смех его бывшей жены, потом невнятный, с придыханием мужской шепот, и дальше тишина, от которой у майора заложило уши, как при тяжелой посадке самолета. Вероятно, они вдвоем отправились в ванную. Саня сердито потряс головой, закурил очередную сигарету.

— Скажите, пожалуйста, — прозвучал мягкий, вкрадчивый голос в телевизоре, за кадром, — если вы придете к власти, каким образом вы собираетесь бороться с преступностью?

— Ну, прежде всего необходимо уничтожить условия, которые способствуют росту преступности. Нужно изменить моральный климат нашего общества, восстановить изуродованную систему ценностей, разработать настоящую, а не опереточную законодательную базу, необходимо платить нормальные деньги сотрудникам правоохранительных органов, — с легким вздохом ответил Рязанцев и расслабленно откинулся на спинку стула.

— Евгений Николаевич, — голос за кадром был странный, какой-то бесполый, слишком высокий для мужчины, слишком низкий для женщины, — можно еще один вопрос, личного характера?

— Да, конечно.

— Как вы прокомментируете тот **факт**, что рядом с трупом вашего пресс-секретаря Виктории Кравцовой в ее квартире, в ее постели, был обнаружен труп гражданина США Томаса Бриттена... — последовал треск.

Анонима отключили. Лицо Рязанцева моментально исчезло из кадра. Появилась заставка, заиграла идиллическая музыка, которая предшествовала рекламному блоку, и щекастая домохозяйка с жарким придыханием призналась в тайной страсти к жидкости для дезинфекции унитазов.

Рязанцева больше не показали, никаких комментариев не последовало. Рекламный блок затянулся минут на двадцать.

* * *

Дежурную сестру разбудил сигнал тревоги, такой резкий, что она подпрыгнула на стуле, стукнулась коленкой о край стола и несколько секунд терла глаза, тупо глядела на пульт, пытаясь понять, в какую из палат надо бежать.

Было одиннадцать вечера, самое спокойное время. В десять больным давали успокоительные и снотворные препараты, и до пяти утра они обычно спали. Продрав глаза, сестра обнаружила, что сигнал идет из тридцать четвертой палаты. Это была лучшая палата в маленькой частной клинике. Сутки пребывания стоили двести пятьдесят долларов. Медлить нельзя было ни минуты, и сестра помчалась по коридору.

Еще не добежав, она услышала отчаянный женский визг и очень удивилась. Не могла больная, получившая два часа назад положенную дозу галоперидола, так вопить. Сестра подумала: не позвать ли санитаров?

Больная, Галина Дмитриевна Рязанцева, страдала тяжелой формой инволюционного психоза, проявляла склонность к членовредительству и суициду. Сестре вовсе не хотелось оказаться наедине с какой-нибудь дрянью, которую могла проделать у нее на глазах свихнувшаяся супруга знаменитого политика. Например, на прошлой неделе Галина Дмитриевна умудрилась рассечь себе кожу на лбу, стукаясь головой о край раковины, и агрессивно протестовала, когда ей обрабатывали рану.

Между тем крик за дверью сменился нежной музыкой, и стало ясно, что в палате просто работает телевизор. Сестра решительно вошла, чтобы прекратить это безобразие.

Больная сидела на койке, поджав ноги и с ужасом глядя на экран. Там как раз взорвался автомобиль, и в черно-красном дыму парили фигурки людей, подхваченные взрывной волной. Приятный мужской голос заманчиво рассказывал о новом приключенческом сериале.

— Галина Дмитриевна, почему вы не спите? — ласково спросила сестра и выключила телевизор.

Больная вскрикнула и завозилась с одеялом, натягивая его до подбородка.

— Наконец-то! — прошептала она с трагическим надрывом. — Я так ждала вас! Пожалуйста, принесите мне пистолет.

— Галина Дмитриевна, ложитесь. Вам надо спать. Доктор запретил вам включать телевизор после девяти вечера, — сестра попыталась уложить больную, но та забилась в угол, скорчилась, обхватив колени, и сильно дрожала.

— Не прикасайтесь ко мне, это опасно! Просто принесите заряженный пистолет и покажите, на что там нужно нажимать. Остальное я сделаю сама. Это единственный выход для всех.

— Хорошо-хорошо, только сначала вы успокойтесь и лягте.

Сестра знала, что говорить бесполезно. Слов больная не слышит и смысла их не понимает. Если механизм обострения запущен, его можно остановить только большой дозой успокоительных препаратов. Вероятно, на Галину Дмитриевну подействовал какой-нибудь кровавый ночной боевик.

— Что же вы стоите? У вас нет оружия? Попросите у охраны! Надо покончить с этим, так больше невозможно, — заявила Рязанцева, глядя на сестру красными огромными глазами.

— Завтра утром придет доктор, вы с ним поговорите, — ласково улыбнулась сестра, — утро вечера мудреней, правда ведь? Давайте-ка мы сейчас выпрямим ножки, расслабимся, ляжем и будем спать. Я с вами посижу, если вам страшно.

— Мне ничего уже не страшно. Со мной все кончено, — Галина Дмитриевна всхлипнула, глаза ее наполнились слезами, — но вы должны меня выслушать. Пока я жива, будут страдать другие. Пистолет самая надежная вещь. Таблетки и уколы могут не подействовать. Но я должна знать, что с Женей, где он! Я должна увидеть его!

— С вашим мужем все в порядке, — механическим голосом ответила сестра, отперла шкафчик с лекарствами, — а вам надо спать.

— Я заслуживаю смерти и давно мертва, потому что я убийца, а убийца не должен жить. Я страшно, чудовищно виновата. Но почему страдают другие? Это очень больно, когда из-за тебя кто-то страдает... — Больная сползла на пол, с тяжелым костяным стуком упала на колени, повторяя: — Я не хочу жить, не надо меня жалеть.

В коробке осталась последняя ампула аминазина. Сестра хотела надломить ее, но как раз в этот момент больная стремительно подползла к ней и схватила за ноги. Ампула выскользнула из рук.

— Ведь все так просто. Достаточно избавиться от меня, и больше никто не пострадает, — Галина Дмитриевна крепко обхватила сестру и чуть не повалила ее, — поймите наконец, я приношу несчастье, только что в прямом эфире мне об этом напомнили еще раз, и больше нельзя тянуть!

От напряжения у нее разошлись края раны на лбу, и сквозь марлевую повязку просочилась кровь. Сестра с тоской подумала, что ей придется еще долго возиться с женой политика, и вряд ли она сумеет урвать хотя бы пару часов сна до утра.

— Успокойтесь, пожалуйста, — сестра наклонилась и попыталась разжать ее руки, — ничего страшного не происходит, все будет хорошо.

— Не надо меня утешать и жалеть! — закричала Галина Дмитриевна. — На мне смертный грех, и жалости я не достойна!

Во время приступов она становилась невероятно сильной. Сестре с трудом удалось вырваться и дотянуться до пульта. Она сумела нажать сразу все кнопки вызова, и через минуту в палату вбежал дежурный врач, санитары, Галину Дмитриевну скрутили, укололи, уложили, сняли повязку, обработали рану на лбу. Сестре было велено оставаться рядом. Засыпая, больная продолжала бредить, а когда затихла, стал слышен слабый нежный звон. Сестра осмотрела палату и обнаружила под кроватью мобильный телефон, спрятанный в тапочке.

— Да, — выдохнула сестра в трубку.

— Ты все еще живешь? Ты слишком долго живешь. Подумай о своем муже, о детях. Им придется расплачиваться, очень скоро и очень страшно.

«Кто это?» — хотела спросить сестра, но вовремя сдержалась и решила просто послушать, что еще скажут. Однако на том конце провода почувствовали неладное и положили трубку.

Позже, рассказывая о случившемся дежурному врачу, она так и не сумела ответить, кому принадлежал голос, мужчине или женщине. Он был какой-то бесполый, для мужчины слишком высокий, для женщины слишком низкий.

———————

ГЛАВА ДЕВЯТНАДЦАТАЯ

— Вот и все, — повторял про себя Григорьев, вышагивая по пустынной, ярко освещенной 16-й улице, от здания посольства к Каролин-стрит, к стоянке такси, — теперь тебе ясно, что ты никто? Даже это решение ты не можешь принять самостоятельно. Кумарин все решил за тебя. Теперь очередь Макмерфи. Будет потеха, если твой друг Билли откажется тебя принять! Ты скажешь: «Билли, спаси меня! Я провалился. Я должен лететь в Москву, я знаю точно, что меня там арестуют, а потом расстреляют». А он рассмеется тебе в лицо, похлопает по плечу и ответит: «Брось, Эндрю, ты, как всегда, преувеличиваешь, у тебя очередной приступ паранойи».

На прощанье Кумарин посоветовал оставить машину в посольском гараже, прогуляться до стоянки такси на Каролин-стрит. Это было разумно, поскольку Григорьев выпил водки.

Андрей Евгеньевич редко ходил пешком по

центру Вашингтона. Он не любил этот город. Прямые пронумерованные стрит с юга на север, и строго перпендикулярные, с запада на восток, авеню, разбивали административное сердце Америки на идеально ровные квадраты и прямоугольники. Летом невыносимый влажный зной, зимой промозглые ветра с реки Потомак. Конные памятники генералам на перекрестках, мокрые и блестящие под косым дождем, подсвеченные ночными огнями, почему-то напоминали голливудские ужастики и навевали мысли об оживших мертвецах.

На углу 16-й и Каролин к нему привязался черный нищий в ярко-желтой нейлоновой куртке. Обдавая нестерпимой вонью, он гремел мелочью в жестянке, тряс войлочными косичками, вытравленными до желтизны, под цвет куртки. Белые оскаленные зубы сверкали на черном, как вакса, лице.

— Пожалуйста, сэр, всего несколько центов! Ну что вам стоит? — Он бегал вокруг Григорьева, хватал за рукав, заглядывал в глаза. На куртке была эмблема совместного советско-американского космического полета «Союз-Аполлон», пересечение двух флажков — звездно-полосатого и красного, с серпом и молотом.

Григорьев полез в карман, брезгливо отворачиваясь, бросил в кружку монету в двадцать пять центов. Но нищий все пританцовывал рядом, бормотал, напевал, вонял, путался под ногами и на просьбы отвязаться не реагировал. Вдруг Григо-

301

рьев расслышал нечто знакомое: «Расцветали яблони и груши, поплыли туманы над рекой…»

Черный нищий точно выводил мелодию, и русские слова звучали почти чисто, без акцента. А вдоль кромки тротуара медленно ехала полицейская машина.

«Провокация! — рявкнул в голове чужой голос. — Если ты проявишь малейшую агрессию, он тут же затеет драку, тебя заберут в полицию, а ему дадут убежать. Нет, ерунда. Кому и зачем это нужно? Глупая случайность. При чем здесь «Катюша»? Откуда он так хорошо знает русский?»

В сотне метров маячил ряд желтых такси со светящимися клетчатыми башенками на крышах, и Григорьев побежал, помчался, разрывая лицом косые нити дождя. Зонтик вывернулся наизнанку. Полицейская машина не остановилась и не прибавила скорости. Нищий отстал, но громко, мерзко засмеялся вслед.

Оказавшись в теплом сухом салоне, он попытался унять одышку и собраться с мыслями. Что, собственно, произошло? Резидент предложил ему уйти к американцам, то есть стать подлым предателем? Или благородным героем, нелегалом? Бред. Слова ничего не значат, эмоциональные оценки не работают. Кумарин решил использовать его в своей хитрой игре. Ведь правда, державные старцы скоро помрут, и вместе с ними рухнет прогнившая система. Придут молодые прагматики, бодрые, амбициозные, лишенные всякого почтения к дряхлой маразматичке Идеологии. Кумарин хочет вписаться в их ряды. Ему нужны свои люди в ЦРУ, чтобы контролировать денежные потоки с запада на восток, на развал системы социализма, и обратно, с востока на запад, на частные банковские счета энергичных прагматиков, которые возьмутся осуществить благое дело развала. Стало быть, за предложением резидента не кроется никакой ловушки? Допустим, что так. Теперь Макмерфи. Он начнет ломаться, как барышня, повторяя: «Может, не надо? Может, все не так страшно?»

Ну что ж, придется поторговаться, потихоньку начать скидывать Кумаринский агентурный «балласт». Правда, тут есть одна хитрость. Григорьев никогда не сдавал Макмерфи своих, то есть сотрудников КГБ, работавших за рубежом под дипломатическим или иным прикрытием. Он предпочитал «светить» людей типа Скарлатти, граждан Америки или Западной Европы, завербованных КГБ. Так ему было проще. Так оставался в душе укромный уголок, чистый и светлый, где обитала слабенькая, но пока живая, вера в собственную порядочность, куда он мог иногда забиться, спрятаться от самого себя, когда становилось совсем уж гнусно.

Весь Кумаринский «балласт» состоял именно из своих. В список входили нелегалы, внедренные главным образом не в государственные, военные и разведывательные, а в экономические структуры. Это в определенном смысле подтверждало серьезность намерений резидента. Он расчищал себе пространство для маневра. Готовясь к глобальным переменам, он стремился сожрать побольше чужих пешек и ферзей, чтобы продвигать вперед свои фигуры.

«Может Макмерфи заметить разницу? — спросил себя Григорьев, когда такси свернуло на Борроу авеню, — в принципе да. Но его это скорее порадует, чем насторожит».

— Сэр, какой номер дома? — спросил шофер сквозь круглое дырчатое окошко в пуленепробиваемом стекле, разделявшем салон.

Григорьев назвал номер, взглянул на счетчик и полез во внутренний карман плаща за бумажником. Его там не было. Его не оказалось ни в пиджаке, ни в портфеле. Счетчик высвечивал сумму в десять долларов. Пошарив по карманам, Андрей Евгеньевич с трудом набрал восемь мелочью.

— Не могу найти бумажник, вероятно, забыл в конторе, — объяснил он шоферу, высыпая монеты в его ладонь, — вот все, что есть. Если вы подождете, я... — Он вдруг запнулся и застыл с открытым ртом. В зеркале он увидел Клару.

Она шла быстрым широким шагом от автобусной остановки. Голова низко опущена, пальто распахнуто. В руках ни зонтика, ни сумки. Ничего. Впервые за их короткую совместную жизнь внезапное появление жены вызвало у Григорьева целую бурю живых эмоций: радость оттого, что можно взять у нее два доллара и расплатиться с таксистом, страх, потому, что она должна в это время находиться на службе, завтра у нее выходной, послезавтра утром он летит в Москву. Уходить следовало сегодня, этой ночью. Резидент успел рассказать ему, что Клару уже обработали, пока правда мягко. Ее попросили быть бдительной, наблюдать за мужем, чтобы не дать ему запутаться, сбиться с пути.

— Она может помешать вам, так что уходите прямо сегодня. Незачем тянуть, — посоветовал Кумарин.

Оказавшись напротив многоквартирного дома, в котором жила большая часть сотрудников советского посольства, Клара задрала голову, посмотрела на их темные окна на десятом этаже.

— Все нормально, вон идет моя жена, у нее наверняка найдется пара долларов, — успокоил Григорьев шофера, приоткрыл окно и громко окликнул Клару.

Она вздрогнула, тревожно огляделась, бросилась к машине так стремительно, словно он позвал на помощь, потом, не задав ни единого вопроса, протянула шоферу деньги.

— Почему такси? Почему ты не поехал домой на машине? — спросила Клара, когда они вошли в лифт.

— Выпил водки, — глупо хихикнул Григорьев, — решил расслабиться в конце рабочего дня.

— То-то я чувствую, пахнет от тебя, — Клара поправила ему воротник пиджака, провела ладонью по щеке, — тебе же нельзя водку, у тебя от нее изжога.

Лифт остановился. Когда вошли в квартиру, при ярком свете лампы в прихожей Григорьев заметил, что у Клары сапоги надеты на голые ноги.

— Колготки зацепила, — спокойно объяснила она, поймав его удивленный взгляд, — они темные, дырища гигантская, на самом видном месте, пришлось снять в туалете. Так вроде бы приличней. Вообще, отвратительный день. Зуб разболелся, выпила две таблетки аспирина, не помогло, пришла на работу, чувствую — терпеть невозможно. Отпросилась, зашла к врачу. Вот, теперь придется вставлять, — она оскалилась, оттянула щеку. В нижнем ряду зияла яма, черная от запекшейся крови.

— Да, ужасный день, — вздохнул Григорьев, — а что, нельзя было зуб сохранить?

— Не-а, — она тяжело опустилась на скамейку, сняла сапоги, — там воспаление внутри, в десне, у самого корня. Заморозка отходит. Больно.

— Иди ложись, я принесу тебе чаю, — автоматически проговорил Григорьев, вспоминая, что было в бумажнике. Паспорт. Водительские права. Чуть больше сотни долларов. Фотография Маши. Кажется, все. Возможно, это даже к лучшему. Если документы подбросят, появится шанс смягчить скандал, во всяком случае, на первых порах. Советского дипломата похитили или убили, что-нибудь в таком роде...

Из глубины квартиры явился сонный кот Христофор, изогнулся дугой, сладко потягиваясь, потерся о ноги хозяев. Григорьев взял его на руки, стал почесывать за ухом. Кот заурчал. Андрей Евгеньевич так глубоко задумался, что на минуту забыл о Кларе, которая застыла рядом, босая, растерянная, тихая.

— Пожалей меня, Андрюша, — пробормотала она и, сгорбившись, ткнулась лбом ему в плечо.

Он погладил ее мокрые пегие волосы и спросил, чтобы заполнить паузу:

— Ты перестала подкрашивать корешки?

Она ничего не ответила, мягко отстранилась и побрела в ванную. Христофор соскользнул с рук, исчез за дверью темной спальни. Андрей Евгеньевич последовал за ним, зажег свет. У кровати стоял раскрытый чемодан. Клара еще утром начала собирать его вещи. Христофор влез в чемодан и улегся на мягкий шерстяной джемпер. Григорьев оглядел комнату, размышляя, есть ли здесь хоть один предмет, который он хотел бы взять с собой.

Клара вошла, как всегда бесшумно, в тот момент, когда он рылся в ящике своего маленького рабочего секретера.

— Что ты ищешь? Тебе помочь? — спросила она слабым сиплым голосом.

— Так, ничего... Спасибо... — Григорьев слишком поспешно задвинул ящик, больно прищемил палец, но даже не охнул, резко развернулся и сделал наивные глаза: — Где-то была бумажка, на которой ты записала все Машины размеры, я должен завтра купить ей кроссовки, джинсы.

На самом деле, он хотел убедиться, что паспорт действительно исчез вместе с украденным бумажником, что он не оставил его случайно в ящике стола.

Паспорта не было. И не могло быть. Григорьев отлично помнил, как его вернули в посольстве после оформления билетов, он сунул его в бумажник и с тех пор не вынимал. Нет паспорта, значит, и лететь нельзя. Нет пути назад, и отлично, что нет. Внезапная волна, легкая, горькая и счастливая, подхватила его и понесла по комнате, заставляя стукаться коленками об углы мебели, хватать все, что попадало под руку.

— Ложись, тебе надо лежать! — приказал он Кларе, встряхивая перед ней клетчатым пледом так резко, что жесткая бахрома задела ее щеку. — Я принесу чаю или лучше заварю тебе пустырник, чтобы ты скорее заснула.

Наверное, ей и правда было больно. Действие заморозки кончилось. Она послушно забилась под одеяло, вжалась щекой в подушку и невнятно забормотала:

— Да, пустырнику сейчас хорошо бы выпить и еще анальгинчику... Здесь вставлять зуб дорого, зато сделают качественно, красиво, а в Москве все испортят, искрошат соседние зубы, поставят уродский мост, даже в ведомственной поликлинике.

— Не переживай, не думай о деньгах, лучше вставить зуб здесь, — откликнулся он, уже исчезая из комнаты с недовольным Христофором под мышкой.

На кухне на специальной полке стояли почетным рядком пачки московских аптечных травок, склянки с зеленкой, йодом, марганцовкой, все то, что в Америке купить нельзя. Григорьев включил электрический чайник, рухнул на стул, выпустил из рук Христофора, закурил, тут же загасил сигарету. Сердце колотилось слишком резко, и во рту пересохло.

— Паспорта нет, значит, и лететь нельзя, — повторял он, обращаясь к Христофору, который восторженно поедал консервированный кошачий паштет из своей миски, — это судьба, спасибо черному вору с косичками... Сам бы я никогда не догадался... Сам бы я никогда...

Христофор поужинал, сел умываться. Он облизывал лапки, шерстку, он исполнял медленный изумительный танец любви к самому себе. Тайной этого древнего танца владеют только кошки и очень красивые женщины. Григорьев на мгновение застыл и вдруг ясно увидел Катю, сидящую за туалетным столиком, такую же беленькую, томную, шелковистую. Голова запрокинута, глаза прикрыты, кончики пальцев отбивают легкую быструю дробь по атласным щекам, в ярком свете лампы сверкают острые розовые коготки.

«Если мама не станет возражать...» — повторил он про себя слова Кумарина и продолжил вслух, обращаясь к коту:

— А мы ей денег отвалим, и она не станет возражать. Она так сильно, так нежно любит себя, зачем ей Машка?

Животное в ответ хитренько сощурило ярко-голубые насмешливые глаза, Катины глаза. Это вызвало мягкий укол тревоги.

— Ты считаешь, все не так просто? Но я не говорю, что просто. Сложно, очень сложно, однако ведь возможно? Кража бумажника с паспортом дает уникальный шанс мне и Кумарину смягчить скандал. Пожалуй, надо позвонить ему. Не поверит? Решит, будто я сам это устроил, сочинил негра с косичками? Да, действительно, слишком удачно для случайности. Если я сейчас позвоню ему домой и сообщу о краже, он подумает... Впрочем, какая разница, что именно он подумает? Звонок будет зафиксирован нашими и американцами, придется обратиться в полицию, и тогда мой уход отложится на неопределенное время. А я больше не могу, понимаешь ли, я устал. Никому звонить не буду. Надо уходить прямо сейчас, пока о краже бумажника никто не знает. Правда ведь, никто. Какой же я молодец, что не сказал Кларе!

Чайник вскипел, Григорьев продолжал чуть слышно беседовать с котом и механически сыпал в кружку сухую траву, заливал кипятком. Через пару минут истошный визг Христофора заставил его вздрогнуть и выронить чайную ложку. Кот вскочил на кухонный стол, чуть не опрокинул кружку с кипятком. Григорьев понял, что вместо пустырника заварил для Клары валерьянку. Запах сводил с ума несчастного зверя, он с воплем заметался по кухне.

Андрей Евгеньевич убрал кружку с валерьянкой в буфет, плотно закрыл дверцу, не обращая внимания на кошачьи стоны, быстро приготовил обычный чай в пакетике, взял несколько таблеток тазепама и анальгина.

Клара не спала, лежала, отвернувшись к стене.

— Андрюша, что там происходит? — прошелестела она сухими запекшимися губами. — Почему Христофор так вопит?

— Что-то с ним не то, — озабоченно ответил Григорьев, — он поел, и его сразу вырвало. Не волнуйся, я позвоню в лечебницу.

— Думаешь, некачественный паштет? — Клара, приподнявшись на подушке, прихлебывала воду мелкими глотками, запивала таблетки. — Попробуй дать ему активированный уголь.

— Пробовал. Не получается. Вот, я тебе чай поставил, смотри, не обожгись. — Григорьев тревожно оглядел спальню. Присутствие Клары и отчаянные стоны Христофора, закрытого в кухне, мешали сосредоточиться.

— Что ты мечешься? — спросила Клара.

— Нервничаю, — честно признался он, — надо же, чтобы все так сразу! У тебя зуб, у Христофора рвота.

— Успокойся и позвони в лечебницу. Ты справочник ищешь? В прихожей, под зеркалом.

Стоило открыть дверь кухни, обезумевший Христофор кинулся на него, требуя валерьянки. Григорьев не представлял себе, что для котов это так серьезно, он еле справился с Христофором, запихивая его в темную гостиную, чтобы беспрепятственно вылить в унитаз проклятый пахучий отвар, избавить себя и зверя от этого кошмара.

Через десять минут кружка, унитаз, руки, все, что могло сохранить запах валерьянки, было вымыто с мылом, по квартире разлился спокойный пихтовый аромат освежителя воздуха. Григорьев открыл дверь гостиной, взял Христофора на руки. Кот дрожал, но понемногу успокоился. Пора было звонить.

Он шагнул к телефону, набрал номер, который помнил наизусть. Самый экстренный номер, самый заветный, обозначавший полный провал, угрозу ареста. Было заранее условлено, что, позвонив по этому номеру, он сам подскажет вариант, каким образом и откуда можно его забрать.

Трубку не снимали страшно долго. Наконец приветливый женский голос ответил:

— Хелло. Могу я вам чем-нибудь помочь?

— Ветеринарная клиника доктора Хопкинса?

— Да, сэр. Ветеринарная клиника. Что у вас случилось?

— Кажется, мой кот серьезно болен. Ему нужна помощь, — медленно, хрипло произнес Григорьев и добавил зачем-то: — Его все время рвет.

— Не волнуйтесь, сэр. Пожалуйста, назовите ваш адрес.

Он назвал. И положил трубку. Теперь оставалось только ждать. Как долго, кого именно и что будет дальше — неизвестно. Напряжение сменилось равнодушной слабостью, стало трудно шевельнуться. Он сидел в гостиной на диване, с мирно урчащим котом на коленях, машинально почесывал зверя за ухом и как будто даже уснул с открытыми глазами, пока не донесся до него слабый жалобный голос Клары:

— Андрюша, ты где? Ты меня слышишь?

Он встрепенулся, поднялся, выпустил из рук кота, поплелся в спальню.

— Ну что, позвонил? — спросила Клара.

— Да.

— Приедут?

— Обещали.

— Как он?

— Кажется, лучше. Как ты?

— Андрюша, укрой меня, пожалуйста, еще чем-нибудь. Холодно.

Он достал одеяло из шкафа. Наклонившись над Кларой, неожиданно для себя поцеловал ее. Лицо у нее было горячим и влажным.

— У тебя жар. Надо поставить градусник.

— Не надо. Ни к чему это. Я посплю, и все пройдет. Ты только разбуди меня, когда вернешься, обещаешь?

Он молча кивнул, погладил ее по голове, подоткнул одеяло.

Через пятнадцать минут после звонка к дому подъехал микроавтобус, на котором красовалась мультяшная собачья морда и надпись: «Скорая ветеринарная помощь». Двое в зеленых халатах, с чемоданчиком, вошли в квартиру, разыграли осмотр недоумевающего Христофора, сообщили для возможных невидимых слушателей, что положение серьезное и нужна срочная операция в условиях стационара. Клара к этому времени крепко уснула и ничего не слышала. С котом на руках, без денег и документов, полковник Григорьев сел в микроавтобус.

———————

ГЛАВА ДВАДЦАТАЯ

После просмотра вечернего эфира Рязанцева Сане Арсеньеву больше не хотелось спать. Он выяснил, что анонимный звонок отследить не удалось. Скорее всего, звонивший никак не был связан с убийцей. Просто один из тайных недоброжелателей Рязанцева решил воспользоваться ситуацией и устроить это жуткое шоу в прямом эфире.

Было начало первого.

Сидеть дома, прислушиваться к нежному шепоту, хихиканью и поскрипыванью кровати за стенкой Сане совершенно не хотелось. Автосервис, в котором работал Павлик Воронков, был открыт круглосуточно. Вентилятор в машине все равно следовало починить. Впереди лето, жара, кошмарные московские пробки. Если закипит масло в моторе, приятного мало. Так почему не сейчас? Вдруг повезет и удастся увидеть Павлика?

Арсеньев надел свой эксклюзивный костюм. Застегивая пояс, отметил, что за последний месяц сбросил пару килограмм. Для сорокалетнего мужчины, который питается столовскими котлетами с макаронами либо чипсами, уличными чебуреками и курами-гриль, компенсирует недостаток сна сладким кофе с бутербродами и сигаретами, проводит массу времени за рулем, за столом во время многочасовых допросов, нудной отчетной писанины, на оперативных совещаниях, килограммы веса и сантиметры объема талии значат очень много.

Саня критически оглядел себя в зеркале в прихожей, провел гребенкой по коротким седеющим волосам, подтянул пузо, расправил плечи и вдруг заметил в себе нечто общее с Герой Масюниным.

Внешне они с Герой были совершенно разными. Арсеньев выше на голову, шире в плечах, без признаков хронического пьянства на лице, правда с признаками хронического недосыпа, но это совсем другое. Если честно, Арсеньев выглядел значительно привлекательней своего приятеля, «покойницкого доктора», и сравнивать нечего. Но сейчас он уловил в собственных глазах тот же дикий блеск.

Это можно назвать азартом ищейки, унюхавшей в океане навязчивых ненужных запахов тончайший аромат единственного, вожделенного следа. Можно определить это как искру гениальности, но лучше все-таки считать признаком помутнения рассудка.

Спрашивается, зачем он вырядился сейчас? Ради чего на ночь глядя отправляется в автосервис, в котором работает брат покойного Вороны? Пока не готовы результаты баллистической экспертизы, неизвестно, из одного ствола были выпущены редкие патроны или из разных. Собственно, нет никакой связи, кроме патронов. Так они, может, уже давно и не такие редкие? Рынок оружия меняется постоянно и очень быстро, китайцы запускают в массовое производство множество подделок. Почему, если пистолет не всплыл месяц назад, он появится сейчас?

— Ты думаешь, тебе это что-то даст? — прозвучал за спиной насмешливый тихий голос.

Арсеньев вздрогнул и увидел рядом с собой в зеркале отражение Марины. Она была босая, в халате. Она была румяная и взъерошенная после бурного веселья в бывшей супружеской постели, где ждал ее приятель-балагур. Она появилась из своей комнаты совершенно бесшумно и остановилась у Сани за спиной, по дороге в туалет.

— Не понял, — хрипло выдавил Арсеньев и отложил гребенку.

— Чего ж тут понимать? — усмехнулась Марина. — Ты ведь на свидание собрался, правильно? Ты прихорашиваешься и думаешь, что сумеешь заморочить голову какой-нибудь дуре? Должна тебя огорчить, Арсеньев. Дело твое безнадежно, — она сладко зевнула, легонько хлопнула ладошкой по его плечу, — дура тебе даром не нужна, а умной даром не нужен ты.

— Спасибо, — улыбнулся Арсеньев, — это ужасно приятно слышать. Это так женственно, так мило, что я даже взбодрился. Тебе давно до меня дела нет, у тебя налаживается веселая личная жизнь. А все-таки будет обидно, если у меня она вдруг тоже наладится. Правильно?

Марина в ответ только фыркнула, взглянула на себя в зеркало из-за его плеча, поправила волосы.

На самом деле, ее замечание вовсе не взбодрило Саню, совсем наоборот. Стало ужасно одиноко и грустно оттого, что раньше они друг друга любили, а теперь нет.

Марина была вполне хорошей женщиной, жизнерадостной, добродушной, с грубоватым, но милым юмором. Ее коэффициент стервозности не превышал средний уровень. Она не пилила его за маленькую зарплату, ночные дежурства, медленный карьерный рост. Пока они были вместе, она ему не изменяла. В общем, ему не в чем было ее упрекнуть. Просто запас взаимных чувств оказался бедней, чем они оба предполагали.

Наверное, было бы легче считать ее злодейкой, а себя жертвой или наоборот. Многие пары, расставаясь или продолжая жить вместе без всякой любви, спасаются от скуки взаимными бурными претензиями. Признать такую простую и вроде бы безобидную вещь, как скудость собственных чувств, обидно, унизительно. Только самовлюбленные болваны с манией величия гордятся, что никого не любят. Для нормального человека это тяжело. Нормальному легче преувеличить в сто раз недостатки своего ближнего, добавить к ним еще кучу выдуманных гадостей и спрятаться в этой помойке от самого себя.

Ночные улицы были свободны. Автосервис находился у Кольцевой дороги. Арсеньев отдыхал за рулем. Он приоткрыл окно, долго выбирал музыку в приемнике и остановился на старом французском шансоне. Сначала пел Азнавур, потом Пиаф, потом они запели дуэтом. Пока звучал этот дуэт, Сане стало всерьез жаль, что Марина ошиблась, он едет не на свидание, и никто его не ждет. Но когда начались новости, это прошло. Приглушенный до полнейшей интимности женский голос комментировал завтрашнюю прессу. Несколько раз было упомянуто убийство Кравцовой и Бриттена. Ежедневная желтоватая газета уже успела откликнуться на прямой эфир Рязанцева и анонимный звонок.

— Не прибедняйся, не ной, тебя все-таки ждут! — пробормотал Арсеньев. — Кто? Убийца, вот кто. Заказчик, исполнитель. Оба. Каждый убийца с особым чувственным трепетом ожидает своего сокровенного, единственного, последнего сыщика. Никто на свете не интересует его так, как этот сыщик. Нельзя разочаровать убийцу, а то убьет кого-нибудь еще. А вот тебе, пожалуйста, и любовь. Угощайся на здоровье горькой правдой жизни.

Чем ближе он подъезжал к Кольцевой дороге, тем чаще попадались проститутки, стаями или парами, под зонтиками или просто так. Совсем юные, худенькие, длинноногие, и потасканные, расплывшиеся, они стояли вдоль трассы, скучали, курили. Арсеньев увидел, как возле одной из стаек притормозил «Фольксваген-гольф» цвета мокрого асфальта. К нему сразу направилась пара девиц, блондинка и брюнетка, однако он даже не дал им подойти близко, внезапно рванул вперед, на недозволенной скорости.

В автосервисе было пусто. Арсеньев не стал спрашивать, работает ли сейчас Павлик Воронков, просто рассказал дежурному о своей проблеме с вентилятором. Явился сонный пожилой слесарь, недовольно заметил, что проблема не срочная, ее вполне можно было бы решить и днем.

— Днем времени нет, — объяснил Арсеньев.

Начав копаться в моторе, слесарь окончательно проснулся, принялся присвистывать, говорить «ай-яй-яй», покачивать головой, наконец сочувственно спросил:

— Что ж ты, мил человек, на таком металлоломе ездишь?

Саня прекрасно знал, что его «Опель-кадет» восемьдесят седьмого, конечно, не «Мерседес» девяносто девятого, однако механик определенно преувеличил, обозвав крепкого бодрого старичка «металлоломом».

— В принципе твою развалину можно довести до ума, но с другой стороны, не стоит она тех денег, которые надо в нее вбить. Дешевле купить новую, — заключил слесарь, тщательно вытирая руки ветошью и закуривая, — кстати, меня зовут дядя Костя. Будем знакомы.

— Александр Юрьевич, — представился Саня и пожал мозолистую лапу.

— Видишь, Александр Юрич, конечно, он может еще побегать, твой «Опелек», — дядя Костя легонько постучал гаечным ключом по капоту, как невропатолог молоточком по коленке, — смотри, если он тебе дорог как память, мы бы с тобой могли договориться. Я бы его сделал за пару дней.

— За пару дней? — Арсеньев присвистнул и покачал головой. — А ездить на чем?

— На такси, — цыкнув зубом, задумчиво пробормотал дядя Костя, — или на метро, в крайнем случае.

— Ладно, дядя Костя, — Арсеньев улыбнулся и махнул рукой, — я все равно буду покупать новую машину, ты мне сейчас как-нибудь вентилятор наладь, чтобы я не закипел в пробке, и на том спасибо.

— Новую тачку? — оживился слесарь. — Нет проблем. Могу свести с хорошим парнем, он тебе из Германии любую тачку пригонит, какую душе угодно, быстро, недорого и с гарантией. А обслуживаться будешь здесь у нас, с хорошей скидкой. Хочешь?

— Хочу, — кивнул Арсеньев.

Слесарь радостно заулыбался, и Саня понял, что он получает от перегонщика приличный процент за свое сводничество.

— Ну и добренько. Знаешь что, мне тут все равно с твоей колымагой придется повозиться еще минут сорок, чтобы ты до дома доехал без приключений. Ты пока иди в кафешку, кофейку выпей, покури, здесь у нас вообще-то не курят. А я к тебе туда своего парнишку подошлю, и никаких проблем. Он сам к тебе подойдет, там обо всем и договоритесь. Его Паша зовут. Белобрысенький такой. Чего тянуть, если времени нет?

— Действительно, чего тянуть? — улыбнулся Арсеньев.

«Везет тебе сегодня, майор, — поздравил себя Саня, усаживаясь за столик в маленьком, уютном и совершенно безлюдном кафе, — только не радуйся заранее, чтобы потом не огорчаться».

Впрочем, огорчаться не пришлось. Едва официант принес ему чашку кофе, появился Павлик Воронков собственной персоной. Саня удивился, заметив, что между Воронковым-младшим и неизвестным парнишкой в «Тойоте», который оказался случайным виновником этой встречи, на самом деле нет почти ничего общего. Только возраст, костлявость, отсутствие бровей и ресниц, светло-желтые редкие волосенки. А так все другое — нос, глаза, губы.

Арсеньев откинулся на спинку кресла, чтобы

спрятать лицо в полумраке. Павлик подошел к столу, не поднимая глаз, быстро произнес:

— Здрас-сти, я Павел. Это вам тачка из Германии нужна?

— Привет, Павел. Присаживайся. Кофе хочешь?

Впалые глаза сощурились. Лицо напряглось. Павлик вглядывался в Арсеньева и лихорадочно шевелил мозгами. Он почти сразу догадался, что видел этого человека раньше, он почувствовал какой-то неприятный подвох, но пока не мог понять, в чем дело. Арсеньев не спешил облегчать ему задачу, выныривать из полумрака.

— Плохо твое дело, Павлик, — произнес он чуть слышно, чтобы не привлекать внимания официанта, — пистолет мы все-таки нашли. Беда в том, что на нем твои пальчики. А ты говорил: «Не знаю! Никогда не видел!»

На острых скулах Воронкова вспыхнули алые пятна. Тонкие губы быстро, мелко задрожали. От неожиданности и ужаса бедняга не успел вспомнить, что никаких отпечатков у него не снимали. Он проходил всего лишь как свидетель.

— Какой пистолет? О чем вы? — прошелестел он невнятно, едва не теряя сознание.

— Скажи еще, что не узнал меня, впервые видишь, — ухмыльнулся Саня.

— Нет... Почему? Вас, я, кажется, узнал, вы из милиции, вас Александр Юрьевич зовут, да?

— Молодец. Может, ты и про пистолет вспомнишь?

— Какой пистолет? — тупо повторил Павлик и часто заморгал.

— Ну как же, Павлик? Неужели ты уже все забыл? У тебя был единственный родной брат, ты так плакал по нему.

— Тихо, пожалуйста, только не здесь... Я все объясню... Только не здесь, — пробормотал он, глядя на Арсеньева так, словно тот упер ему в лоб дуло того самого пистолета.

— Конечно, как скажешь, — ласковым шепотом утешил его Арсеньев и добавил чуть громче: — Главное, чтобы юная и некапризная. В принципе мне нравятся японки. «Мицубиси», «Тойота», например.

Он вздрогнул, когда со стола как бы сама собой исчезла пепельница, в которой не было еще ни одного окурка, и тут же появилась другая, такая же чистая. Официант умудрился подойти к столу совершенно беззвучно и неожиданно.

Разговор они продолжили через полчаса, в машине Арсеньева. Дождь усилился, он барабанил по крыше, заливал ветровое стекло.

— Я в очередной раз сделал глупость, упросил начальство взять Ваську на работу, уборщиком. Он клялся, что хочет завязать, с ним это периодически случалось. Ему казалось, что можно не лечиться, а просто заняться чем-нибудь, чтобы было как можно меньше свободного времени, чтобы он уставал, выматывался, валился с ног. Тогда удастся потихоньку уменьшать дозы. На самом деле, все было бесполезно, но верить хотелось. Он ведь у меня единственный родной брат. Был... — Павлик всхлипнул и высморкался. — И еще, он сказал, ему надо срочно заработать денег и вернуть долг. Я тогда не знал, кому он должен и сколько. Обычно, если он занимал у кого-то, приходили ко мне. Суммы были небольшие, рублей триста, пятьсот максимум, на пару-тройку доз. Я возвращал. А Кулек, то есть, Куликовский, ко мне не приходил. Знать бы заранее, я бы, конечно, набрал эти несчастные двести баксов. Не так это много для меня. Но что теперь говорить?

— Теперь самое время поговорить о пистолете, — осторожно напомнил Арсеньев, он начал опасаться, что Павлик уйдет слишком далеко от главной темы, как это случилось месяц назад.

— Да, пистолет, — кивнул Павлик, — конечно, это для вас самое важное. В общем, Ваську взяли сюда на работу уборщиком. Ничего другого он делать не умел, в первый день очень старался, обошелся без дозы. А на следующий день автосервис закрылся на учет, но работы для Васьки было даже больше. Приехали братки, «крыша», за обычной своей долей, а заодно и погулять, расслабиться. Подобрали по дороге девок, штук десять, и загудели. Тут при автосервисе маленький мотель, без всякой вывески, только для своих. Всего пять номеров, сауны-люкс, массажные кабинеты. Гульба продолжалась почти сутки. Васька вымывал блевотину, носился туда-сюда. Я этого не видел, я как раз вернулся из Германии с машиной для клиента, отдыхал, отсыпался. Когда Васька пришел домой после этих суток, он был какой-то странный. Понимаете, он вообще с детства ужасно впечатлительный, поэтому и сел на иглу. Конечно, он всякого насмотрелся в наркопритонах, на улице, но как гуляют братки с проститутками, видел впервые. Это на него очень сильно подействовало. К тому же началась ломка, он не знал, куда себя деть, не мог уснуть, рвался на улицу, вопил, что все дерьмо и он сам последнее дерьмо. От него так воняло, что я решил запихнуть его в ванную, а всю одежду, в которой он приехал, выкинуть к чертовой матери, даже не стирая. От него разило блевотиной, спермой, анашой, хуже, чем после самого грязного наркопритона. Я стал его раздевать и тут как раз наткнулся на пистолет. Он лежал у него в кармане штанов. Просто лежал, и все. Я чуть не умер от страха. Я понял, что Васька утащил его у братков.

— Как он выглядел? Он был заряжен? — тихо спросил Арсеньев.

— Ну, он был классный. Очень красивый, небольшой, удобный. Кажется, совершенно новый, в фабричной смазке. Он пачкал пальцы. Я вообще-то плохо разбираюсь в оружии. Не знаю, был ли он заряжен. Вероятно, да. У меня тряслись руки. Я думал: что теперь с ним делать? Братки наверняка уже обнаружили пропажу. Отвезти его в автосервис и сдать хозяину? Отнести в ближайшее отделение милиции?

И то, и другое показалось мне слишком опасным. К счастью, родителей не было дома. Я решил пока просто спрятать его. Завернул в первый попавшийся полиэтиленовый мешок, достал стремянку, полез на антресоли. В этот момент Васька как раз вышел из душа. Он казался уже спокойным, почти нормальным. Я, естественно, стал спрашивать про пистолет, он сказал, что нашел его под подушкой в одном из номеров, уже когда бандиты уехали. Зачем взял? Чтобы продать. Это большие деньги. Мы довольно долго спорили, ругались, я на него орал, он на меня. Но тут пришла мама. Я успел быстро запихнуть пистолет под какой-то узел на антресолях. Маме наврал, что полез за старыми джинсами. Она ничего не заметила, не заподозрила. Мне пора было съездить на работу, Васька собирался ложиться спать, он поклялся, что до моего возвращения из дома не выйдет и к пистолету не прикоснется. Я убрал стремянку и уехал. В автосервисе узнал, что братки думают, будто пистолет украли проститутки, и собираются устроить им большую разборку. Потом, правда, устроили. Четверых искалечили, двоих убили. Вы, наверное, слышали.

Арсеньев молча кивнул. Действительно, чуть меньше месяца назад случилось нападение на проституток, неподалеку отсюда, на пересечении Кольцевой дороги и Волоколамского шоссе. По несчастным девкам полоснули автоматной очередью из проезжающего автомобиля.

— Когда я вернулся домой, — продолжал Павлик, — родители спали, брата не было. В ту ночь он и убил Кулька. А пистолета я больше не видел.

— Все? — уточнил Арсеньев после долгой паузы.

— Ну да, вроде бы все. Остальное я вам рассказывал раньше.

— А тебе не пришло в голову, вернувшись домой, слазить на антресоли и проверить, на месте ли пистолет?

— Пришло, конечно. Но я боялся разбудить родителей.

— Мог опять что-нибудь соврать, про джинсы.

— Мог, — Павлик тяжело вздохнул, — конечно, мог бы. Но, если честно, я боялся обнаружить, что его там нет. Тогда мне пришлось бы что-то делать, а что именно, я понятия не имел. К тому же на следующий день, рано утром, я должен был отдавать машину клиенту, мне надо было привести ее в порядок, придать товарный вид, пропылесосить салон. Я, пока гнал ее из Гамбурга, там кое-где поцарапал, в салоне и в багажнике бардак. В общем, я поел и пошел в гараж.

Арсеньев тут же вспомнил, что гараж находился во дворе у дома. Месяц назад, в конце марта, там провели обыск и ничего интересного не нашли.

— Что мне теперь будет? — тревожно спросил Павлик.

— Не знаю, — покачал головой Арсеньев, — раньше надо было думать. Догадался бы ты сразу сдать пистолет в ближайшее отделение милиции, вот тогда бы точно ничего не было. Остались бы живы Куликовский, твой брат Василий, а возможно, и те несчастные девки на шоссе. Хотя они вряд ли.

«И все-таки он чего-то недоговорил, — терзался Арсеньев, возвращаясь домой, — вроде бы все логично, понятно, но чего-то он недоговорил. Или просто я ждал большего от этой встречи? Теперь я знаю, как пистолет попал к Вороне. Ну и что? Еще я знаю, кто обстрелял проституток. Кстати, это было именно здесь».

Арсеньев чуть сбавил скорость. Под рекламным щитом фирмы «Сони», перед поворотом на Лыковскую улицу, дежурили две девицы, по виду довольно дешевые и несчастные. Впрочем, им, кажется, повезло. Возле них остановился черный «Фольксваген-гольф». Арсеньев ехал очень медленно, по крайней полосе, не удержался и посветил фарами. Было видно, как девицы подошли к машине. Возможно, это был тот же, что уже пытался снять себе девочку, но раздумал и проехал мимо. Но возможно, и совсем другой. Ночью отличить цвет мокрого асфальта от черного довольно сложно, а номера Арсеньев заметить не успел.

Водитель на этот раз проявил решительность. После недолгих переговоров одна из девушек нырнула в салон. «Фольксваген» увез ее с шоссе на Лыковскую улицу и скрылся из виду. Отъехав, Саня заметил в зеркале одинокую фигуру второй девицы. Она осталась стоять, ожидая своей удачи уже в одиночестве, из чего следовало, что девушки были бесхозными, без сутенера и «мамы», без компании товарок. Возможно, вообще не профессионалки, а любительницы, которые жили где-то поблизости и иногда, от нечего делать, выходили подработать на шоссе.

————————

ГЛАВА ДВАДЦАТЬ ПЕРВАЯ

11 августа 1984 года президент Рейган, проверяя микрофон перед пресс-конференцией, заявил на всю страну: «Дорогие американцы! Я рад сообщить вам, что только что подписал закон об объявлении России вне закона на вечные времена. Бомбардировка Москвы начнется через пять минут».

Это была не самая удачная шутка бывшего голливудского актера, однако многие смеялись.

В тот же день военный трибунал за измену родине заочно приговорил бывшего полковника КГБ Григорьева Андрея Евгеньевича к высшей мере наказания. Трибуналу предшествовало долгое путаное расследование.

В декабре 1983 года полковник Григорьев исчез при странных обстоятельствах. Поздним вечером, за двое суток до отлета в Москву в очередной отпуск, он вызвал по телефону «скорую» ветеринарную помощь для своего кота, который, по свидетельству его жены, майора КГБ Григорьевой Клары Никитичны, действительно серьезно заболел. Далее вахтер видел, как в начале первого ночи к подъезду подъехал микроавтобус с надписью «Скорая ветеринарная помощь», как Григорьев сел туда с котом на руках. Домой он не вернулся.

На следующее утро майор Григорьева по телефонному справочнику обзвонила все ветеринарные клиники. Нигде ночной вызов не был зафиксирован, ни в одной из клиник сотрудник советского посольства Григорьев со своим котом по кличке Христофор не появлялся. Клара Никитична отправилась в посольство, чтобы сообщить об исчезновении своего мужа вместе с котом его непосредственному начальнику Всеволоду Сергеевичу Кумарину лично, не по телефону, поскольку известно, что практически все телефоны сотрудников советского посольства прослушиваются.

Прежде чем что-либо предпринять, Кумарин срочной телефонограммой поставил в известность московское руководство, высказав предположение, что полковник Григорьев мог быть похищен вражескими спецслужбами. Затем жена полковника обратилась в полицию, поскольку ничего другого не оставалось.

Клара Никитична запомнила номер такси, на котором приехал домой ее муж в тот вечер, таксист сразу был найден и допрошен. Он опознал Григорьева по фотографии, рассказал, что этот пассажир сел к нему машину на стоянке на Каролин-стрит. К стоянке он не шел, а бежал, был запыхавшимся и встревоженным. Когда машина подъехала к дому на Борроу авеню, пассажир долго выгребал мелочь из карманов, сообщил, что, возможно, оставил бумажник в конторе, и тут как раз появилась его жена, она дала таксисту недостающие два доллара.

Любопытные свидетельские показания были получены также от полицейских, которые патрулировали район 16-й улицы и Каролин, именно в то время, когда Григорьев должен был идти пешком от здания посольства до стоянки такси. Они рассказали, как к невысокому мужчине в темном плаще, с портфелем и зонтиком (несомненно, это был полковник Григорьев), привязался нищий. Ничего примечательного и достойного их внимания полицейские в этом эпизоде не увидели. Обычный вашингтонский нищий, чернокожий с косичками, какие носят уроженцы острова Ямайка, просил милостыню у обычного прохожего, по виду чиновника или конторского служащего. Тот дал ему какую-то мелочь. Потом побежал, вероятно потому, что просто спешил, опаздывал или хотел поскорей спрятаться от дождя. Нищий его не преследовал и не пытался скрыться.

Что касается микроавтобуса с надписью «Скорая ветеринарная помощь», то никаких его следов найти так и не удалось. Вахтер номера не запомнил, а кроме него никто этого микроавтобуса не видел.

Изучив обстоятельства дела, полицейский детектив заявил, что не находит в нем никаких признаков преступления. Америка свободная страна, и человек волен исчезнуть из дома на несколько дней, не докладывая об этом даже жене, даже если это советский человек.

Драгоценное время было упущено. Серьезными поисками Григорьева полиция занялась только через неделю после его исчезновения, однако тут возникли новые проблемы. Большая часть информации о личности Григорьева и его окружении оказалась строго конфиденциальной и совершенно секретной. Никому в посольстве не хотелось, чтобы полиции стало известно о том, что товарищ Григорьев являлся полковником КГБ. Детективы задавали бестактные вопросы и, не получая вразумительных ответов, обвиняли сотрудников посольства в том, что они мешают им работать. Советские дипломаты не оставались в долгу, заявляли, что полицейские нарочно тянут, не хотят как следует искать в своих замысловатых империалистических джунглях простого советского гражданина.

В результате следствие совершенно запуталось. Формально Григорьева продолжали искать. Американская сторона принесла свои официальные соболезнования, выразила готовность сделать все возможное и невозможное и так далее. Советская сторона соболезнования приняла, поблагодарила за готовность, от обвинений и каких-либо официальных заявлений предпочла временно воздержаться.

В посольстве ходили разные слухи. Одни считали Григорьева предателем и перебежчиком, другие — жертвой провокации спецслужб или какой-то темной уголовщины. Было известно, что среди его многочисленной агентуры попадались члены террористических левацких организаций, криминальные репортеры, сотрудники «желтой» бульварной прессы, представители художественного авангарда. В этой среде немало наркоманов, тесно связанных с мафией.

Кумарин получил от московского руководства санкцию на проведение собственного, неофициального расследования. Он даже мысли не допускал о том, что Григорьев мог оказаться вероломным предателем. Он категорически пресекал все разговоры об этом, до хрипоты спорил с московским руководством, отстаивая честь и доброе имя своего товарища. Впрочем, в этом благородном заступничестве были у Всеволода Сергеевича и личные резоны. Понятно, что главе резедентуры крепко надают по башке, если один из ближайших его подчиненных слиняет к врагу.

Неофициальное расследование, предпринятое людьми Кумарина, довольно скоро дало результаты.

Как раз накануне исчезновения Григорьева в американских средствах массовой информации разгорелся очередной скандал. Руководство крупной фармацевтической фирмы было заподозрено в связях с наркомафией. Криминальный репортер небольшой бульварной газетенки, который занимался частным расследованием этих связей, покончил с собой при загадочных обстоятельствах. Подозревали убийство.

В очередном секретном докладе руководству Кумарин сообщил, что убитый репортер был платным агентом КГБ, завербованным полковником Григорьевым. Вполне возможно, он передал полковнику важную информацию, и это каким-то образом стало известно преступникам. Они проникли в квартиру, подсыпали коту отраву, потом перехватили вызов ветеринарной «скорой» и прислали свою машину. Версия получалась несколько громоздкая, но ведь получалась! В запасе у Кумарина имелось еще несколько подобных версий, оставалось только выбрать самую подходящую. Все равно стопроцентных доказательств в делах такого рода не бывает. А что касается трупа, так ведь известно, как мафия умеет прятать трупы. Заливают бетоном на стройках, перемалывают в фарш на консервных заводах. Один из московских руководителей Кумарина, человек пожилой, впечатлительный, идеологически пылкий, был так потрясен докладами вашингтонского резидента, что на одном из совещаний выступил с предложением наградить полковника Григорьева орденом Красного Знамени посмертно.

Но тут в районе «Красных фонарей», в притоне под названием «Сладкая Пусси» во время полицейской облавы были обнаружены документы гражданина СССР Григорьева. Дипломатический паспорт и водительские права валялись за комодом в комнате молоденькой проститутки, нелегальной эмигрантки с острова Ямайка. В паспорте лежала цветная фотография светловолосой девочки лет десяти в белой блузке и красном галстуке.

Проститутка, ничуть не смутившись, заявила, что это оставил один из ее клиентов, и она бы отнесла это в полицию, но ждала, когда клиент вернется за ксивами и портретом своей милой дочурки. Русский знает дорогу, не заблудится, он ведь постоянный клиент веселого заведения, у него даже есть скидка, как положено. Когда ее спросили, как он выглядел, она с очаровательной улыбкой ткнула пальцем в паспортную фотографию полковника, назвала его «лапушкой», «нежным зайчиком», поведала о его щедрости и тонком вкусе, поскольку из разнообразных «герлз», работающих в заведении, он всегда выбирал именно ее.

Облава снималась скрытой камерой и напрямую транслировалась по одной из популярных программ криминальных новостей. Поскольку факт исчезновения высокопоставленного сотрудника советского посольства к этому времени уже успел просочиться в прессу, мгновенно разразился публичный скандал. Для заведения «Сладкая Пусси» он послужил отличной бесплатной рекламой. Советская сторона официально заявила о чудовищной грязной провокации. Американская сторона нагло ухмыльнулась.

Все это время Андрей Евгеньевич жил вместе со своим Христофором под усиленной охраной в тихом пригороде Вашингтона, неподалеку от Ленгли, на комфортабельной маленькой вилле, принадлежащей ЦРУ. Прогулки его ограничивались лужайкой перед домом, огороженной непроницаемым забором. Общался он только с Макмерфи и Христофором. Толстая черная горничная вела себя как глухонемая, изъяснялась жестами. Китаец, приходивший два раза в неделю стричь лужайку, не говорил по-английски.

Андрей Евгеньевич маленькими порциями сливал Макмерфи информацию, прежде всего Кумаринский балласт. Кроме того, занимался анализом советской прессы, официальных сообщений ТАСС, неофициальных агентурных сообщений, в изобилии поступавших к Макмерфи.

Билли не стеснялся переваливать на Григорьева огромную часть своей работы. Андрей Евгеньевич довольно скоро догадался, что стряпает аналитические справки для начальства Макмерфи, которые тот подписывает своим именем. Ну что ж, за гостеприимство надо платить.

С самого начала, когда микроавтобус доставил Григорьева вместе с котом в укромный домик на окраине Вашингтона, приехавший под утро Билли заявил именно то, что ждал услышать от него Андрей Евгеньевич: «Ты преувеличиваешь. Ты вполне мог бы еще побыть в своей прежней роли, никто тебя не собирался арестовывать. Ну да ладно, не возвращаться же тебе назад. Так и быть, оставайся».

Дальнейшие события только подтвердили его изначальную точку зрения на неожиданный поступок Григорьева. Он постоянно шутил по поводу паранойи, которая распространяется воздушно-капельным путем, смаковал слухи о реакции, которую вызвало в советском посольстве исчезновение заместителя пресс-атташе, повторяя по-русски разными гнусными пародийными голосами: «Это грязная провокация! Честный советский дипломат, благородный чекист с чистыми руками, холодной головой и горячим сердцем пал жертвой в борьбе за светлые идеалы коммунизма!»

Агентура Макмерфи работала на славу. Билли становились известны самые интимные подробности из жизни Первого отдела Первого Управления КГБ. Он знал не только о горячем заступничестве Кумарина, но даже об инициативе одного из руководящих старцев наградить полковника Григорьева орденом Красного Знамени посмертно, и страшно веселился по этому поводу, предлагая отправить в КГБ телеграмму с просьбой выслать орден ценной бандеролью на адрес штаб-квартиры ЦРУ.

Григорьев смиренно терпел этот юмор, поскольку ничего другого не оставалось. Про себя он удивлялся и благодарил Кумарина. Если бы его сразу объявили перебежчиком и предателем, Кларе пришлось бы несладко. Да и Катю с Машей в Москве наверняка не оставили бы в покое.

Примерно через неделю после своего ухода он решился обратиться к Макмерфи с просьбой:

— Если у тебя такие широкие возможности, узнай, пожалуйста, как здоровье моей жены.

Макмерфи в ответ презрительно хмыкнул, однако вскоре сообщил, что Клара вполне здорова, недавно посетила дорогого стоматолога и вставила себе несколько фарфоровых зубов.

Вечерами Макмерфи любил вместе с Григорьевым смотреть по видео советские фильмы. Он постоянно совершенствовал свой русский, требовал комментариев и объяснений, если не понимал чего-то. Больше всего ему нравилось «Белое солнце пустыни» и «Неуловимые мстители». Однажды он попросил растолковать выражение «А казачок-то засланный» и, выслушав объяснения, противно подмигнул:

— Это как ты, да?

Историю о своих всплывших документах Григорьев узнал из теленовостей и понял, что теперь придется расставить все точки над «и». Макмерфи явился озабоченный, нервный, злой и заявил, что его руководство желает покончить со всякой двусмысленностью и требует, чтобы Григорьев выступил с официальным заявлением.

— Нам не нужен человек, который шляется по девкам и теряет документы! Ваши готовы раздуть международный скандал, они обвиняют нас в провокации, в убийстве, черт знает в чем. Ты должен прекратить это дерьмо, Эндрю!

— Какие девки, Билл? Ты же отлично знаешь, что бумажник у меня вытащили, нигде я не шлялся, все это полнейший бред.

Макмерфи ничего не ответил, шлепнул на журнальный стол увесистую пачку газет и вышел, шарахнув дверью. Андрей Евгеньевич принялся изучать прессу. Первые полосы бульварных газет и тонких иллюстрированных журнальчиков украшали шикарные заголовки: «Роман русского шпиона с чернокожей жрицей любви», «Тайна «нежного зайчика» из КГБ», «Красный десант в квартале «Красных фонарей».

Везде были портреты чернокожей девчонки, ее звали Муоки, она с восторгом позировала перед камерами, раздавала интервью и врала так вдохновенно, что издательство «Стомак анд систерс» готово было заключить с ней контракт на издание книги интимных воспоминаний.

Один из журналов напечатал крупный цветной снимок, на котором Муоки стояла в обнимку с черным молодым человеком. Голову его украшали желтые войлочные косички. Внизу пояснялось, что это родной брат Муоки, уличный музыкант по имени Нго. Он знает много разных песен, в том числе и русские, например про девушку Катюшу.

Григорьев засмеялся. Он хохотал долго, громко и заразительно. Сначала в комнату сунулась испуганная физиономия горничной, затем явился Макмерфи.

— Вот он, стервец, вот он, голубчик! «Поплыли туманы над рекой»! Ну конечно! А я, дурак, голову ломал, не мог понять, как, каким образом?! — стонал Григорьев и хлопал себя по коленке свернутым журналом.

— Что с тобой, Эндрю? Кто стервец? Какие туманы? Тебе нехорошо? Может, воды дать?

— Нет, ну ты посмотри, как гениально врет, это же потрясающе! Умница девчонка, честное слово, молодец! — Он успокоился, выпил залпом воду, поданную Макмерфи, и, взглянув на него снизу вверх слезящимися от смеха глазами, тихо произнес: — Помнишь, я тебе рассказывал? Вот он, нищий с желтыми косичками! Его зовут Нго. Он умеет петь «Катюшу» почти без акцента. Он вытащил у меня бумажник, а потом зашел в гости к сестренке в «Сладкую Пусси». Они выпотрошили бумажник, деньги взяли, права и паспорт оставили валяться. Когда нагрянула полиция, она выдумала про клиента, чтобы не выдать брата, а когда поняла, какой дикий это вызывает интерес, не растерялась, стала сочинять дальше и заработала себе такую славу, о какой и мечтать не могла в своем борделе. Теперь у нее начнется новая жизнь. Разбогатеет, глядишь; книжку напишет: «Как я любила русского шпиона», что-нибудь в таком роде. Издательство забацает рекламную компанию, получится бестселлер. Проститутка из «Сладкой Пусси» станет знаменитой писательницей. Поистине Америка страна великих возможностей! Нам до вас далеко.

— Успокойся, Эндрю, бестселлера не выйдет, она не умеет писать по-английски, — пробормотал Макмерфи, — а вам до нас не так далеко, как кажется. Что касается уличного певца Нго, так мы все это уже давно вычислили, и про бумажник, и про «Катюшу».

— Стало быть, твоему руководству известно, что я ни по каким девкам не шлялся. Зачем же вы допустили? Почему не пресекли это публичное дерьмо в самом начале?

— Мы живем в демократической стране, Эндрю. Свобода, она и для дерьма свобода, ничего не поделаешь. Ладно, хватит об этом. Успокойся. Скандал пошумит и стихнет, его забудут, начнется следующий. Ты же знаешь, это бесконечный процесс. Тебе надо привести себя в порядок. Ты плохо выглядишь. Оброс, не бреешься. Я пришлю парикмахера, тебя красиво подстригут. Завтра у тебя пресс-конференция и несколько прямых эфиров. Пора выходить из подполья. Ты заявишь, что попросил в США политического убежища, а история про твои визиты в «Сладкую Пусси» — наглая фальсификация, состряпанная КГБ.

— Но как же? — Андрей Евгеньевич растерянно кивнул на газеты и журналы, раскиданные по ковру. — Нужны доказательства, что я действительно не...

Макмерфи усмехнулся, весело подмигнул и, как фокусник, вытащил из-за спины коробку с видеокассетой. Через минуту на экране телевизора возникло темное лицо девушки по имени

Муоки. Григорьев в первым момент не узнал ее. На снимках в желтой прессе она была сильно накрашена, буйные негритянские кудри уложены в замысловатую прическу, плечи голые, грудь почти голая, в ушах гигантские серьги, на шее блестящая бижутерия.

На пленке она выглядела совсем иначе. Глухой черный свитер с высоким горлом, волосы приглажены и стянуты сзади в скромный хвостик, никакого макияжа, никаких украшений. Срывающимся, дрожащим голосом она поведала, как ее шантажировали злодеи из КГБ, угрожали устроить высылку из страны, искалечить, даже убить. Подкинули документы, заставили рассказать полиции и журналистам то, что она рассказала. Английский ее был настолько ужасен, что внизу бежала строка субтитров.

— Мне жалко этого человека, хотя я никогда его не видела, — говорила она, глядя в камеру испуганными детскими глазами, — я поняла, что ему хотят сделать плохое только за то, что он выбрал свободу, сбежал из коммунистической тюрьмы. Но у меня не было выхода. Я люблю Америку, самую лучшую страну в мире. Я не хочу, чтобы меня выслали. Я не хочу стать калекой, мне страшно умирать, мне всего лишь восемнадцать лет. А эти люди из КГБ способны на все. У них нет сердца.

Надо отдать ей должное. Подробности о шантаже и угрозах она выкладывала не менее вдохновенно, чем предыдущую сказку.

— Ну вот, — ухмыльнулся Макмерфи, вытаскивая кассету, — шоу продолжается. Завтра твой дебют, потом сразу ее выход, на бис, так сказать. Чтобы ты немного взбодрился, я приготовил для тебя маленький подарок. — Он достал из кармана и протянул Григорьеву глянцевый конверт, на котором был нарисован симпатичный белый зайчик с розовыми ушками, а над ним кудрявыми золотыми буквами написано: «Привет, папочка!»

Внутри оказалось Машино письмо и фотография. Снимок был немного измят, уголок надорван. От письма исходил едва уловимый запах каких-то сладких индийских благовоний, запах борделя.

———————

Литературно-художественное издание

Полина Викторовна Дашкова

ЧУВСТВО РЕАЛЬНОСТИ

Роман
в двух книгах

Книга 1

Издано в авторской редакции

Художник *И. Сальникова*
Ответственный за выпуск *Л. Захарова*
Технический редактор *Т. Тимошина*
Корректор *И. Мокина*
Компьютерная верстка *К. Парсаданяна*

ООО «Издательство Астрель»
143900, Московская обл., г. Балашиха, пр-т Ленина, д. 81

ООО «Издательство АСТ»
368560, Республика Дагестан, Каякентский р-н,
сел. Новокаякент, ул. Новая, д. 20
Наши электронные адреса: www.ast.ru
E-mail: astpub@aha.ru

При участии ООО «Харвест». Лицензия ЛВ № 32 от
10.01.2001. РБ, 220013, Минск, ул. Кульман,
д. 1, корп. 3, эт. 4, к. 42.

Республиканское унитарное предприятие
«Полиграфический комбинат имени Я. Коласа».
220600, Минск, ул. Красная, 23.

По вопросам оптовой покупки книг
«Издательской группы АСТ» обращаться по адресу:
г. Москва, Звездный бульвар, д. 21, 7-й этаж
Тел. 215-43-38, 215-01-01, 215-55-13
Книги «Издательской группы АСТ»
можно заказать по адресу:
107140, Москва, а/я 140, АСТ — «Книги по почте»